陪你倒数

翟 翊 著

天津出版传媒集团
百花文艺出版社

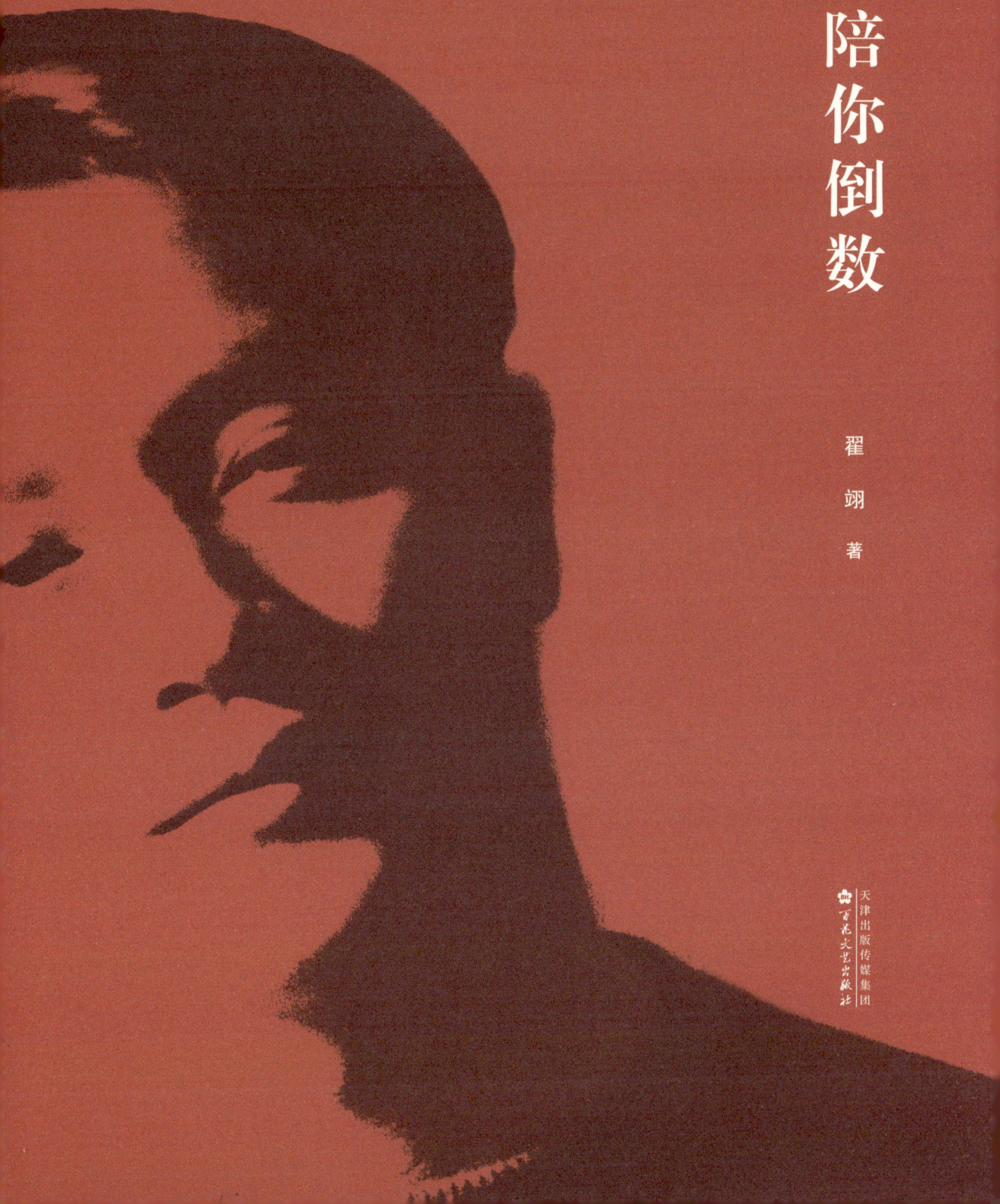

图书在版编目（CIP）数据

陪你倒数 / 翟翊著 . -- 天津： 百花文艺出版社，
2023.5
ISBN 978-7-5306-8524-2

Ⅰ . ①陪… Ⅱ . ①翟… Ⅲ . ①随笔－作品集－中国－
当代 Ⅳ . ① I267.1

中国国家版本馆 CIP 数据核字（2023）第 057001 号

陪你倒数
PEI NI DAOSHU
翟翊 著

出 版 人: 薛印胜
责任编辑: 孙 艳
装帧设计: 苗庆东
出版发行: 百花文艺出版社
地 址: 天津市和平区西康路 35 号 邮编: 300051
电话传真: +86-22-23332651（发行部）
+86-22-23332656（总编室）
+86-22-23332478（邮购部）
网址: http://www.baihuawenyi.com
印刷: 山东临沂新华印刷物流集团有限责任公司
开本: 787 毫米 × 1092 毫米 1/16
字数: 130 千字
印张: 25
版次: 2023 年 6 月第 1 版
印次: 2023 年 6 月第 1 次印刷
定价: 198.00 元

如有印装质量问题，请与山东临沂新华印刷物流集团有限责任公司联系调换
地址: 山东省临沂市高新技术产业开发区新华路 1 号
电话: （0539）2925886
邮编: 276100

第一次认识翟翊是 2000 年 11 月 4 日在张国荣深圳演唱会后台的化妆间，当时他是一位电台 DJ，也是位专写音乐的资深记者。我对他印象很深刻，因为他的访问跟一般娱乐记者很不一样，都是做足功课，有备而来。他对港台的流行音乐有很深的认识，那次访问双方都很愉快。后来我才知道他也是一位"哥迷"，对港乐很支持，每次香港有重要演出，他都会远道来观看，而且每次都会买很多香港歌手的黑胶唱片回去！几十年下来，他的珍藏足以开一个香港流行音乐的博物馆！

—— 张国荣挚友、经纪人陈淑芬

陈淑芬（左）与翟翊

目 录

● 我要与你跳出天际：张国荣的混音 EP

● 珍惜岁月里，寻觅我心中的诗：张国荣的精选合辑

● 摩擦一刹火花比星光迷人：张国荣的演唱会唱片

扫码畅听 42 期音频节目
《那些年，我们听过，哥哥的歌》
全方位解读张国荣一生专辑作品　　　　　新浪微博：@DJ 翟翊

当我们在谈论张国荣的时候，
怎能不谈论 A 面和 B 面？

文 / 爱地人

一转眼，张国荣离开我们已经整整二十年了。

二十年来，每一年的 4 月 1 日，已经成为全球华人的张国荣纪念日，即使过去这么多年，每到这一天，媒体还是会留出大幅版面、大段画面，通过音乐，通过影视剧，通过舞台的名场面，通过好友的回忆……通过各种侧面还原"哥哥"（张国荣的昵称）这个人，还原他的音容笑貌，还原他的歌技演技，还原他光辉灿烂的演艺人生。

而关于张国荣的书籍，这二十年间陆续不断地推出，它们往往有着不同的角度，有各自的侧重，通过回忆、采访、写真及工作、生活等多个维度，尽可能全面地呈现张国荣演艺人生的光彩细节。

慢着……虽然截至目前，以张国荣为主题的报道、书籍可谓琳琅满目、比比皆是，甚至很多作品的内容还会有大量的重叠，但似乎有一个重要的角度，始终无人涉及，至今还未出现。

作为一个张国荣的歌迷，我觉得这是一个重大的缺失，也是一个深深的遗憾！

以唱片作为切入点和支点，完整还原"哥哥"的音乐人生，也许并非没有人想到，恐怕多是知难而退。因为这么做的前提，是通过很长一段时间，将足迹踏遍内地及香港、台湾地区，乃至日本、韩国、新加坡和欧美国家，将散落于全球唱片店、二手店以及网络卖家手中的张国荣的唱片一网打尽。

这首先需要足够喜欢张国荣的音乐，还需要有足够的耐心去收集唱片，更需要有一定的唱片版本知识——人力、财力、脑力，一个都不能少。

直到听闻翟翊老师说他恰恰就在写这么一本关于张国荣音乐生涯的书，我突然发现，他不就是最适合写这个主题的人选吗？！

作为明星的张国荣主要有两重身份，一个是演员，一个是歌手。要从歌手的角度谈论他，固然可以从单曲、从作品本身切入，绝大多数媒体人、歌迷其实也都是这么做的。但我始终认为，"哥哥"的音乐生涯恰逢唱片的黄金时代，绕开那些专辑、绕开那些实体唱片去重现一位歌手，一定会遗失很多珍贵的细节。

比如张国荣生前曾先后签约"宝丽多""华星""新艺宝""滚石"和"环球"五家唱片公司，它们为"哥哥"制作的唱片，恰好能够根据音乐风格的变化，形成五段独立又彼此关联的断代史。

而具体到每一张唱片，从物理层面，它可能仅仅是塑料片、胶木片，但它的选曲反映了歌手和团队的音乐审美，每一张专辑又在很大程度上代表了所处年代的时尚潮流。

甚至广而言之，像张国荣于《为你钟情》专辑首推白色胶木唱片；内地"中唱广州"以《浪漫》为名引进他的《SUMMER ROMANCE'87》专辑，广东歌从此得以正式进入内地市场……诸如此类关于唱片介质、发行背景等细节，更折射出香港音乐产业的一些历史变迁。

唱片除了是音乐的载体，唱片上的文字、唱片背后的故事，同样一直都在发声……

以唱片为视角对张国荣的艺术人生进行全新的梳理，海外的歌迷我接触不多，至少在内地，我认为没有人比翟翊老师更为合适了。

首先，他有完整且全面的收藏，他的张国荣唱片库，从我认识他至今一直在不断地更新。其次，我所了解的翟翊老师，并非只收集张国荣的唱片，对于香港流行乐坛乃至整个华语流行乐坛的唱片，他都有近乎偏执的收集欲望。

这似乎和张国荣没有关系，我却觉得很有关系。甚至我可以说，如果你只收集张国荣一个人的唱片，你纵然离"哥哥"很近很近，但其实又离他的音乐很远很远。因为只有从更大的格局出发，对华语乐坛有全面的了解，有丰富的信息汲取，才能将张国荣置于群星璀璨的环境中，更客观地解析他的特点、魅力之所在。

翟翊老师电台 DJ 和记者的身份，决定了他不是一个机械的收藏家，他玩物却不丧志，他有审美、有见解，所以那些老唱片于他而言不是用来摆设的道具，更像是一张张电影胶片。

当唱片如同胶片，当旋律被串联起来，音乐就开始汇成画面，记录张国荣的音乐人生，并旁逸斜出，将一路上的各种见闻和故事娓娓道来。音乐本身就是时间的艺术，当时间填满空间，那些昔日的场景便会一一再现。

从 2023 年的张国荣开始，慢慢回到世纪之初，再进入二十世纪九十年代、八十年代，直至七十年代……这本书借用张国荣《陪你倒数》的歌曲概念，主体部分以倒叙的方式，盘点了他的 34 张录音室专辑（包括离世后重新整理并制作的录音）、5 张混音EP（迷你专辑），12 张有特别意义和特殊曲目的精选辑，以及 5 张演唱会专辑。

"倒数"设计的精妙之处还在于，距离今天越近，"哥哥"的歌迷越多，而关于他早年间的音乐，了解的人则相对较少，通过"倒数"进行回溯，可以让更多歌迷从最熟悉的张国荣开始，慢慢进入时光隧道，走进更遥远的张国荣的音乐世界，由熟悉到陌生，再由陌生变得熟悉……这，真是"有心人"的设计。

在主体部分的基础上，创作才情、白版唱片、韩日发行唱片、精选合辑等章节，同样以唱片为支点，通过对音乐作品的解析、对版本的分析、对海外发行情况的梳理等，折射张国荣的才气及国际影响力，从而将他的唱片人生彻底转化为立体、鲜活、细节满满的音乐人生。

在一定程度上，这是一本纪念"哥哥"的书，也是一本记录唱片的书。文字是自由的，书籍这一载体，让文字有了质感和重量。同样，唱片也是一种载体，将音乐装进身体，出品的年份就成为一段生命的起源。

唱片里的歌曲是如何诞生的？有哪些幕后故事？是什么原因使唱片发行了多个版本？为什么某个版本在收藏圈价值连城？张国荣签约过的唱片公司对专辑又有什么设计和审美上的不同……每一张唱片在它"出生"前后，都会经历各种各样的过程，也不可避免地延展出各式各样的问题。很多时候，唱片是解读歌手的钥匙，更是探索音乐的密码。

感谢翟翊老师将个人的收藏以文字和图片的形式转化成这部充满着历史感和细节的书籍。当唱片的 A 面和 B 面都完整地呈现，张国荣的音乐人生，也就不仅是正面、侧面，而是面面俱到了。

张国荣已经离去，张国荣又从来没有离去，因为在那一张张经典又充满故事的唱片里，音乐是永恒的，他也因此变成了永恒！希望大家都能在老唱片里和"哥哥"重逢，他的故事都在歌里，而你对他的爱，歌声会告诉他……

由你开始

文 / 邱大立

也许，无数人会这样想——

这不是一本书，而是一段时光的阶梯，一节、两节、三节……沿着这温暖的台阶，就慢慢地又靠近了他，凝望着他，端详中，他的光未曾暗淡，他的颜色不曾退去，他的回声一直在盘旋……

I like dreamin'

cause dreamin' can make you mine...

也许，还有人会这样想——

如果他没有来过这个世界，我的生命会怎样度过？

这个世界上会不会有另一位歌手也可以用同样灿烂的光辉照耀我这一生？

Leslie，

每一个奔向未来日子，全赖有你。

人海中，能共你相遇相对，

无需要太多，

只需要你一张温柔面容……

在一个个动人的故事里，他用歌唱与四个时代深情相拥，如果你恰好生于二十世纪七十、八十、九十年代以及二十一世纪的第一个十年，那么他用尽的那些深情就不曾枉费。

你是否经历过这样一幕——在某个午后，当你匆匆穿过一条街，不远处忽然传来他的歌声，一切就这么定格了……原来，这么多年后，你和他并没有失去联络，这是你和他才懂的接头暗号！天色已不那么暗了，重生的热情又充满了你的胸膛……

他用歌唱做完了一个梦，梦醒一刻，他毫发未伤，全身而退。每一张专辑，就像一个梦，大梦沉沉，梦思绵绵，梦到内河，梦到共同渡过。

我们来到这个世界上，拥有的不仅仅是生命，其实还有记忆，更有憧憬。那些日子，他想，陪你倒数，数一数今生今世有谁共鸣？数一数多少次夜里无心睡眠？

一个又一个春夏秋冬，

在 Leslie 的护佑下，

我们分享整个世界。

风继续吹，

继续随心，

继续敢爱。

陪你倒数，生醉梦死都好……

文 / 翟翊

2003 年 4 月 1 日，愚人节，"哥哥"张国荣（Leslie）带着几多惆怅、几多不舍、几多眷恋、几多无奈，纵身一跃，飞别人间，留给他的歌迷、影迷万般悲伤和不解。传奇尽皆化作昨夜星辰，曾经的歌声魅影却历久弥新。那些我们听过的"哥哥"的歌，从未因时间的流逝而散落无声，反而化作天上人间的一脉清音，为世人悠悠传唱，经久不息。

张国荣的音乐生涯从 1977 年到 2003 年，以所属唱片公司划分，经历了宝丽多（宝丽金前身）、华星、新艺宝、滚石和环球五个时期，包括其中几家唱片公司的初创、成长和辉煌期。他的音像制品上也出现过很多其他唱片厂牌的名字——TVB（香港电视广播有限公司）曾经用剧集主题曲作为卖点，推出精选专辑《侬本多情》，这其实是母公司薅旗下唱片公司华星羊毛的产物。虽然华星和宝丽金是叮当马头，但是张国荣《告别乐坛演唱会》的实体唱片，是由宝丽金出版发行，唱片上印着宝丽金特有的"PHILIPS"标记。此外，宝丽金（台湾）曾经在张国荣退出歌坛之后发行了《风再起时》（张国荣告别歌坛纪念专辑）。

"哥哥"的第二任东家华星 1996 年因经营问题被南华早报集团收购，2001 年 10 月 20 日宣布停止运作，但保留公司品牌、商标及一切歌曲版权，直至 2008 年由商人林建岳旗下的丰德丽收购，成为东亚唱片（集团）旗下品牌。因此，日后张国荣的专辑上又出现了东亚唱片的 LOGO（标志）。而东亚唱片和华纳唱片有着密切的合作关系，华纳为东亚提供了良好的发行通路，所以"哥哥"的唱片上出现代理发行的华纳唱片的 LOGO 也不足为奇。1999 年，中国国家级音像出版集团中国唱片总公司通过宝丽金远东办事处中国业务部，引进了张国荣的版权，发行了《20 世纪中华歌坛名人百集珍藏版——张国荣篇》。

作为一代传奇，张国荣的唱片上既有他的五个老东家宝丽多、华星、新艺宝、滚石和环球的印迹，也有 TVB、宝丽金、东亚、华纳甚至很多人闻所未闻的泰国、韩国等海外发行机构的 LOGO……他的歌唱生涯，可谓投射华语乐坛进化历程的一面镜子。

张国荣出道的 1977 年，粤语歌曲开始取代西洋歌曲成为市场主流，初代"歌神"许冠杰（Sam）单枪匹马地打开了粤语歌的商业市场，但融合了"俚俗鬼马""民间小调""西方摇滚乐"等诸多元素于一身的他，对香港其他歌手特别是张国荣而言并无太多参考价值——许冠杰的个人风格实在太明显、太独特，而接地气的市井诙谐小调和"哥哥"与生俱来的贵族偶像气质相悖，宝丽多当年只好根据"哥哥"旅英多年的成长背景，最初两张唱片为他制定了偶像歌手路线。

和大多初入歌坛的新人一样，彼时张国荣的唱功青涩稚嫩，首张粤语专辑《情人箭》的主打歌《油脂热潮》，他甚至是捏着嗓子在唱，声音位置十分奇怪，也不像之后的粤剧唱腔，他自己都戏称之为"鸡仔声"……

宝丽多发现为张国荣打造的曲风太过高冷走不通后，果断掉转方向迎合市场，让他模仿正当红的罗文、关正杰等演唱香港影视剧的中国风主题曲。可想而知，这种风格依旧不适合嗓音尚且稚嫩的张国荣，很多作品都能听出明显的模仿痕迹。其实，宝丽多为张国荣提供的专辑制作阵容和配置，几乎和罗文平起平坐，《浣花洗剑录》甚至和罗文的《小李飞刀》从词曲、配器、制作上几近趋同，也想让"哥哥"以充满民间小调气息的唱腔处理征服听众，但二人的演绎，高下立判。

经历了被雪藏的张国荣终于在华星涅槃重生。这一时期，他备受日本和欧美经典歌曲的滋养，树立了自己的演唱风格；在黎小田、顾嘉辉、黄霑等一众优秀音乐人的加持下，他的"新中国风"作品已然成为港乐风景。彼时，"HK-Pop"（香港流行音乐流派）的特质逐渐形成，作品不得不为迎合商业市场而在艺术水准上作出妥协，这一点，即使是张国荣也不能幸免。但若非如此，便不能成就他唱响歌坛——《风继续吹》所呈现出的温柔暖色让"哥哥"一战成名；《MONICA》动感的旋律与他的青春朝气相得益彰，使他在众多歌手中脱颖而出。他唱的歌亦动亦静，既有《一片痴》的深情款款，也有《暴风一族》的活力四射……凭着对不同曲风的驾驭能力以及过人的舞台唱跳天赋，张国荣在华星的打造下成为和谭咏麟比肩的超级偶像。

1987 年，张国荣回归宝丽金大家庭，签约了宝丽金与新艺城电影公司合资成立的新艺宝唱片，迎来他"电影、音乐全面开花"的巅峰时代。也正是在这一年，愈演愈烈的"谭张争霸"白热化，这应该是华人世界最早的"粉丝站队"现象。"谭张争霸"以谭咏麟宣布退出评奖、张国荣暂别歌坛告终。从1987年签约到1989年封麦，张国荣新艺宝时期的演唱技巧日臻成熟，即使在强劲的旋律下也能演绎出他独有的浪漫，令人耳目一新。特别是新艺宝后期，"哥哥"颠覆了他在华星时的演唱风格，大气的唱腔尽显阳刚之气，魅力四射。比如同样是快歌，《侧面》和《打开信箱》的诠释境界就完全不同。慢歌方面，"哥哥"低回性感的嗓音已全无早期的生涩。

张国荣复出歌坛牵手的是滚石唱片。作为华语歌坛最具人文气质的唱片厂牌，滚石与在商业市场取得巨大成功的张国荣联手，格外引人期待。这一时期的"哥哥"几乎与之前完全不同——如果说1995年的专辑《宠爱》他只是改变了唱法，那么1997年的专辑《红》则标志着他整个音乐方向的转变：商业色彩变淡而艺术性加强。这通常是有艺术追求的流行歌手的必经之路，他们多在年轻时迫于市场的压力，制作唱片以商业性为首要考虑，直到功成名就不再有销量压力，才拥有更多的话语权。

在惊艳众人的专辑《红》横空出世之后，张国荣和滚石的合作并没有将二者的特长发挥到极致。即使是《红》如此高光的呈现，滚石的功劳甚至不及"哥哥"特别邀请的制作人江志仁（C.Y.KONG）。这位香港的独立音乐大师不仅可以创作出动人的旋律，而且是营造氛围的高手，为"哥哥"带来了迷幻电子的音乐包装——这是张国荣滚石时期除了英式摇滚的浅尝之外最大的突破。"哥哥"创作的《红》《怨男》也在江志仁的加持下颠倒众生。只可惜，专辑《Printemps》浓重的商业色彩将《红》的艺术特质拉回原点，让"哥哥"的另类尝试前功尽弃。

当然，张国荣在滚石时期的失意有被电影拍摄分心的原因，而作为东家的滚石唱片亦有不可推卸的责任——不得不承认，滚石并没有给张国荣配置最好的制作班底以及企划包装团队，即使他在华星时期制作普通话专辑《英雄本色当年情》时就和李宗盛、齐豫等有过合作。滚石厂牌的人文精神和批判特质未能助力张国荣的音乐天赋与商业潜质，这不能不说是一个巨大的遗憾。

梳理张国荣的音乐历程不难发现，宝丽金（环球）才是最后的赢家——"哥哥"从宝丽多出道，告别歌坛的现场专辑由宝丽金代理发行，艺术人生则终结于收购了宝丽金的环球唱片。

张国荣加盟环球之时，香港歌坛已经不复"谭张争霸""四大天王"时期的辉煌，曾经风光无限的港乐开始走下坡路，唱片公司放弃艺术追求，注重攫取商业市场的短线利益……意欲重振歌坛雄风的张国荣，在这种环境下依然取得了巨大突破，实属难能可贵。这或许也是"哥哥"选择成为环球的合约歌手而非签约歌手的重要原因——他一直都是掌控时尚坐标的音乐先行者，而这种艺术先锋特质和普罗大众审美之间的巨大断层，让"哥哥"付出了沉重的代价。很多歌迷只喜欢《风继续吹》《有谁共鸣》《MONICA》《拒绝再玩》，喜欢看着官仔骨骨、玉树临风的偶像在舞台上唱跳劲歌热舞，不理解"哥哥"为什么要唱《红》《偷情》，演绎《大热》《梦死醉生》，为什么要在演唱会的舞台上穿红色高跟鞋，以长发飘飞的狂野造型示人……

张国荣在环球时期的努力，让他的作品显现出独立音乐和艺术摇滚的影子，他的很多音乐都是其他香港歌手不敢尝试的，他的很多风格都是其他香港艺人不愿碰触的。在晦涩低沉的音乐中穿梭，大胆地进行时尚先锋的艺术尝试，需要莫大的勇气——庆幸的是，张国荣做到了；不幸的是，只有张国荣做到了。

张国荣不仅是港乐的代表歌手，也是华语歌坛不可多得的一代巨星。他的嗓音脆而清亮、润而醇厚，不同阶段的不同音色处理丝毫不能掩饰他音域宽、音色好的事实，早期作品《追族》中15度跌宕起伏的音域令很多职业歌者汗颜。张国荣的低音如落花委地，摇曳迂折；中音浑厚深情，婉转缠绵；高音则如冲天的烟火，在绚烂中绽放非凡的穿透力。更令人折服的是，他的气息控制与情感表达共鸣辉映，是用灵魂歌唱的实力歌者。"哥哥"的情歌深情委婉，劲歌热辣奔放，可谓收放自如。他做到了以情御歌，张扬个性。

不得不提的还有张国荣的创作才华——不管是他本人演绎的《想你》《沉默是金》《风再起时》《深情相拥》《我》，还是为他人量身打造的《如果你知我苦衷》《忘掉你像忘掉我》《这么远 那么近》，无一例外饱含深情，优美动听。张国荣的作品，无论是原唱还是翻唱，都会贴上其独一无二的标签，令他人无法超越，甚至难以企及。

回顾张国荣的音乐履历，除了对其声线、演唱技巧以及词曲创作能力的审视，更要看到他在大的历史背景下对港乐甚至华语歌坛的引领作用。"哥哥"在自己音乐旅程的后期，突破性地为作品注入了大量的非流行元素。如果说他的早期音乐是POP（流行）产品，那么后期已经可以用艺术作品来形容了。他突破了商业瓶颈，成为主流阵地上的音乐艺术家。

　　"哥哥"用天赋歌唱，用技巧歌唱，用阅历歌唱，用生命歌唱。"过去多少快乐记忆，何妨与你一起去追……"有一种旋律从未远离，始终陪伴着深邃而伤感的声音，且听风吟，唏嘘不已。这是一个跌宕的悲剧，一段蝴蝶飞不过沧海的沉痛经历。其间的执迷与痛楚，竟然纠缠了我们生命中最美好的年华……

　　时光，只会向不可预知的前方飞驰，我们再也回不去那个春天，唯有在流转中循环隐现的作品提醒我们已不可能重新来过，回头是散落一地无法躲避的彷徨。让我们永远记住音乐舞台上光芒四射、无人可及，记住那个拥有一把动听嗓音，纵横时代的歌坛巨星——Leslie，张国荣。

　　从 2003 年起，4 月 1 日被"哥迷"（张国荣歌迷、影迷的昵称）刻进心里，它是一道伤口，寄托着无尽的思念。媒体及公众都已习惯在这个时刻回顾张国荣的演艺生涯，但多涉及其影视作品，用唱片串联他精彩的音乐人生，尚未有人这样做过，尽管费力劳神，作为"哥迷"的我却乐在其中。

　　将"哥哥"的录音室专辑、EP、混音作品、演唱会 LIVE（现场）实录、派台单曲白版碟、海外发行唱片、合辑精选等分类整理，致敬他的音乐旅程，虽不能满足那些渴望以时间顺序了解偶像唱片发行"大事记"的"哥迷"的需求，但至少在单个类别的细分下，作品的数量相对较少，可以更精准地进行排序。

　　需要特别说明的是，因为利益驱使，有的唱片公司会在张国荣解约离巢后，蹭其发行新专辑的热度同时推出他的混音单曲、合辑精选等，所以按时间顺序梳理"哥哥"的音乐之旅，并不等同于按其签约的唱片公司的顺序。

　　接下来，我们"由零开始"，从《Remembrance Leslie》到 *I Like Dreamin'*，让"哥哥"用自己的音乐作品"陪你倒数"……

　　"二十九、二十八、A 君、B 君、十九、十八、C 君、D 君、四、三、二、一、你……"

◉

你离开了，却散落四周……

最爱的歌，总算唱过：张国荣的录音室专辑

张国荣被亲切地称为"哥哥"，他是华语流行乐坛的殿堂级巨星、万千歌迷永远怀念的超级偶像。他曾入选美国有线电视新闻网全球五大指标音乐人，斩获香港乐坛最高荣誉"金针奖"，亦是首位打入韩国音乐市场的粤语歌手。"哥哥"的歌曾陪伴你我成长，成为无数人的青春记忆。2003 年 4 月 1 日，他猝然离世，但他的经典歌曲二十年来始终传唱不衰，并且必将继续……

回顾张国荣的音乐旅程，不同的唱片公司、不同的发行版本、不同的呈现介质、不同的出版地域、不同的技术加工、不同的致敬理由……诸多因素造成了这样一个客观事实——很难精准梳理出他生前身后出版发行的专辑数量。但无论如何，录音室专辑、混音 EP、"新歌＋精选"合辑、演唱会现场（LIVE）实录，都是一名歌者音乐生涯最重要的履历，张国荣亦是如此。

如果说代表演员最高艺术水准的作品不是电视剧、广告，一定是电影的话，那么代表歌者艺术造诣的一定是他的录音室大碟或者 EP。在张国荣签约五家唱片公司所发行的三十四张录音室作品中，涌现出大批香港歌坛甚至华语歌坛的传世经典：一曲成名的《风继续吹》、成就巨星的《L·E·S·L·I·E》、袒露心扉的《为你钟情》、时尚多元的《SUMMER ROMANCE'87》、感性动听的《侧面》、致敬前辈的《SALUTE》、大气决绝的《FINAL ENCOUNTER》、迷离妖娆的《红》、前卫绚烂的《陪你倒数》、二度创作的《REVISIT》……它们无不折射着"哥哥"作为天才歌者，在创作、演唱、舞台风格、审美品位等方面由青涩稚嫩到成熟性感的蜕变，也是"陪你倒数"时最应被施以浓墨重彩的"第一序列"。

张国荣一直引领着华语歌坛的流行时尚，从二十世纪七十年代初期的粤曲小调、英伦情歌，到八十年代崭露头角的流行经典、劲歌舞曲，再到九十年代中期的摇滚曲风、电子风格，直至千禧年的清新民谣、前卫作品，他的每一次转变，既展示着他不同侧面的天赋才情，也反映了他对音乐的热爱与探索，同时折射出他艺术驾驭能力的一次次攀升。张国荣对人生、对感情的深刻理解和精准诠释，通过这些录音室作品引发了大众的思考与共鸣，不仅具有极高的音乐价值，更推动了华语流行文化的发展。

　　当颜色不一样的烟火变成旧照片，当旧照片变成无法抹去的回忆，时间如沙漏般流逝，只有这些温暖动人的声音散落在四周，镌刻着他过分美丽的绝代风华……

专辑名称：《Remembrance Leslie》

发行时间：2023 年 3 月 24 日

发行公司：环球唱片

专辑类型：录音室专辑

首版介质：CD

制 作 人：梁荣骏

专辑特色：

　　环球唱片为纪念张国荣离世二十周年的特别企划，保留他珍贵的录音声轨，将多首经典金曲重新改编，再现"哥哥"的巨星风采。

唱片曲目：

01.《无心睡眠 Sleepless nights Restless heart》

　　　作词：林敏骢　作曲：郭小霖　编曲：J1M3

02.《共同渡过 Together Forever》

　　　作词、作曲：TANIMURA SHINJI　改编词：林振强　编曲：李智胜

03.《想你 On My Mind》

　　　作词：小美　作曲：张国荣　编曲：刘志远

04.《无需要太多 Love is Enough》

　　作词：袁琼琼　作曲：马兆骏　编曲：刘志远

05.《侧面 Silhouette》

　　作词、作曲：GARY PAUL FRANCIS　编曲：ENRICO FALLEA

06.《由零开始 Will You Remember Me》

　　作词：小美　作曲：张国荣　编曲：ENRICO FALLEA

07.《最爱是谁 My Dearest》

　　作词：潘源良　作曲：卢冠廷　编曲：罗尚正

08.《MISS YOU MUCH Missing you》

　　作词、作曲：LEWIS TERRY STEVEN / HARRIS JAMES SAMUELL III

　　改编词：林振强　编曲：A N A

09.《DREAMING My Other Half》

　　作词、作曲：PASCHAL GENEVA / MONTGOMERY LISA / FORTE MICHAELV

　　编曲：FORTYSIX

10. *A SONG FOU YOU*

　　作词、作曲：LEON RUSSELL　编曲：罗尚正

专辑评分：★★★☆

收藏指数：★★★

唱片市值：★★☆

只要有市场，关于张国荣的"新专辑"，便永远可以未完待续……

2023年3月17日，距离"哥哥"离开我们二十周年还有十五天，一首他的"新作"出现在各大音乐平台上。"为何离别了，却愿再相随，为何能共对，又平淡似水……"这是一阕久违的歌词、一段熟悉的旋律，卢冠廷作曲、潘源良作词，收录在林子祥的专辑《最爱》之中。张国荣录制这首歌三十四年之后，经过他的御用制作人梁荣骏（Alvin Leong）监制，爵士教父罗尚正（Ted Lo）重新编曲，一首《最爱是谁 My Dearest》让歌迷又一次重温他极具魅力的磁性声线。

一周之后，纪念张国荣离世二十周年特别企划大碟《Remembrance Leslie》全面上线。除了七首对"哥哥"旧作人声的重新编曲之外，还收录了三首珍贵录音，包括《无心睡眠》从未曝光的人声版本，以及两首未经正式发行的翻唱歌曲《最爱是谁》和 A SONG FOU YOU。总体上看，专辑不仅加入了流行的电子音乐元素，捷克爱乐乐团的参与更让张国荣的旧作焕然一新，呈现出经典传世的恢弘气度。

《Remembrance Leslie》延续了此前口碑不俗的专辑《REVISIT》的企划思路，依然由梁荣骏担任制作人。与《REVISIT》几乎是"新瓶装旧酒"不同，在"二十年"这一特殊时刻，环球唱片抛出杀手锏——工作人员远赴英国，成功找回一批张国荣在新艺宝时期录下的珍贵母带，将失落的录音和未经发表的歌曲呈现在世人面前，可谓煞费苦心，却也诚意十足。

和《REVISIT》重新制作的张国荣环球时期的作品相比，他新艺宝时期的专辑更具商业销量及业内口碑，特别是《SUMMER ROMANCE'87》和《SALUTE》，那些彼时已制作完成但未被收录其中的遗珠，显然更有市场号召力。

率先出街的单曲《最爱是谁 My Dearest》原本就是林子祥的招牌经典。早在1986年的"浓情演唱会"上，张国荣就深情款款地演绎过这首动听港乐。只不过那场演唱

◆ 《Remembrance Leslie》CD

会的 LIVE 唱片并没有正式出版，网络流传的视频画面模糊、音质粗糙。值得一提的是，这首《最爱是谁 My Dearest》是张国荣 1989 年"神专"《SALUTE》的备选歌曲，代表着张国荣声音条件黄金时期的演绎水准。三十四载荏苒，岁月不曾让"哥哥"的声音退色，它依然感性温柔，依旧动人至深。

　　编曲罗尚正并没有在这首歌中尽情展露他最擅长的爵士配器，而是以简单的电钢琴配搭弦乐，最大限度地烘托出"哥哥"新艺宝时期的声线特质，营造出他倾诉爱意的款款情深。举重若轻的编配听上去似不甚用力，而力已透十分。

填词人潘源良创作这首歌词时，正陷入对李丽珍的苦恋。在《最爱是谁 My Dearest》的 MV（音乐录影带）中，一镜到底的画面出现了五十七岁的李丽珍。当年，她和张国荣合作过电影《为你钟情》，同名歌曲即为电影主题曲。MV 全程，李丽珍不发一言，站在巴士上默默落泪，配合"哥哥"用情动人的歌声，一切恍如隔世，令人内心隐隐作痛……

第二波主打《无需要太多 Love is Enough》的原作由船山基纪编曲，收录于张国荣 1988 年的专辑《HOT SUMMER》，是已故台湾音乐人马兆骏的代表作。经过梁荣骏和 Beyond 乐队初代吉他手刘志远合作改编，新曲蕴含欧陆式、hip hop（嘻哈）、drum'n'bass（鼓和贝斯）、broken beat（破碎打击乐）、electronic music（电子音乐）等多种风格，既保留了原作精华，也为其注入了时代感，创新意味十足。配合张国荣高辨识度音色的细腻演绎，听起来熠熠生辉。"无需要太多，只需要你一张温柔面容"，代入感强烈的歌词，仿佛是唱给多年以后仍深深思念着他的歌迷朋友……

当年同样由船山基纪编曲的经典劲歌《无心睡眠》，在全新企划中则呈现出完全不同的音乐特质，也让我们见识到张国荣的人声在不同编曲氛围下的全新可能性。《无心睡眠 Sleepless nights Restless heart》使用了张国荣从未曝光的录音声轨，音乐人 J1M3 的编曲让乐迷感受到电影般的声效设计和氛围。他是梁荣骏夹带的"私货"，作为后者旗下 Passport Publishing 的音乐制作人，J1M3 深受英伦电子音乐的影响，游走在主流和非主流之间。尽管有着和陈奕迅、张惠妹、华晨宇等主流歌手合作的经历，但身为音乐厂牌 Greytone Music 的始创人和二人组合 Fabel 的昔日成员，J1M3 经常和地下音乐、嘻哈音乐联手，使用不同于主流情歌的阴沉暗黑的编曲方式。他为《无心睡眠》注入了时下流行的电子元素，配器饱满性感，紧逼的氛围配合"哥哥"魅力不羁的演绎，烘托出"无心睡眠""脑交战"的情绪纠缠。

有别于歌迷熟悉的版本，新版中一段副歌将歌词"踏着脚在'怀念'昨天的你"改为"踏着脚在'忘掉'昨天的你"。或许，这是张国荣在录制《SUMMER ROMANCE'87》专辑时不经意唱错的版本，却无心插柳地成就了三十六年后的又一遗作。

面目全非的颠覆性编曲绝不会让经典的记忆退色，想必梁荣骏深谙此理。《想你 On My Mind》由刘志远重新编曲，以简约的琴声衬托张国荣温暖磁性的声线，埋藏在心底的情绪顺着歌词脉络铺陈，直至倾泻释放。那迷人性感的萨克斯风 SOLO（独奏）

◆《Remembering Leslie》CD 封面

让人浮想联翩——"哥哥"感性的人声、销魂的舞步、白色的衬衫和由发梢滴落至胸口的汗水……

《DREAMING My Other Half》由 FORTYSIX 重新编曲，以弛放的 R&B（节奏布鲁斯）为主调，衬托张国荣性感的演绎，一字一句撩动人心，散发着迷离变幻的魅力。

A SONG FOR YOU 是全碟唯一一首英文作品，原唱为美国传奇唱作人利昂·拉塞尔（Leon Russell），收录于他 1970 年发行的首张个人专辑中。这首歌曾被无数歌手重新演绎，中国歌迷最熟悉的应该是卡朋特乐队（Carpenters）翻唱的版本。张国荣的细腻声线加之罗尚正的重新编曲，令真挚的情感再度升华。

不可否认，得益于技术的进步，《Remembrance Leslie》中张国荣的人声更加温暖清澈、充满磁性，听罢不禁让人眼眶湿润——那就是他风华绝代的黄金岁月！

与此同时，环球唱片还推出了同为纪念张国荣离世二十周年的另一企划专辑《Remembering Leslie》，邀请环球唱片和 TVB 旗下的实力新秀及流量明星曾比特、炎明熹等，翻唱"哥哥"环球时期的经典作品。相较 2012 年由一众老牌唱将演绎的《ReImagine Leslie Cheung》致敬专辑，此次新秀的翻唱让"哥迷"不敢恭维。抑或说，只有张国荣，才能超越张国荣。

◎ 经典曲目

《Remembrance Leslie》的最大亮点是两首管弦交响配器的作品，以及"新人"ＡＮＡ与 J1M3 参与编曲。

《MISS YOU MUCH Missing you》由ＡＮＡ重新编曲，注入电子元素，融合 EDM（电子舞曲）、Disco Funk（迪斯科放克）风格，更保留充满时代感的经典独白，冲击乐迷的既有印象。Funk（放克）味道十足的吉他节奏令人沉迷，加上灵动的打击乐演奏，似乎让熟悉的旋律幻化出全新的迷人舞步。

不同于日后香港歌手频频与交响乐团合作，二十世纪的港乐代表歌手鲜有让自己的人声驾驭交响乐编曲的尝试。在张国荣离开二十年之后，他的人声终于在交响乐的映衬下，迸发出迷人璀璨的耀眼火花。相较于四平八稳的旧作编排，《由零开始 Will You Remember Me》由捷克爱乐乐团重新改编，配器用上全管弦乐，由"哥哥"的声音带乐迷进入瑰丽的歌剧院，感受其间的华丽与感动。无论是张国荣的精妙作曲还是优雅演绎，《由零开始》都是一首完美贴合弦乐配器的作品。

《侧面 Silhouette》亦是梁荣骏联手捷克爱乐乐团重新编制，以颠覆性的大交响、全管弦配器替代电声器乐，恢弘庞大的声效气场让旧作焕然新生，一首流行作品也因此拥有了成为时代金曲的无限可能。

☆ 收藏指南

尽管"哥迷"一再声讨，但环球唱片确实创造了当下唱片市场的奇迹——将离世歌手的经典作品进行二度编曲呈现，使之成为不朽的歌坛传奇，一直被我们热爱并且怀念下去，还由此引发了实体唱片复兴。《Remembrance Leslie》首版 CD 于 2023 年 3 月 31 日在香港上市，首批购买可获赠封面同款海报一张。

专辑名称:《REVISIT》

唱片编号: 3519299

发行时间: 2020 年 10 月 16 日

发行公司: 环球唱片

唱片销量: 不详

专辑类型: 录音室专辑

首版介质: CD

制 作 人: 梁荣骏、唐奕聪、江志仁

专辑特色:

　　这张纪念张国荣的音乐专辑将"哥哥"的人声重新包装,全新的编曲也让这些张国荣的旧作焕发出了迷人的光彩。《REVISIT》成为 2020 年最高销量的香港实体专辑,更一度重燃歌迷到唱片店买实体 CD 的热潮。

唱片曲目:

01.《春夏秋冬 A Balloon's Journey》

　　　作词:林振强　作曲:叶良俊　编曲:唐奕聪

02.《大热 The Acca-Jungle》

　　　作词:梁伟文　作曲:张国荣　编曲:唐奕聪

03.《枕头 Bedtime Soul》

作词：周礼茂　作曲：唐奕聪　编曲：唐奕聪

04.《寂寞有害 Ancient Boutique》

作词：梁伟文　作曲：张国荣　编曲：唐奕聪

05.《路过蜻蜓 Piano in the Attic》

改编词：梁伟文　作曲：陈晓娟、袁惟仁　编曲：唐奕聪

06.《左右手 The Paradox of Choice》

作词：梁伟文　作曲：叶良俊　编曲：江志仁

07.《同道中人 Night Thoughts》

作词：梁伟文　作曲：江志仁　编曲：江志仁

08.《陪你倒数 The Sambass & Bossa》

作词：梁伟文　作曲：江志仁　编曲：江志仁

09.《梦到内河 A Rose's Spike》

作词：梁伟文　作曲：江志仁　编曲：江志仁

10.《我 The Hymn of Water Fairies》

作词：梁伟文　作曲：张国荣　编曲：江志仁

11.《发烧 Fervour of the Passionate》

作词：梁伟文　作曲：张国荣　编曲：唐奕聪

12.《全世界只想你来爱我 The Only Thing That Matters》

改编词：林秋离　作曲：叶良俊、梁伟文　编曲：江志仁

13.《敢爱 Original Demo》

作词：黄敬佩　作曲：张国荣、唐奕聪　编曲：唐奕聪

14.《我（永远都爱）The Reprise》

作词：梁伟文　作曲：张国荣　编曲：江志仁

专辑评分：★★★★

收藏指数：★★★☆

唱片市值：★★★☆

如果"哥哥"还在人世，2020 年他便是六十四岁了。这一年，香港环球唱片在疫情的阴霾笼罩下，斥重金将张国荣环球时期的经典名作进行重新制作，推出全新专辑《REVISIT》，以此延续"哥哥"的不朽金曲，让更多歌迷感受他不同面向的美。

　　众多音乐人的二度编曲创作和"哥哥"全新录音版本的曝光，加上环球的企划概念，还是让歌迷看到了心意和诚意。整张专辑糅合了多种音乐风格，极具试验性及探索性。《REVISIT》的选歌几乎无可挑剔，专辑中所包含的歌曲与张国荣的音乐生涯十分契合，快、慢、轻、重都有涉及。如果非要挑出美中不足，或许是没有一首作品被改编成爵士风格——"哥哥"的声线以及慵懒中透着敏感的唱腔，跟爵士乐简直是天作之合。

　　《REVISIT》最大的卖点依然是未曝光作品的重现，这要感谢专辑制作人梁荣骏。新艺宝时期，"哥哥"就和他有过愉快的合作。入主环球之后，"哥哥"更是找来梁荣骏与他联合监制唱片，此后二人还共同成立制作公司 APEX。可以说，在"哥哥"音乐生涯的后期，没有人比梁荣骏更加了解他的声音特质、演唱习惯。而"哥哥"总是喜欢为歌曲多保留一个不同的人声版本，那些没有在当年的专辑中采用的人声，就成为梁荣骏日后二度创作的绝佳素材。

　　筹备制作《REVISIT》时，梁荣骏无意发现在过往的录音带中，居然保留了当年张国荣录制《春夏秋冬》的不同声轨版本，其中恰有一个人声版本从未被过往的专辑选用，于是便有了新版《春夏秋冬 A Balloon's Journey》。

　　此举和《REVISIT》经典重遇的主题十分契合，顺理成章地成为这张专辑的最大惊喜。这首歌在器乐的选择及和声的编排上融合了许多古典乐的元素，对人声音轨的高频增强稍显突兀，使得"哥哥"的声音多了些清爽却少了些温暖与忧郁。唐奕聪在编曲上花足心思，他用不同乐器代表四个季节，意在营造放眼世界的释怀感，"哥哥"

◆ 《RIVISIT》CD 附赠多张"哥哥"写真明信片

的声音在重新制作的音乐情景下恍如隔世，令人唏嘘。

张国荣早前录制《同道中人》时，有主音与合声两版，此次江志仁尝试将当时未被采用的"哥哥"的声音配以精彩的编曲，呈现出异样的风情。原版《同道中人》的编曲备受"哥迷"喜爱，因为它的风格与《我》非常相似，而新版的《同道中人》则反其道而行，将 Vaporwave（蒸汽波）风格融入传统的配器方式，让人拍案叫绝。

《全世界只想你来爱我》是《左右手》的普通话版。如果说《左右手》唱出了感情的矛盾与纠结，那么《全世界只想你来爱我》则唱出了对感情的义无反顾，展现出"哥哥"一柔一刚两种风采。

《发烧》是《大热》的普通话版，唱爱情至上，爱到无药可救。经过重新编曲的新版《发烧》在带来全新感觉的同时，无减原曲的热烈温度，再听仍会跟着节拍舞动起来。

《左右手》选自 1999 年《陪你倒数》专辑，是张国荣的经典情歌之一。唐奕聪在首版编曲中加入电钢琴，为作品营造出幽怨的情绪。而此次负责重新配器的江志仁，当年曾参与制作《左右手》的 RIMIX（混音）版本。这一次，他将压抑的情绪贯穿歌曲始终，整首歌所表现出的纠结特质与歌曲的副标题 "The Paradox of Choice"（选择的矛盾）格外贴合。江志仁还将原版末尾处的那段弦乐用在新版的开头，是接续，更是流传。

《枕头》是一首颇具性感味道的情歌，原曲想营造 Bossa Nova（巴萨诺瓦）的感觉，在副歌部分加入了西班牙吉他，后又增添了一些黑胶声效。作为这首歌的作曲人，唐奕聪在重新编曲时进行了精妙的设计，使新曲多了些"哥哥"喜欢的灵魂乐的味道。值得点赞的是太极乐队成员雷有辉的和音，他与"哥哥"的声音水乳交融，令歌曲变得华丽。当下重听《枕头》最大的遗憾，莫过于制作《REVISIT》之后，"哥哥"重要的音乐伙伴、太极乐队灵魂人物唐奕聪也撒手人寰……

《敢爱》来自 2003 年《一切随风》专辑，虽然只是其中的一曲 DEMO（歌曲小样），却是一首耐听的遗珠，展现了哥哥生命最后阶段的人生态度。这首歌由唐奕聪、张国荣作曲，黄敬佩填词，唐奕聪编曲，梁荣骏监制，新的制作让原曲大为增色。

《REVISIT》的成功不能掩饰个别作品的制作失误，比如《梦到内河》。它来自2001 年的《FOREVER 新曲 + 精选》大碟，江志仁的编曲突出钢琴、弦乐，为原曲

◆ 《RIVISIT》CD 内外展开效果

增添了一份幽怨而迷离的艺术感。为了区别于原版，他在重新制作时使用钢琴造成流水声效，营造浪漫梦幻的氛围。新版《梦到内河》使用了电子编曲，这本无可厚非，毕竟张国荣在音乐生涯后期对电子声效驾轻就熟；最大的问题在于对人声的过度处理——将人声从原版的 3 分 20 秒拉长为新版的 4 分 25 秒，"哥哥"的声音被修出了大三度的颤音，这一画蛇添足的创意直接导致他原本辨识度非常高的声音发生了改变，给人疑惑的不真实感。

🎵 经典曲目

江志仁和张国荣的合作可谓亲密无间，他为"哥哥"打造的四部曲《陪你倒数》《梦死醉生》《寂寞有害》《同道中人》有口皆碑。此次为《陪你倒数》重新编曲时，江志仁尝试了当年不敢使用的形式，Bossa Nova、Drum & Bass（以鼓和低音为基本结构要素的电子舞曲）的编曲充满轻盈的跳跃感，让人情不自禁联想到《阿飞正传》中"哥哥"的感性扭动……

一定要留意专辑曲目中耐人寻味的副标题，如《陪你倒数 The Sambass & Bossa》中的"Sambass & Bossa"，这是一种巴西本土的音乐风格，融合了很多巴西当地的音乐形式，包括 Samba（桑巴舞曲）、Bossa Nova 等，充满热带风情。华语歌坛鲜有采用这种体裁编曲的作品，而江志仁在原《陪你倒数》人声基础上的创新尝试，不仅得到"哥迷"的认可，也显现出他不俗的编制实力。

《路过蜻蜓》由陈晓娟、袁惟仁作曲，"哥哥"在原曲中以其感性细腻的唱腔，演绎出成熟释怀的情绪。新编版本中，唐奕聪用相对简单的乐器，令"哥哥"忧郁的声音更为突出。这首歌的副标题是"Piano in the Attic"（阁楼中的钢琴），因为声场更小，阁楼里的钢琴声相较于大厅中的，在音色上会显得更暖、更哀，更能将那种紧绷的、一触即发的悲伤情绪展现得淋漓尽致。

☆ 收藏指南

当下，张国荣的版权作品已成为环球唱片的摇钱树，复刻、再版不计其数，除了不同科技含量的版本音色提升之外，一张唱片甚至可以用封面乃至碟片颜色区分为不同的版本，已经"无下限"到令人发指的地步。相较之下，这张制作精良的《REVISIT》值得购买收藏。

《REVISIT》发行了黑胶和 CD 两种版本，在香港引发抢购实体唱片的久违热潮，是 2020 年香港唱片市场的销量冠军。较之精美的黑胶版本，CD 版亦值得拥有，因为其中有"哥哥"的人声"彩蛋"。CD 版本还发行了带编号的"豪华庆功版"，内有一张 CD、一张收录 MV 的蓝光 DVD、歌词本，赠送多张写真明信片，限量发行 2003 套。

《REVISIT》黑胶版本比较复杂，分为粤语版、双语版和完整版，也有带编号的"限量庆功版"，首批采用"烫金属闪烁"字体印刷，内附大幅海报。其中完整版包含两张黑胶，音色完美，值得入手收藏。

专辑名称:《Leslie Cheung Legend Continues》

唱片编号: HM001（CD） 1012054（黑胶）

发行时间: 2016 年 9 月 9 日

发行公司: 环球唱片

唱片销量: 不详

专辑类型: 录音室 EP

首版介质: CD、黑胶

制 作 人: 梁荣骏

专辑特色:

　　环球唱片继《一切随风》之后发行的一张 EP，收录了四首"哥哥"于录音室录制却从未曝光的普通话歌曲，将其粤语版原曲重新编曲，满足"哥迷"的聆听、收藏需求。

唱片曲目:

01.《床单》

　　　作词: 梁伟文　作曲: 唐奕聪　编曲: 江志仁

02.《你听见没有》

　　　作词：梁伟文　作曲：Ahlstrand，Thomas Leif / Bertilss-on，Peter Jan / Brom-an，Peter　编曲：陈珀

03.《爱得不够坏》

　　　作词：梁伟文　作曲：Adrian Chan　编曲：罗尚正

04.《你的眼我的泪》

　　　作词：梁伟文　作曲：陈晓娟、袁惟仁　编曲：江志仁

专辑评分：★★★
收藏指数：★★★
唱片市值：★★☆

"哥哥"离开后，空留下张张经典专辑和段段惊艳影像。说到张国荣优秀的专辑作品，唯独他在宝丽多时期的两张大碟和一张EP，以及他离开之后环球唱片发行的两张大碟和一张EP鲜被提及，但它们却是我们认识张国荣不同时期艺术表现力的重要佐证。爱"哥哥"，理应爱他在各种状态下的真实自我。如果说2000年以前的张国荣青涩不羁，千禧年之后的"哥哥"则用成熟迷人的声线醉倒了更多有心人。

　　2016年9月12日，一张名为《Leslie Cheung Legend Continues》的唱片出现在唱片店显眼的位置。环球此举的目的很明显，要将这张"哥哥"御用制作人梁荣骏担纲制作的EP唱片，趁张国荣六十岁冥寿之机和想念他的众多"哥迷"一同分享。尽管其中收录了"哥哥"从未曝光的四首普通话歌曲，但"哥迷"对于环球的"诚意"似乎并不买账，"消费张国荣"的声音甚嚣尘上。

　　梁荣骏与梁伟文的联手辅助成就了张国荣的诸多经典。"哥哥"环球时期的唱片上，都印有他与梁荣骏共同创立的音乐制作公司APEX的名字，环球实则只负责张国荣专辑的推广与发行。可见，"哥哥"希望将音乐的话事权牢牢地掌控在自己手中。因为2003年的专辑《一切随风》引发了唐先生和环球以及APEX的侵权官司，即使最终环球、APEX胜诉，梁荣骏也极少碰触自己手中保存的张国荣生前录制的音频资源。直到唱片设计师杜宝强极力游说他将"哥哥"的遗作推出，这些未发行的作品才得以重见天日。

　　《Leslie Cheung Legend Continues》收录的作品《你听见没有》《床单》《爱得不够坏》《你的眼我的泪》分别是收录于2000年《大热》专辑中的《没有爱》、收录于2000年《untitled》EP中的《枕头》、收录于《大热》专辑中的《没有烟总有花》，以及《untitled》中的《路过蜻蜓》四首歌的普通话版本。四首作品由四位和张国荣有过亲密合作的优秀编曲大师操刀——梁荣骏担任监制，江志仁、陈珀、罗尚正（Ted Lo）负责

◆《Leslie Cheung Legend Continues》CD 附赠多张写真卡片

编曲制作，从这一点看，有歌迷诟病这张 EP 制作低劣似乎缺乏说服力。

听过便知，《Leslie Cheung Legend Continues》所呈现出的并非粗糙的 DEMO 水准——《床单》与粤语版的《枕头》有着同样深入骨髓的性感，江志仁将原版编曲的弹性特质引申发挥，而充满电子风情的招牌配器则向"哥哥"温柔感性的吟唱做出让步，一番改造相较唐奕聪编曲的粤语版本愈加风情万种；《没有烟总有花》为公益电影《烟飞烟灭》的主题曲，也是当年香港"无烟草运动"的主题曲，赵增熹的原版珠玉在前，《爱得不够坏》流光溢彩的全新配器则彰显了罗尚正的爵士才情；《你的眼我的泪》由江志仁亲自打造，和此前陈伟文营造的吉他编曲不同，善于使用键盘、合成器的江志仁依靠弦乐烘托，用钢琴领奏，古典弦乐"蜻蜓点水"的演奏和歌曲灵魂相映成趣，加上"哥哥"的深情诠释，更具戏剧化的呈现令人回味不尽……

相较于极富巧思的编曲配乐，专辑最大的"败笔"似乎是略显空洞尴尬，有时甚至不知所云的普通话填词。或许是词作者在粤语的运用上令人拍案叫绝的灵魂注入过于深入人心，至少面对相同的主题和场景，普通话歌词并未构建出迥异于粤语版的全新景象。尽管如此，忠实的"哥迷"丝毫不以为意，对他们而言，"哥哥"的一段哼唱甚至一声叹息都值得珍藏，更何况是他离开十三年后四首制作完整的成熟歌曲。

斯人已逝，眉目如画、声音充满磁性的"哥哥"依然如星斗般明亮璀璨。2016 年的这四首普通话新歌，让"哥迷"在秋天又邂逅了心底那温暖的声音。

◎ 经典曲目

当年《没有爱》的 Bossa Nova 氛围、不插电配器营造的是浪漫的夏日风情，即使在张国荣的演唱会上，它也是用木吉他演奏的清新小品曲风。而陈珀引入气势恢宏的管弦乐团，让《没有爱》改头换面，全新的古典配器使得《你听见没有》大气又不失灵动。

☆ 收藏指南

《Leslie Cheung Legend Continues》全球限量版共有 1956 张由日本印制的黑胶唱片，每张均附独立编号。另外，首批限量颜色 CD 版本（金 / 银 / 红 / 紫 / 橙）于欧洲制作。然而，这张 EP 既没有《一切随风》的"发行时机"加持，又不像 2020 年的《REVISIT》在制作上花足心思，因此即使有再多的宣传噱头，也没能激起太多人的购买热情。在数字唱片时代，一张仅有四首歌的 EP 却发行了五种颜色的实体唱片，"哥迷"叫苦的同时，不免抱怨发行公司的"吃相"过于难看……

◆《Leslie Cheung Legend Continues》限量颜色 CD 从外包装看并无区别

专辑名称:《哥哥的歌》

唱片编号：1030268（黑胶） EACD905（CD）

发行时间：2016 年 9 月 9 日

发行公司：华星唱片、东亚唱片

唱片销量：不详

专辑类型：录音室 EP（CD 版为合辑）

首版介质：黑胶、CD

制 作 人：梁荣骏

专辑特色：

　　收录了四首张国荣华星时期未发表的作品，数字 EP 由阿里音乐旗下的虾米音乐与阿里星球独家发布，实体唱片由东亚唱片发行。

唱片曲目：

01.《飞机师的风衣》

　　作词：文井一　作曲：林敏怡　编曲：林敏怡

02.《千山万水》(电视剧《福禄寿喜》主题曲)

　　作词：张龙光　作曲：吴大江　监制：李宗盛

03.《冰山大火》

    作词：林振强　作曲：Ryudo Uzaki　编曲：黎小田

04.《STAND UP（30th Anniversary Mix）》

    作词：林振强　作曲：Rick Springfield　编曲：C.Y.in London

专辑评分：★★★

收藏指数：★★★

唱片市值：★★☆

2016 年是张国荣六十周年诞辰，9 月，四首未发表歌曲以《哥哥的歌》数字 EP 形式推出，并由阿里音乐旗下的虾米音乐发起独家预售。实体唱片随即推出——黑胶版本同数字 EP，只有四首歌；CD 则走精选合辑路线，三张 CD 共收录五十一首歌。有趣的是，实体唱片上所印有的三家公司的 LOGO 可谓香港唱片业数十年来动荡整合的缩影：华星被东亚收购，东亚歌手渐渐过档寰亚音乐；2014 年 6 月，寰亚音乐、华星唱片旗下歌手唱片交由华纳唱片（香港）发行，同为东亚旗下的黎明掌舵的 A music 的代理权则交给了环球，即东亚的两个厂牌分别由两大唱片公司代理发行渠道。因此，《哥哥的歌》创纪录地出现了东亚、华纳、华星三家唱片公司的 LOGO——东亚是原版权所有方华星的替代者，东亚又利用华纳的发行渠道。更令人唏嘘的是，当初首发数字专辑的阿里音乐旗下的虾米音乐不久之后也灰飞烟灭，成为过往。

同为"哥哥"身后发表的作品，较之环球发行的两张专辑和一张 EP，《哥哥的歌》很少被提及。事实上，环球发行的张国荣的三张遗作，除了《一切随风》是"真遗作"之外，《Leslie Cheung Legend Continues》是四首旧作的普通话版，而《REVISIT》更是对"哥哥"人声的重新编曲包装。所以，《飞机师的风衣》《冰山大火》这样全新作品的出街，有理由得到更多"哥迷"的支持，更何况这两首歌还有另外的经典版本——1986 年张学友专辑《相爱》、1985 年梅艳芳专辑《坏女孩》中的同名作品。

细心的歌迷可能会提出疑问，如果说张国荣和梅艳芳曾经作为华星的"一哥""一姐"，分别演唱同一首歌《冰山大火》合情合理，那么华星与张学友签约的宝丽金唱片属于竞争对手，为什么出现了《飞机师的风衣》的不同版本呢？

其实，张国荣当初录制的《飞机师的风衣》只是 DEMO 版本，在尚未被选入任何专辑时，他就和华星约满到期，更加信任经纪人陈淑芬的"哥哥"选择加盟她成立的恒星娱乐，而陈淑芬经过慎重考虑，将他的唱片合约签在新艺宝。华星唱片封存了张

ReDiscovering LESLIE CHEUNG

◆《哥哥的歌》黑胶

国荣版的《飞机师的风衣》，不妨碍作者将作品投给宝丽金的制作部门。

1986年是张学友出道的第二年，凭借粤语专辑《Smile》《遥远的她·Amour》和普通话专辑《情无四归》，他已经成为星光熠熠的歌坛新秀，在他的第四张专辑中收录《飞机师的风衣》，也属于公司的正常操作，因此这首歌并不存在谁是原唱谁是翻唱的问题。

虽然"哥哥"一定不愿让自己并不完美的 DEMO 曝光，但是《飞机师的风衣》还是吊足了歌迷的胃口。而"哥哥"在第一句中的转音更是一下子将时光拉回到二十世纪八十年代，性感得让人垂泪。即使只是 DEMO，他的演绎仍温厚尽显，让歌迷又一次聆听到了他标准的"华星唱腔"——真切深情、醇厚感性、优美沉稳。

《冰山大火》的原曲是山口百惠的《摇滚寡妇》(《ロックンロール・ウィドウ》),收录于她 1980 年的同名专辑中,中文版首唱是梅艳芳,即 1985 年收录于专辑《坏女孩》中的版本,张国荣和梅艳芳在慈善演出"1986 白金巨星耀保良"中的合唱版本亦是经典。这首歌动感十足,梅艳芳版的先入为主丝毫不妨碍"哥哥"以华星时期声音的最佳状态,将它演绎得情绪饱满,极具张力。

而《千山万水》所流露出的淡淡悲伤,总让人联想到"哥哥"的感情世界——"有风有雨有欢笑有寂寞",这便是人生。"跋涉千山,横渡万水,飞跃海隅,走遍天涯"与你相知,可惜爱原来那么艰难……

除了三首未曾发表的遗作,《STAND UP》三十周年混音纪念版把张国荣的声音调得更清、放得更前,听感生动,彰显"哥哥"现场演绎的风采。

然而,再精良的混音和后期都不能掩盖《哥哥的歌》实体唱片制作上的平庸——没有创意的唱片封面、诚意欠奉的唱片内页引发了"哥迷"圈钱、"割韭菜"的抱怨。

无论如何,有熟悉的声音听,有熟悉的画面看,岁月当前,情怀当前,故人当前,人总是会埋单的。对于忠诚的"哥迷"而言,虽不齿有些冷饭总是被拿出来翻炒,只因为对"哥哥"的爱,他们还是会心甘情愿地把一份份冷饭一口一口地吃掉……

🎵 经典曲目

林敏怡的作曲、张学友的演唱都让《飞机师的风衣》成为这张遗作中最受关注的一曲。相较于张学友的豪情万丈,"哥哥"的版本更具故事性,他好似一位当事人,淡淡回忆,静静诉说……总之,能在"友生之年"听到"哥哥"的"新歌",也算万分庆幸。

☆ 收藏指南

2017 年 9 月,在 IFPI(国际唱片业协会)香港唱片销量大奖颁奖礼上,张国荣凭借《哥哥的歌》获得全年最高销量广东唱片、十大销量本地歌手、十大销量广东唱片三项大奖。不俗的市场反响无法掩盖这张 EP 的黑胶版本制作平庸的事实,建议入手"新歌+精选"的 CD 版,一张仅有四首歌的 EP 领衔三张 CD,让人觉得物有所值。

专辑名称:《一切随风》

唱片编号: 980978-0

发行时间: 2003 年 7 月 8 日

发行公司: 环球唱片

唱片销量: 20 万张

专辑类型: 录音室专辑

首版介质: CD

制 作 人: 梁荣骏

专辑特色:

    《一切随风》是张国荣的遗作,收录了他临终前所灌录的十首歌曲,也是他参与创作最多的一张专辑,十首作品中有六首由"哥哥"亲自作曲,其中《玻璃之情》是他作曲的最后一首作品。

唱片曲目:

01.《千娇百美》

    作词:梁伟文   作曲:C.Y.Kong 编曲:C.Y.Kong

02.《玻璃之情》

　　作词：梁伟文　　作曲：张国荣　　编曲：Daniel Ling

03.《敢爱》

　　作词：黄敬佩　　作曲：张国荣、唐奕聪　　编曲：唐奕聪

04.《随心》

　　作词：梁伟文　　作曲：Davy Chan　　编曲：吴国恩

05.《红蝴蝶》

　　作词：周礼茂　　作曲：张国荣　　编曲：唐奕聪

06.《蝶变》

　　作词：梁伟文　　作曲：唐奕聪　　编曲：唐奕聪

07.《我知你好》

　　作词：陈少琪　　作曲：张国荣　　编曲：唐奕聪

08.《挪亚方舟》

　　作词：周礼茂　　作曲：张国荣　　编曲：Adrian Chan

09.《我》

　　作词：梁伟文　　作曲：张国荣　　编曲：赵增熹

10. *I Honestly Love You*

　　作词、作曲：Peter Allen / Jeff Barry　　编曲：赵增熹

专辑评分：★★★

收藏指数：★★★

唱片市值：★★★

◆《一切随风》CD

电影《阿飞正传》中有一句令我们记忆深刻的台词："1960 年 4 月 16 日下午 3 点之前的一分钟，你跟我在一起。我会记得这一分钟。这是一个事实，我们改变不了因为已经过去了。"它惊心动魄，阐明了时间和记忆之间的矛盾：记忆企图挽留时间，但时间的本质是不可挽留。还是很感激"哥哥"陪伴了那么多人的成长岁月，让我们在最好的年华有偶像可以热爱，让我们的青春不那么单薄和暗淡。

2003 年 4 月 1 日，一颗星翩然陨落。多年之后，因为有心人，世间依然有"哥哥"浑厚醇美的歌声，与我们一唱一和。

《一切随风》收录了十首歌曲，其中七首是张国荣从未发表的作品。专辑投射着风烟里的背影和一颗不愿再跳动的心。没有矫情浮躁，为自己的生活而活，专辑传递的同样是这样的信息——很难有歌手会像"哥哥"一样给人如此统一的印象，歌我所歌，爱我所爱，无怨无悔。

《一切随风》最大的亮色自然是张国荣的创作，除了主打歌《玻璃之情》是他作曲的最后一首作品，他还创作了《敢爱》《红蝴蝶》《我知你好》《挪亚方舟》《我》五首歌曲，已渐进到随心所欲的境地。

这些由"哥哥"自己作的歌尽显平淡与大气，安静的吟唱就像二十世纪八十年代的怀旧曲，无惊无险，娓娓动听，倾诉着历经沧桑的看透，感悟着爱与生命的真谛。

录制这张专辑时，张国荣已病得很厉害，嗓子红肿得像苹果，因此很多歌最终呈现的都是试唱版，是"哥哥"在勉强可以录音时录制的。按照正常流程，正式录制前还要反复修改，所以《一切随风》所反映的一定不是"哥哥"演唱以及专辑制作的真实水准。但他在病痛折磨之下依然尽心歌唱，使专辑依旧感性动听。

令人遗憾的是，"哥哥"没能等到这张唱片发行。环球唱片更因擅自"蹭热度"将专辑出版，惹得唐先生将其告上法庭……

可以说，《一切随风》是一张万众瞩目却难免令人失落的唱片，不过因为张国荣大量参与作曲，依然值得仔细聆听。

开篇《千娇百美》由江志仁担纲作曲、编曲，他不遗余力地使用四个不同韵部把歌词打扮得异常娇媚。这样一曲四韵很考歌者功夫，"哥哥"唱来竟然毫不费力，高低音切换和主副歌转韵均流畅自如，全无雕琢过的痕迹。和《千娇百美》异曲同工，《蝶变》也流露出"哥哥"漂泊于红尘中的磊落不羁。

张国荣歌唱生涯后期的演绎方式独具特色，沙哑的声音非但没有显得不和谐，反而配合了歌曲的气氛。但《一切随风》中的一些作品却因为他被疾病折磨而稍显失色，《敢爱》中的一声"轻咳"更是揉碎了不少听者的心。这首歌在张国荣的轻吟细唱间流露出他的洒脱不群，那一声微微的咳嗽，那几秒舒心的哼唱，无不潜藏着一个歌者对音乐不息的钟爱与坚贞的感情。

环球后期的张国荣对歌曲的演绎比前期更新鲜也更有味道，其实他的作品无一例外地打上了他的印记，与其说无人超越，不如说无可取代。

越美丽的东西越不可触碰，《我知你好》便因为太甜蜜而让人很少有勇气聆听，用"凄美"来形容这首歌再合适不过。诚然，陈少琪的词可以给人满心的温暖，张国荣的演绎却映衬着悲凉。这首歌的创作初衷、歌词中的"我"和"你"、这张专辑所代表的意义早已不是秘密，这首感激爱人的歌谣，每一句都唱得那么决绝。

这是一首歌唱终老的作品，但他们却没有终老。"一起走世上都羡慕，一起飞我面容骄傲，烽烟四处仍可跳舞，同认真地想终老，没有什么都好，你给我这城堡……"不禁让人想起《倾城之恋》，想起白流苏和范柳原在烽烟四起的香港热恋。我愿意用整座城市换个你，多么豪迈，而豪迈背后却渗着冰冷。

专辑中的三首旧曲歌迷们都耳熟能详，特别是普通话版的《我》。有人抱怨环球唱片没有把第二版《我》收入此专辑，却间接满足了"哥哥"追求完美的心愿——他因为此前版本中的"阔"字没有唱准，而重新录制了一次。

《挪亚方舟》是 2001 年香港作曲家及作词家协会"金帆奖"颁奖典礼主题歌，不仅旋律出色，"挪亚方舟"的寓意更是充满新意，令人叫绝。

尽管我们在《一切随风》里听到了急坠的碎玻璃，看到了泣血的红蝴蝶，但并不能说这些歌曲反映出甚至决定了"哥哥"将走完人生的最后一程。

纵观张国荣的艺术生涯，无论是音乐还是影视作品，都有着深入骨髓的悲剧感，作为一个完美主义者，他的人生在来到世界的那一刻，或许就已经注定要走这样一程。但这绝非终结，对于爱他的人来说，一切并没有随风。风，继续吹；他，在我们的呼吸间永恒。

🎵 经典曲目

主打歌《玻璃之情》的歌词十分凄怨，以玻璃来形容脆弱的爱，描述一个人对爱情的愤恨。张国荣谱写的旋律不再如《大热》般华丽，而是苍凉内敛。他的声音犹如天湖中泛起的一圈涟漪，在稀薄的空气中轻轻荡来，慢慢散去，"牵手来，空手去，就去"。

与《玻璃之情》的暗自神伤形成鲜明对照的，是同样由张国荣作曲的《红蝴蝶》。歌曲前奏的钢琴声瞬间带听众回到二十世纪六十年代的餐厅，遣词则颇为激昂铿锵，使用"撇脱""余孽""恨断义绝"等入声词韵表达歌中人不惜一切与旧爱一刀两断的决绝，足见词作者周礼茂对一词一韵的运用甚是讲究。张国荣的演绎加重了歌曲的内在力度，却不至于激进失措，一字一句都恰如其分。

◆《一切随风》CD 打开效果

☆ 收藏指南

　　《一切随风》作为张国荣的遗作，唱片公司为衬托其形象特别使用紫红色绒布来制作封套，以熨银字印刷，代表"哥哥"送给歌迷的礼物。唱片上唯一一张"哥哥"穿西装的照片，是以五位数港币向某报馆购买的，因此这张唱片的成本比一般的唱片贵三倍。内地同步引进了《一切随风》，甚至紫色的绒布包装都和港版（中国香港发行版本，下同）如出一辙，内页中的简体字较之港版的繁体，可以清晰区分版本的不同。为满足内地歌迷的聆听习惯，引进的版本同时有立体声盒带的介质。

　　如果说环球唱片把"哥哥"去世前录好的七首新歌和三首旧曲组合成一张新专辑卖给歌迷，这样的商业行为姑且无可厚非，那么唱片印刷的错漏百出实在令人难以忍受——丝绒外包装有一条印着歌名的透明套带，上面的英文歌名出现拼写错误，而同样的错误在歌本内页竟又连犯两次；歌词的错误则更多，随便一翻，"满目疮痍"。如果"哥哥"未曾离去，一生追求完美的他定当不会允许这种荒唐的事情发生。可悲，可叹！

专辑名称:《CROSSOVER》

唱片编号: 064008-2

发行时间: 2002 年 7 月 20 日

发行公司: 环球唱片

唱片销量: 40 万张

专辑类型: 录音室 EP

首版介质: CD（AVCD）

制 作 人: 张国荣、Anthony Wong、梁荣骏

专辑特色:

　　《CROSSOVER》是一张合唱 EP，也是张国荣生前最后发行的录音室作品，共收录五首歌曲。2003 年，歌曲《这么远 那么近》获华语流行乐传媒大奖十大华语歌曲奖以及 CASH（香港作曲家及作词家协会）金帆音乐奖最佳另类作品奖。

唱片曲目:

01.《这么远 那么近》

　　作词：黄伟文　作曲：张国荣　编曲：李端娴

　　演唱：Anthony Wong　旁白：张国荣

02.《十号风球》

      作词：周耀辉　作曲：Anthony Wong、蔡德才　编曲：蔡德才

      演唱：张国荣

03.《如果你知我苦衷》

      作词：梁伟文　作曲：张国荣　编曲：梁基爵　演唱：Anthony Wong

04.《春光乍泄》

      作词：梁伟文　作曲：Anthony Wong、蔡德才　编曲：蔡德才

      演唱：张国荣

05.《夜有所梦》

      作词：梁伟文　作曲：Anthony Wong、李端娴　编曲：李端娴

      演唱：Anthony Wong、张国荣

专辑评分：★★★★

收藏指数：★★★★

唱片市值：★★★

张国荣在环球时期有两张 EP 发行——《untitled》和《CROSSOVER》。EP 是一个歌手随性不拘泥于制式的表现，只要概念完整了，情感到位了，想要的都有了，就可以推出了。环球给了"哥哥"这样任性、自我的空间让他发挥，也让歌迷得以欣赏到这些只有几首歌却十足精彩的"大碟"。

　　张国荣在制作过程中又是失踪，又是抱病，让这张专辑变得神秘起来。而原定要由两人共同完成的封面拍摄，也因"哥哥"的缺席变成了数码设计。

　　时任环球唱片总裁陈少宝对 2001 年年末《同步过冬》中的一小段合唱印象深刻，在他的提议下，方才有了这张 EP。就艺术水准而言，这张"巨星 × 鬼才"的合作专辑已至极臻境界，算得上香港乐坛的代表精品。

　　两位音乐人的合作方式成为专辑制作过程中考量的重点，简单的每人各唱一半的做法肯定无法向两人的歌迷交代。香港娱乐圈一直有"王不见王"的传统，但两位无论在创作领域还是演唱方面都已成为强者的音乐人，完全以音乐为重，最终交出了令人满意的答卷。不同音乐元素的碰撞，也让他们实现了对自我的超越。

　　《CROSSOVER》由五首歌和一首 MV 组成，两位演唱者除了各自翻唱对方一首创作歌曲（《春光乍泄》和《如果你知我苦衷》）外，还分别采用和唱（《十号风球》）与独白（《这么远 那么近》）的方式为对方作加持，最后两人合唱一首《夜有所梦》——在一唱一和中，这张具有历史意义的专辑大功告成。

　　《CROSSOVER》是"哥哥"生前最后发行的录音室作品，这张 EP 推出仅九个月他便撒手人寰，录制专辑时，正是他抑郁症发作的初期。直到他走后，外界才知道他的病情竟然发展到如此严重的地步。这张 EP 自始至终都很压抑，编曲制作属于非主流，其实并不适合一个抑郁症患者来演绎，但"哥哥"还是诠释得那么好，那么妙。从整体来看，专辑的填词和谱曲形成了一个完整的制作概念，不管是有心还是无意，

◆《CROSSOVER》CD 内页

都是一次惊艳且必将永恒的合作……

翻过封面上的暧昧连体照，打开乱红纷飞的歌词内页，首先映入眼帘的是编曲栏里李端娴、蔡德才、梁基爵等几个熟悉的名字；吉他则是唱片内除了歌声外最重要的一种声音，仅仅五首歌就请来四位吉他好手。其中最出彩的要数蔡德才重新编曲的《春光乍泄》，香港资深吉他手 Tommy Ho（何永坚，艺名谷中仁）极富拉丁韵味的弹拨，如同探戈女郎唇边轻咬一朵滴血红玫瑰，在幽蓝昏暗的舞池中身着长裙翩翩旋转，将满场观众撩拨得意乱情迷，成就了一支放肆张扬的探戈舞；而"哥哥"在歌曲进行到 2 分 18 秒时用气声吐出的"一样"二字，则漫布着颓废的性感，霎时让人回想起何宝荣在阿根廷的放浪与哀伤。这首歌带有鲜明的原唱者的色彩，带着"乱花渐欲迷人眼"的性感，张国荣虽然也有《红》《偷情》这样走迷幻妖娆路线的歌曲，还是更偏向于深情和温婉。"哥哥"只需稍稍降下一点声调，低醇的嗓音便会在瞬间爆发出迷离和性感，特别是那句"意乱情迷极易流逝，难耐这夜春光浪费"，简直摄人心魄。

《如果你知我苦衷》是张国荣写给周慧敏的经典歌曲，周慧敏的原唱是清亮的，略带忧伤的，唱出了一个女孩在爱情中的坚持和受伤。此次的翻唱版本则用沙哑的嗓音唱出无言的心痛，"如果你知我苦衷，何以没一点感动"——这不再是一个清纯少女的告白，更像一个历经爱情苦痛的痴心人在暗夜里的自省。作词、作曲、演唱——三个细腻男人的合作，为这首玲珑剔透的情歌营造出太多想象的空间……

相比于《如果你知我苦衷》的举轻若重、娓娓缠绵，《春光乍泄》的开阔明朗、炽烈坦然，《夜有所梦》是两人都很擅长的挑逗情歌，在电子迷离的处理之下，二人的合作珠联璧合，胜过《这么远 那么近》中念白和唱的分工，适合在所有爱欲扩张的夜晚聆听。

这张 EP 的名字"CROSSOVER"即改变、转型之意，今天重温，不得不对"哥哥"不甘臣服于命运和现实的那份执着感到唏嘘，彼时的他是多么想突破自己，突破心理上的困局！然而现实总是太过残酷，那种痛，也总是那么彻心彻骨……

🎵 经典曲目

《这么远 那么近》是这张专辑的重头作品，创作灵感来自几米的漫画《向左走，向右走》，也是专辑中流传度最广、最别致的一首歌。在《这么远 那么近》里，念白占据了和演唱同等重要的地位，二者忽而热烈，忽而冷峻，相得益彰。大气磅礴的演唱道尽爱得光明磊落却又暗涌悲伤，编曲出神入化地把南美洲的潮润温热融入英伦电子气息，加上"哥哥"飘忽不定的磁性感人独白，以丰富的层次营造出一种爱之不得的迷离氛围，让所有迷路的灵魂为之倾心不已，超脱不能。如果说《春光乍泄》是一朵哀怨缠绵的红玫瑰，那么《这么远 那么近》便"不是凡花数"了。

　　在池袋碰面，在南极碰面，或其实根本在这大楼里面。但是每一天，当我在左转，你便行向右，终不会遇见。

　　我由布鲁塞尔坐火车去阿姆斯特丹，望着窗外，飞越过几十个小镇，几千里土地，几千万个人。我怀疑，我们人生里面唯一可以相遇的机会，已经错过了……

　　无论是在街角擦身而过的人群里发现，还是在广阔的世界中找寻，错过都太过轻易。就像这张专辑，在兜兜转转的香港乐坛，两个惺惺相惜的音乐人，只有这唯一的一次合作，只得这五首歌曲，好似歌中所唱："命运，就放在桌上。"

☆ 收藏指南

　　《CROSSOVER》的版本不少，香港首版和二版很难区分，最明显的不同是封面上贴纸的文字内容。《CROSSOVER》首次采用了 AVCD 的介质存储，即碟里既包含 CD 也包含 VCD，用 VCD 机读取便可看到《这么远 那么近》的 MV。

　　《CROSSOVER》在张国荣发行的正版 CD 中非常紧俏，且发行的版本最少，也是"哥哥"首版唱片中最难入手的之一。当年几十港币的 EP 如今身价暴涨，很多歌迷只能望而兴叹。尽管日后环球发行了"图案黑胶"（画碟 LP）版本，可是黑胶的介质满足不了大多数年轻歌迷的聆听需求。

　　其实，环球并不是没有再版《CROSSOVER》，除了首版 EP 之外，这张唱片曾被收入一套环球 24K 金碟合辑中，但是这限量 1500 套的《The Apex Collection》（24K GOLD 5CD）如今亦是天价。

追縱寵愛

MISS YOU MUCH LESLIE

专辑名称：《FOREVER 新曲 + 精选》

唱片编号：0140952

发行时间：2001 年 3 月 21 日

发行公司：环球唱片

唱片销量：30 万张

专辑类型：录音室合辑

首版介质：CD

制 作 人：张国荣、梁荣骏

专辑特色：

　　收录了 *Tonight and forever* 以及《梦到内河》《洁身自爱》《月亮代表我的心》四首新歌，亦重新灌录了《没有烟总有花》《我》两首旧歌。

唱片曲目：

01.*Tonight and Forever*

　　作词、作曲：Thomas Ahlstrand / Peter Malmrup　　编曲：Thomas Ahlstrand

02.《梦到内河》

　　作词：梁伟文　　作曲：C. Y. Kong　　编曲：C. Y. Kong

03.《洁身自爱》

　　　　作词：梁伟文　　作曲：陈晓娟　　编曲：Adrian Chan

04.《没有烟总有花》(无烟草电影《烟飞烟灭》主题曲)

　　　　作词：梁伟文　　作曲：Adrian Chan　　编曲：Adrian Chan

05.《月亮代表我的心》

　　　　作词：孙仪　　作曲：汤尼　　编曲：Adrian Chan

06.《大热》

　　　　作词：梁伟文　　作曲：张国荣　　编曲：唐奕聪

07.《路过蜻蜓》

　　　　作词：梁伟文　　作曲：陈晓娟　　编曲：Adrian Chan

08.《春夏秋冬》

　　　　作词：林振强　　作曲：叶良俊　　编曲：Adrian Chan

09.《枕头》

　　　　作词：周礼茂　　作曲：唐奕聪　　编曲：唐奕聪

10.《心跳呼吸正常》

　　　　作词：林振强　　作曲：徐日勤　　编曲：Alan Tsui

11.《左右手》

　　　　作词：梁伟文　　作曲：叶良俊、林秋离　　编曲：Gray Tong

12.《我》(普通话)

　　　　作词：梁伟文　　作曲：张国荣　　编曲：赵增熹

13.《陪你倒数》

　　　　作词：梁伟文　　作曲：C.Y.Kong　　编曲：C.Y.Kong

专辑评分：★★★☆

收藏指数：★★★☆

唱片市值：★★★

张国荣生前在华星唱片、新艺宝唱片和环球唱片都留下了水准不俗的精选辑。较之华星时期的《情歌集·情难再续》《劲歌集》，以及新艺宝时期的《DREAMING》，《FOREVER》可以说是张国荣音乐生涯中最精彩的一张"新歌 + 精选"。

1999 年起，张国荣发行了《陪你倒数》《untitled》《大热》，举办了"热·情演唱会"，专辑、EP、演唱会玩了个遍，独缺一张"新歌 + 精选"，《FOREVER》便诞生了。

这张唱片的封面备受"哥迷"推崇——"哥哥"凌乱的发丝、眺望的眼神，以及他身后绵延的黄沙，让人联想到人生漫漫，流年匆匆。而他温婉厚重的声音演绎，则给人刹那间天荒地老的错觉。

新作《梦到内河》的 MV 由张国荣自导自演，他唱着苦恋的情歌，扮演的却是无情的爱人。这首歌的歌词和旋律无可挑剔，在某种程度上，它甚至比《我》更贴近张国荣，更像他的自我表达。《我》是坦荡的，面对世人的，骄傲宣称我就是我，站在世人面前展示自己的坦诚；《梦到内河》则是自己面对自己的坦诚，比面对世人更深入更直白，因为这首歌是写自我，水仙少年临水看花，爱上了完美的自己。

同为新歌的《洁身自爱》是一首略带哀怨色彩的苦情歌，作曲是陈晓娟，王菲的《流年》、陈奕迅的《失忆蝴蝶》、莫文蔚的《爱》等都出自她手。陈晓娟上一次和张国荣合作是《路过蜻蜓》，可以说她是一位难得的音乐才女。相较之下，《洁身自爱》的词稍显晦涩，但一句"求你不要，顽劣不改，做孤雏只许洁身自爱，你不算苦，我不算苦，我们应该苟且偷生脱苦海，求你不要迷恋悲哀，示威怎逼到对方示爱"道尽了苦情的苦。整首歌没有大开大合、高潮迭起的旋律，前面的铺陈淡得像在对听众讲故事，副歌部分"哥哥"近乎哀求、哭诉的情绪演绎，细品不比《梦到内河》差。

Tonight and forever 翻唱自美国组合 B3，曾出现在张国荣 2000 年发行的日版专辑《大热 +untitle》中，此次收录的是他重新演绎的版本，两次灌录的时间间隔不足一年。

◆《FOREVER 新曲 + 精选》CD

这首作品的日本版并不像《我》那样存在明显的瑕疵，一个歌手在短时间内两次进棚录制同一首歌并唱出不同的味道实属罕见，不难看出张国荣不断探索的认真与执着。日版和港版的音调和对高潮部分的重复都不尽相同，一遍遍重复演绎副歌，柔中体现变化，刚中凸显硬朗，中间的一句突然变调，都尽显张国荣的用心。较之温柔的日版，我个人更加偏爱激情阳刚的港版，让人听后莫名感动。

此次收录的《月亮代表我的心》是演唱会现场版，想感受"哥哥"煽情、倾情、动情的歌唱，听这首就对了。这首歌被无数次翻唱，而歌迷似乎只对邓丽君和张国荣的版本印象深刻。张国荣版本的点睛之笔，非他在现场演绎前的那段真情告白莫属，从此，《月亮代表我的心》只能唱给自己生命中最重要的人。这首歌无论调式还是歌词都十分简单，不过是告诉对方自己的情真意切，回忆过去竟然只有"轻轻的一个吻"，张国荣的演绎可以用"誓言"二字道尽。若要评选他的"感情三部曲"，除了《为你钟情》《奇迹》，第三首便应是这首源于舞台的《月亮代表我的心》。

除了上述四首新歌，《没有烟总有花》完全可以算作《FOREVER》中的第五首新歌，因为这里收录的是重新制作的版本。相较《大热》中的版本，此次的前半部分更接近 Accapella（无伴奏演唱）的唱法，后面才加入了吉他、鼓点、键盘等。从三个版本的《左右手》到两个版本的《没有烟总有花》可以看出，张国荣越发知道自己想要什么味道的音乐，与其匆忙制作一些新歌，不如把旧曲做精，这也是他追求完美的最好佐证。

而《FOREVER》中另一个张国荣追求完美的佐证，便是重新录制了《我》，原因是首版中有咬字错误的问题。

总之，《FOREVER 新曲 + 精选》将张国荣环球时期的佳作一网打尽，它好像在以恋战舞台的王者之姿昭告天下：你要永远记得 Leslie 这位不朽的天才！

🎵 经典曲目

张国荣演艺生涯后期对艺术的探索，最深刻、最具代表性的主题无疑是"自我"。这一主题尝试始于 2000 年的专辑《大热》，确切地说是《我》这首歌，他在 2000 年至 2001 年的"热·情演唱会"上对此进行了反复诠释。这一探索以《梦到内河》结尾——在 2001 年的"热·情演唱会"中，《梦到内河》取代了《我》的压轴位置，可见其中深意。

《梦到内河》编曲绵密紧凑，是江志仁擅长的钢琴和弦乐。歌词运用大量意象，配合张国荣连绵流畅的唱法及略带沙哑的唱腔，色调冰冷阴暗，别有一股绝望的味道。

这首歌的 MV 更加诡异，其中张国荣和日本舞蹈家西岛千博裸体共舞的场景尤为著名。MV 表现的是希腊神话中美少年纳西索斯终日只对着水面欣赏自己的容貌，最后化作水仙花的传说，呼应着张国荣反复探求的"自我认识"与"自我欣赏"的过程。这一点从歌曲的原题《天鹅》中便可见一斑——天鹅在湖中顾影自怜，而"我"在"内河"眺望，望着的或许就是潮水涨落下自己的影子。歌词中反复出现的"你"表面

◆《FOREVER 新曲 + 精选》MD 打开效果

上看似乎是已分手的情人，深入探究或许指的还是自己。当然，对于这首歌的解读见仁见智，就连"哥哥"也说，你看到什么就是什么，他不会过多解释。

无疑，在艺术表现上，《梦到内河》达到了张国荣音乐生涯的高峰。它那用表演和影像呼应音乐主题的 MV 更是一部非常具有象征意义的作品——张国荣代表着克制、禁欲、清醒，西岛千博则代表着赤裸的欲望，两个人分别呈现出一个人身上两种矛盾的特质，这是一种自我审视，是并不表态的，是既接受又抗拒的。在此之后，张国荣对"自我"主题的探索归于沉寂。

总而言之，《我》和《梦到内河》是"自我"这一主题的两根支柱和两座高峰，而后者更艰涩隐晦，更高超卓越，每个人都能从中听出一个自我。

☆ 收藏指南

《FOREVER 新曲 + 精选》最值得收藏的是环球唱片首版推出的"透明厚盒双碟版"。神奇的是，这张唱片再版的市场售价远高于首版，原因可能是增加了一个靓丽的纸壳封面，比原本"极简"的首版更加立体生动。之后的诸如 24K 金碟版则满足了歌

◆《FOREVER 新曲＋精选》透明胶版本

迷的收藏需求。而其内地引进版 CD 以《永远》命名。

　　《FOREVER 新曲＋精选》目前市场流通的四个黑胶版本是 2012 年首版黑胶、日后的 ARS 版黑胶，以及透明胶和图案彩胶。但其最珍贵的发行介质是 MD（迷你磁光盘）版本。MD 是日本索尼公司（SONY）于 1992 年正式批量生产的一种音乐存储介质，流行时间不长。环球唱片曾发行了一些正版 MD 作品，因数量不多极具收藏价值。而张国荣的《FOREVER 新曲＋精选》MD 版本，更是环球发行的华语歌手 MD 当中，最值得珍藏、最价值不菲的一张。

　　盒带版本的《FOREVER 新曲＋精选》有两种，一种是内地引进的《永远》，另一种则是非常罕见的韩国版。

专辑名称:《大热》

唱片编号：542967-2

发行时间：2000 年 7 月 1 日

发行公司：环球唱片

唱片销量：40 万张

专辑类型：录音室专辑

首版介质：CD（AVCD）

制 作 人：张国荣、梁荣骏

专辑特色：

　　这是为了配合张国荣 2000 年的"热·情演唱会"推出的专辑。制作人由张国荣、梁荣骏共同担任，张国荣还操刀了专辑中四首歌的作曲。

唱片曲目：

01.《我》

　　　作词：梁伟文　作曲：张国荣　编曲：赵增熹

02.《大热》

　　　作词：梁伟文　作曲：张国荣　编曲：唐奕聪

03.《侯斯顿之恋》

　　作词：梁伟文　作曲：Eric Kwok　编曲：Peter Kam

04.《身边有人》

　　作词：梁伟文　作曲：松本俊明　编曲：Adrian Chan

05.《奇迹》

　　作词：梁伟文　作曲：徐日勤　编曲：徐日勤

06.《Don't Lie To Me》

　　作词：周礼茂　作曲：Nylen / Sela　编曲：唐奕聪

07.《午后红茶》

　　作词：梁伟文　作曲：Davy Chan　编曲：Adrian Chan

08.《没有爱》(电影《恋战冲绳》主题曲)

　　作词：梁伟文　作曲：Ahlstrand / Bertilsson / Broman　编曲：Adrian Chan

09.《愿你决定》(原曲：吕方《无缘》)

　　作词：林振强　作曲：罗文聪　编曲：Adrian Chan

10.《没有烟总有花》("千禧年共创无烟草香港运动"主题曲)

　　作词：梁伟文　作曲：Adrian Chan　编曲：赵增熹

11.《发烧》(普通话)

　　作词：梁伟文　作曲：张国荣　编曲：唐奕聪

12.《我》(普通话)

　　作词：梁伟文　作曲：张国荣　编曲：赵增熹

专辑评分：★★★★

收藏指数：★★★☆

唱片市值：★★★

专辑名定为"大热"，是为了迎合"大而热的爱情"这一主旨。它品质上佳，口碑不俗，所收录的歌曲词曲配合得恰到好处，张国荣唱快歌时的性感狂野与唱慢歌时的款款柔情在这张专辑中都有着淋漓尽致的体现。

张国荣复出之后，将很多精力转向幕后制作，写了很多歌，抒情风格占绝大多数。专辑中的《我》是"哥哥"表达人生态度的创作。他先完成作曲，并把第一句歌词确定为一部电影的台词"I am what I am"（我就是我）。词作者写完歌词拿给"哥哥"看，"哥哥"说："果然就是我要的。"

粤语版《我》浓缩了张国荣一生的不羁气质，他仿佛怀着天地初开时的单纯与自豪，向世人宣示自己的与众不同。理想的世界是多么公平而美好，没有歧视没有战争，自我本色获得最大的认同和尊重；明亮而坚定的歌声承载着不经修饰的美丽与刚强，背景声中澎湃如海的弦乐，便是无数心灵的共鸣与广阔天地的和唱。

专辑《大热》之所以吸引人，主要是因为这样连续的三首歌——《大热》的热火烧过冰山乍现，《侯斯顿之恋》的缥缈又真实，以及《身边有人》的无奈与可奈。

和此前在华星、新艺宝时期主打劲歌作品不同，张国荣无论在滚石还是在环球，主打歌都是些抒情歌或者轻快小品，专辑《大热》却是个例外——它的主打是"哥哥"在音乐生涯后期少有的动感十足的同名劲歌，并且由他自己作曲。《大热》编曲华丽，稍显怪异的背景音乐和躁动的节奏营造出一种紧张的氛围，张国荣的演绎则始终保有新人的激情和天真。

《侯斯顿之恋》和《午后红茶》两首小品同样让人惊艳。《侯斯顿之恋》将男女主角的距离拉至月球和地球间这般遥远，纵有引力，却无助于他们再次相聚。在信息科技发达的时代，人与人之间却更容易失去联系，有时人与人之间心灵的排斥，比物理世界所有引力叠加起来还要强大。"哥哥"的演唱貌似无忧，却透着悲凉与苍黄。歌曲

◆ 《大热》三色封面 CD

旋律清新淡雅，节奏明快；歌词的意象则甚为天马行空，仿佛一个美丽的童话故事，表现出作者对人与人之间真诚的心灵沟通的渴望。

《身边有人》用淡淡的口吻描述一幕啼笑皆非的情景剧：男主角刚在电话中提出分手，却听见电话另一头女主角情人的声音，词作者用其生花妙笔再一次调戏了世间爱情，也配合了张国荣久经沧桑的一面。

《午后红茶》有使人为之一振的惊喜。"哥哥"的诠释，带着一种柔和唱腔少有的坦诚与骄傲，而以物寓情、以小见大更是词作者一贯的拿手好戏，"山水画只可景仰，难住进现场"，立志将现代诗写入流行歌曲的他，再一次显现出自己的匠心独运，词中佳句不断。张国荣则抛掉了他的气声唱法、短促吐字和力量变化，不是在音乐中突出个性，而是将自己融合到音乐意境中，最终让这杯《午后红茶》有平淡有苦涩，更值得回味……

电影《恋战冲绳》的主题曲《没有爱》，旋律慵懒，充满夏日的感觉，是一首舒服的中版情歌。《愿你决定》既有饱含感情的奔放，更有情感沉淀于心底的娓娓道来，"哥哥"的演唱使之如同一首意味深长的抒情诗歌，平凡中方见不朽。《没有烟总有花》则是张国荣自编自导并主演的无烟草电影《烟飞烟灭》的主题曲。

《奇迹》是"哥哥"唱给心中挚爱的一首作品，因此在演绎时倾注的感情要超过其他歌曲，副歌哽咽般的嘶哑嗓音听上去万分动情。"那日我狂哭不止，不再哭，不再哭只不过是为了伴侣欢喜"，表达的显然是他患病后饱受身心折磨，情绪经常难以自控，有时甚至伤害到挚爱，因为痛而"狂哭不止"，可又怕对方担心与伤心，只得止住眼泪，配合治疗，自己痊愈还是其次，主要是"让伴侣欢喜"，曲调之缠绵催人泪下，传达的不过是一个"情"字。不懂"哥哥"的情，就听不出《奇迹》的好；或者说没听过《奇迹》，很难说真懂张国荣。

经典曲目

张国荣的劲歌热舞，一直都是港乐中最耀眼的一道风景。和早期劲歌的青春逼人相比，《大热》多了一份成熟感性，它是狂躁的、热情的、绽放的，有着鲜明的季节感，是每年夏天一定要听的粤语歌。"哥哥"以其奔放、无拘束，酣畅淋漓的演绎，成就了这首港乐经典舞曲。

专辑最后两首歌《发烧》和《我》，是《大热》和粤语版《我》的普通话版本。纵观张国荣的音乐生涯，《有谁共鸣》与《风再起时》可以代表他早期及中期的心路历程，"哥哥"亲自创作的《我》则成为后期一首重要作品，属张国荣自传式表达，展现了他最真的性情、最洒脱的人生态度。历尽千帆，借此歌回首半生，"哥哥"真正做到了笑骂由人，活出真我。放眼众生，每个人都是独一无二的，都是葡萄园里唯一的水仙子。

相较于粤语版《我》，张国荣显然更偏爱普通话版，在2000年的"热·情演唱会"上，他每场都要唱两遍——中场唱一遍，终场再唱一遍，将此曲演绎得深情又大气，歌唱技巧炉火纯青。变化多端的和声以及简洁而又色彩丰富的背景音乐，加强了歌曲的艺术性。

两个版本的《我》在歌词方面有明显的承继性和对照性，粤语版是"万世沙砾当中一颗"，普通话版是"十个当中只得一个"——在万物众生中看似渺小却明白自己的独特，从而对世界充满诚恳的感激，是立于凡尘的谦卑和温和。后者用"颜色不一样的烟火"和"孤独的沙漠里一样盛放得赤裸裸"的蔷薇，表达坚定的自信、举世独立的清高和傲然。二者一于地一在天；一个是对"我是什么"的自我叩问并最终得到自我肯定的过程，一个是发出"我就是我"的骄傲宣言，展现光明磊落的非凡气度；一个是"站在屋顶"的平实坦然，一个是"在琉璃屋中"的华贵超然……这首表现歌者自我感受的作品，歌词与音乐均营造出一种超脱自我的感觉。前后呼应的歌词，汹涌澎湃的音乐，为整张唱片画下一个绝美的感叹号。

☆ 收藏指南

《大热》分别以红、黄、绿为背景色，发售了三个封面的 CD 版本，张国荣抬头仰望的侧面照与专辑中的歌曲《我》相呼应。

◆《大热》三色 CD 盘面

◆《大热》九种盘面再版黑胶

　　严格讲，首版《大热》的介质是 AVCD，放在 VCD 机中读取，就可以看到《没有爱》的 MV。专辑首发时三色 CD 售价相同，但经过炒作、哄抬，渐渐形成了红、黄、绿价格依次降低的市场现状。

　　三色封面也为环球唱片日后再版提供了多版本的理由，《大热》于是成为黑胶回潮背景下发行黑胶版本最多的一张专辑，除了三色的 12 吋版本，还发行了三色彩胶版和图案画胶版共七个版本。

　　新千年之后，盒带发行基本退出历史舞台，因此《大热》的盒带版本格外珍贵。存世的有中国内地版和新马版，极少出现在流通市场上。

专辑名称:《untitled》

唱片编号: 157635-2

发行时间: 2000 年 3 月 1 日

发行公司: 环球唱片

唱片销量: 60 万张

专辑类型: 录音室 EP

首版介质: CD〔AVCD〕

制 作 人: 张国荣、梁荣骏

专辑特色:

　　这是张国荣入主环球唱片后发行的首张 EP,据说推出不足一周即被抢购近 5 万张,荣获 2000 年度四台联颁音乐大奖大碟奖,其中收录的《路过蜻蜓》是香港四台冠军歌曲。

唱片曲目:

01.《路过蜻蜓》

　　作词:梁伟文　　作曲:陈晓娟　　编曲:Adrian Chan

02.《你这样恨我》

　　作词：梁伟文　　作曲：Adrian Chan　　编曲：Adrian Chan

03.《左右手》（Acoustic Mix）

　　作词：梁伟文　　作曲：叶良俊　　编曲：崔炎德

04.《枕头》

　　作词：周礼茂　　作曲：唐奕聪　　编曲：唐奕聪

05. *I Honestly Love You*（原唱：Olivia Newton John）

　　作词、作曲：Peter Allen / Jeff Barry　　编曲：赵增熹

专辑评分：★ ★ ★ ★

收藏指数：★ ★ ★ ☆

唱片市值：★ ★ ★

2000 年的情人节之后，张国荣接连发行了 EP《untitled》和大碟《大热》，为之后的"热·情演唱会"造足了声势。时下回看，《untitled》还是具备一定的"圈钱"相，因为这张 EP 的发行时间恰好位于 1999 年度各大颁奖典礼刚刚进行完毕之时，早在 1995 年复出乐坛就宣布不再领取任何竞争性质奖项的张国荣，依然在这一年强势地拿下了代表港乐最高成就的"金针奖"、劲歌金曲荣誉大奖等多个分量十足的奖，重回环球唱片的首张大碟《陪你倒数》推出两个月便售出超 6 万张，所收录的歌曲《左右手》更是在多个颁奖典礼上获颁年度金曲……在"四大天王"的热度逐渐被陈奕迅、谢霆锋等迅速崛起的新人取代的世纪之交，张国荣能重回巅峰，不得不令人称叹。

《untitled》收录的五首作品包括一首翻唱的 *I Honestly Love You* 和《陪你倒数》的大热主打《左右手》的重新编曲版，因此这张 EP 实际上只有《路过蜻蜓》《你这样恨我》《枕头》三首新歌，可见制作之仓促。尽管如此，没有人会否定《untitled》的伟大，不仅因为单凭这三首新歌就足以让人对此细碟感到满意，更因为整张专辑在制作上的统一性。正如宣传文案所说，五首歌的编曲都没有用到鼓，张国荣"想把唱片弄得很轻很轻，有如晚风吹过，没有半点激情来要你痛心疾首，只要平平静静地享受，享受音乐，也是享受生命"。

回望张国荣的音乐生涯不难发现，他是一个喜欢用 EP 及时展示创作和表达情绪的歌手，每个时期都有精彩的细碟呈现。与欧美、日本等唱片业发达的地区不同，二十世纪的华语歌坛，歌手普遍发行大碟，甚少出版单曲，介于单曲与大碟之间的 EP 则多在新人试水、唱片公司利用当红歌星的人气榨取商业价值，抑或唱片制作尚不完备又急于发片之时推出，所以这种渐趋"不纯洁"的出版物的质量，常常被用来衡量歌手的职业素养以及唱片公司的节操。所幸，张国荣的 EP 唱片，无一例外皆属精品。

按照张国荣本人的解释，因为《untitled》在情人节之后发行，所以希望赋予它情

◆《untitled》CD

歌的特质——《路过蜻蜓》的伤感，*I Honestly Love You* 的甜蜜，《左右手》的动情，《你这样恨我》的淡然，《枕头》的性感……每一首都是不同味道的情感表达。是因为首首感觉不同，将 EP 命名为"无题"？又或者感情太过复杂，无法用简单的词语概括？对此，张国荣给出的回答是："因为想不到用什么名，而每次见到自己喜欢的黑白相，都会在相上写个'无题'，所以今次决定用'untitled'为名。"

这是一张让人听后如沐春风的唱片。张国荣的音乐风格从宝丽多时期的英伦老派、华星时期的青春洋溢，到新艺宝时期的成熟大气、滚石时期的电子迷幻，直至"重回"环球体系的前卫自我，一路走来，《untitled》成为他进阶旅途中的小小喘息。此时，听者可以认真安静地欣赏他的发声、吐字、换气……和此前《红》的妖媚、《Printemps》

的翠绿、《陪你倒数》迷乱的色彩叠加不同，无题的《untitled》好似一张白纸，留给听者大面积思考与想象的空间……

《你这样恨我》初听就是流行歌，细看歌词，"温馨被单都变成负荷""和你分手时候，仿似割断你千秋""就狠心期望，祝我与旧信火葬"等佳句，就好像对面坐着正恶语相向准备分手的情侣，劝他们给彼此留一点余地。作曲兼编曲陈伟文（Adrian Chan）则用吉他和弦乐的配器方式为面临分手的负心人开脱出"你这样恨我"的完美借口。

《枕头》是张国荣和唐奕聪、周礼茂的合作。毋庸置疑，枕头是极暧昧的。把爱人当枕头，已然能证明爱人的真实感和依赖感。周礼茂的词总有个性的"情爱"色彩，而《枕头》的性感也被张国荣拿捏得恰到好处。唐奕聪的创作才华早已通过《怪你过分美丽》等作品展露无遗，他在张国荣音乐生涯的后期扮演了重要的角色。

张国荣的歌唱启蒙是学唱西方流行歌曲，这张 EP 他选择翻唱了一首 *I Honestly Love You*。这是一首"哥哥"小时候就非常喜欢的浪漫的作品，深情地直诉衷肠，很柔，很甜，作为结束曲，让这张 EP 可以没有包袱地听完。或许这是"哥哥"有意带给歌迷的甜蜜回馈，歌名"我真的好爱你"便是他对歌迷的胸臆直抒。

🎵 经典曲目

《路过蜻蜓》张国荣以蜻蜓自喻，轻轻扇动翅膀路过你我的生活，不插手不取悦，只是想活好自己，那句"不笑纳也不必扫兴"是一种倾诉，也是一种自省。一只蜻蜓路过，一张很轻的 EP 拉开帷幕——张国荣和陈晓娟的首次合作就擦出了火花。陈晓娟出人意料地把握住张国荣的声线，唤醒了昏黄的痴心。一串朴素的吉他声滑出，他微带着沙哑落寂地唱，忧郁缓缓地以立体的方式包围，没有汹涌的急，没有潺潺的悠，唯有蔓延的温柔，将一只路过蜻蜓的告白娓娓道来。

重新编曲的《左右手》，木吉他如清泉细流直入心房，情感铺垫细腻无声。相比之下，《陪你倒数》里的原版偏重煽情，普通话版《全世界只想你来爱我》烂俗到成为当年的败笔；附送碟里的"调乱左右版"虽有所改动但仍不够轻盈、感人……前后出现四个版本，足见张国荣对这首歌的重视程度，只可惜获奖的是味道最浓重的原版。值得一提的是，重新编曲的吉他民谣版开头和结尾都模拟了电话的音效，"哥哥"仿佛在

◆《untitled》CD 内页

遥远的另一端诉说着心绪，朦胧的氛围赋予《左右手》新的意境。

☆ 收藏指南

《untitled》虽然只是一张收录了五首歌曲的 EP，却一改张国荣此前作品浓厚的商业气质，继《SALUTE》之后，"哥哥"再一次亲自撰写了唱片的文案，其间反复用到"我好中意""我好爱"一类的句子，可见《untitled》的不简单。

这张 EP 的首版除了五首歌曲，还附赠张国荣"1999 年奖项巡礼 + 封套拍摄过程 + 新歌自述"的视频，电脑即可读取，因此严格意义上说，这是一张 AVCD。

由于销量可观，环球唱片在首版发行仅半个月之后即推出了《untitled》的特别版，除了一张 CD，还特别加赠六张卡片，附送的一张 VCD 则收录了《路过蜻蜓》《枕头》两首歌的 MV，比首版更珍贵。

《untitled》和随后专辑《大热》合二为一的日本版值得永久珍藏——无论压盘音色还是包装设计都异常精美，代表了那个时期日本唱片制作的最高水准；歌词本更像一册写真般丰富厚实，且发行量极少，升值空间较大。值得一提的是，*Tonight and Forever* 只收录在这张日版碟中，还有"哥哥"珍贵的字迹。

《untitle》仅有的内地版盒带成为抢手货，黑胶介质目前只有一个图案画胶版本。

专辑名称：《陪你倒数》

唱片编号： 464453-2

发行时间： 1999 年 10 月 13 日

发行公司： 环球唱片

唱片销量： 6 万张

专辑类型： 录音室专辑

首版介质： CD

制 作 人： 张国荣、梁荣骏

专辑特色：

　　《陪你倒数》是张国荣在 1999 年 7 月 3 日加盟环球唱片后的首张录音室专辑，由他和梁荣骏联合制作。专辑主打歌《左右手》获得 1999 年叱咤乐坛流行榜至尊歌曲大奖、香港十大中文金曲奖等多项大奖。专辑推出同月，张国荣自编自导自演的音乐电影《左右情缘》上映，其中五首歌均为此专辑所属。

唱片曲目：

01.《梦死醉生》

　　　作词：梁伟文　　作曲：C.Y.Kong　　编曲：C.Y.Kong

02.《左右手》

　　　作词：梁伟文　作曲：叶良俊　编曲：Gary Tong

03.《春夏秋冬》

　　　作词：林振强　作曲：叶良俊　编曲：Adrian Chan

04.《寂寞有害》

　　　作词：梁伟文　作曲：张国荣　编曲：C.Y.Kong

05.《心跳呼吸正常》

　　　作词：林振强　作曲：徐日勤　编曲：Alan Tsui

06.《小明星》(电影《流星语》主题曲)

　　　作词：梁伟文　作曲：张国荣　编曲：Alex San

07.《同道中人》

　　　作词：梁伟文　作曲：C.Y.Kong　编曲：C.Y.Kong

08.《不要爱他》

　　　作词：梁伟文　作曲：Adrian Chan　编曲：Adrian Chan

09.《陪你倒数》

　　　作词：梁伟文　作曲：C.Y.Kong　编曲：C.Y.Kong

10.《你是明星》(普通话)

　　　作词：梁伟文　作曲：张国荣　编曲：Alex San

11.《全世界只想你来爱我》(普通话)

　　　作词：林秋离　作曲：叶良俊　编曲：Gary Tong

专辑评分：★★★★☆

收藏指数：★★★☆

唱片市值：★★★

《Printemps》销量上的不如人意让张国荣想要收复自己的香港市场。虽然此时的他大可随性而为，完全不需要用奖项或销量来证明自己的歌坛地位。

　　1999 年，张国荣从滚石唱片跳槽至环球唱片，并推出了加盟之后的首张大碟《陪你倒数》，意在用音乐与歌迷一同倒数，迎接新世纪。这张专辑在江志仁的电子编排下甚为精彩抢耳，也在年度颁奖典礼上获得了认同。同年香港电台举行的"世纪金曲"选举中，张国荣的《MONICA》高票入围世纪十大金曲，高山仰止让一众后辈兴叹。

　　《陪你倒数》开篇一曲《梦死醉生》就奠定了专辑的迷幻基调，张国荣的声线迷幻，江志仁的编曲迷幻。"陪你倒数"的专辑名称本身亦非常贴合挥别旧世纪迈向新纪元的迷茫和不安。诡谲的电子风让《陪你倒数》词曲、编曲、演唱三者的默契度比专辑《红》时期更好，除了珠联璧合、水乳交融的物理效果，更碰撞出或迷幻、或疏离、或绝望、或悲伤的化学反应，那悲情渗入骨血，令人动容。《梦死醉生》也是"热·情演唱会"的开场曲，张国荣身着西装、白羽缓缓从白色幕布中走出，前奏结束他开口唱道："当云飘浮半公分……"所有人瞬间炸裂，转而又陷入沉醉——在新世纪钟声敲响之前，《梦死醉生》先声夺人，波澜壮阔的弦乐与凄迷诡秘的电子节奏互相衬托，铺展出一幅疯狂寻欢的惶惶末世画卷，间杂其中的几声晨钟暮鼓般的音效令人醍醐灌顶。

　　有人抱怨，张国荣音乐生涯后期的作品歌词晦涩，旋律华丽妖冶。然而，这何尝不是他不愿重复过往，勇于探索的表现。无论艺术气质还是对时尚潮流的感知和引领，特立独行的张国荣此时早已没有对手，他用一张笼罩着浓浓末世情怀的《陪你倒数》揭开了世纪末的惊梦。张国荣的诠释妖艳、华丽、性感、诡异，带一点看破世情的沧桑和冷傲，在世纪末那炫目的灯光下放浪形骸，纵情声色，对世俗的指责横眉冷对，不屑一顾。唱片的整体气质用纸醉金迷、珠光宝气形容毫不为过，华丽得一塌糊涂。

　　专辑《陪你倒数》以红色为基调，又超越了如滴血般妖艳的《红》，是一种阳光般

◆ 《陪你倒数》CD

温暖灿烂的红，骄傲地洒下一地余晖，气定神闲中带着高贵的疏离感，非常符合张国荣当时的歌坛地位。

专辑中的六首作品《梦死醉生》《寂寞有害》《不要爱他》《同道中人》《陪你倒数》《春夏秋冬》组成了"看破六部曲"。《寂寞有害》《不要爱他》在动荡不安的节奏中清晰地表达着对爱情的不安全感，玩世不恭的恋爱态度背后潜藏着对现代爱情游戏的无限绝望。《同道中人》是专辑中的一阕遗珠，用寥寥数十字道尽爱情的悲欢离合与聚散无常。它有着风雨中独舞的意境，既高贵又性感。张国荣的声音在克制中流露出悲伤的情绪，中间的一段旋律在极速上升后戛然而止，接着又倾泻而下，恰到好处地营造出内心暗流涌动，表面波澜不惊的感觉。

整张《陪你倒数》充斥着醉生梦死的气息，令人不禁深陷其中。在"热·情演唱会"上，张国荣几乎演绎了专辑中的全部歌曲，除了对新碟的宣传推广之外，他对这张专辑的钟爱可见一斑。当下看来，专辑的经典几乎是全方位的，无论是词曲的创作水准、录制的配器编排、后期的缩混处理、曲目的排列顺序，还是夏永康拍摄的专辑封面、张国荣的声线控制……它们共同成就了这张"哥哥"音乐旅程中的经典之作。

🎵 经典曲目

《左右手》是首精彩的情歌，讲述了一段左手相拥右手告别的恋爱故事，主人公以左手寄托与恋人过往的幸福回忆，又以右手来写分手的伤痛，比喻极具巧思。

《陪你倒数》无情地揭示了残酷的宿命，连绵不断的细碎木吉他声带来的短暂安宁转瞬即逝，铺天盖地的狂乱节奏挟着势不可当的弦乐奔涌而来，幻化出一幅幅焦土瓦砾、兵荒马乱的末日惨景。喧嚣过后一切在瞬间归于平静，低回盘旋的音乐缓缓推进，天边隐隐传来庄严的唱诗声，再加上"哥哥"那梦呓般阴森森的倒数声，透出无限杀机，格外惊心动魄。至此，末世惊梦完成了它命定的涅槃。

张国荣说过民谣是不死的。其实从《Printemps》开始，他就在进行民谣风的尝试，这首《春夏秋冬》终于达成他之所愿。林振强，香港乐坛的顶尖填词人，如果要说他的歌词有哪几首是传世之作，《春夏秋冬》理应是划时代的存在。"热·情演唱会"上，张国荣在木吉他的伴奏声中轻轻扭动身体，面带微笑娓娓道来的画面令人记忆犹新。

从当年的《明星》，到此刻的《小明星》，成熟低调的张国荣已经成为华语歌坛闪耀的恒星。《小明星》是电影《流星语》的主题曲，它和普通话版《你是明星》都是"哥迷"的挚爱。悦耳的旋律，"哥哥"的呢喃细语，给人一种浮游之感，轻柔流畅。

⭐ 收藏指南

《陪你倒数》这张颇具前瞻性的专辑一直是"哥迷"的心头好，在其众多 CD 版本中，最受追捧的是日版 CD，市场上"见本版"较为罕见，"直输版"较为普通。新马版的《陪你倒数》CD 封面有啤酒赞助广告贴纸。除此之外，港版流传较广，其中有一

◆ 《陪你倒数》图案画胶

个被"哥迷"称为"调乱左右"的错版——CD2 第六首《左右手（调乱左右版）》的准确时长为 3 分 54 秒，但环球唱片因生产失误，将封套印刷为 4 分 14 秒，而且出货的专辑 CD2 和 CD1 的《左右手》是相同的版本。环球唱片并未召回出错的专辑，只是后来加印了少部分正确的版本。未拆封的专辑根本无从辨别里面的 CD2 是否为修正的版本，买二手 CD 一定要与卖家确认 CD2《左右手》的时长以进行判定。

黑胶版本中，2012 年首版日本压盘的限量编号版最受欢迎，ARS 版则较为普通，此外还有图案画胶版本。

《陪你倒数》的盒带版本，新马版和韩国版甚为罕见。

专辑名称:《Printemps》(《春天》)

唱片编号:RD-1468

发行时间:1998 年 4 月 21 日

发行公司:滚石(台湾)唱片

唱片销量:20 万张

专辑类型:录音室专辑

首版介质:CD

制 作 人:刘志宏、刘思铭

专辑特色:

　　《Printemps》是张国荣滚石时期的最后一张唱片,全程在日本和台湾地区制作,也是他音乐生涯的最后一张普通话大碟。张国荣用暖心的诠释,让这张带有"台湾标签""东洋味道"的音乐作品呈现出浪漫、清新、甜蜜、温暖的特质。整张专辑风格轻快,给人以回归大自然的感觉,最后附赠一首《Love Like Magic》的日文版《マツュマロ》(棉花糖),这也是作为语言天才的张国荣首次在专辑中演绎日文歌。

唱片曲目：

01.《取暖》

　　作词：杨立德　作曲：陈小霞　编曲：周国仪、陈爱珍

02.《My God》

　　作词：刘思铭　作曲：刘志宏　编曲：周国仪、陈爱珍

03.《Love Like Magic》

　　作词：姚谦　作曲：Chage　编曲：周国仪、陈爱珍

04.《Everybody》

　　作词：刘思铭　作曲：刘志宏　编曲：周国仪、陈爱珍

05.《宿醉》

　　作词：刘思铭　作曲：刘志宏　编曲：周国仪、陈爱珍

06.《真相》

　　作词：刘思铭　作曲：刘志宏　编曲：洪敬尧

07.《作伴》

　　作词：姚若龙　作曲：张国荣　编曲：周国仪、陈爱珍

08.《知道爱》

　　作词：刘思铭　作曲：刘志宏　编曲：周国仪、陈爱珍

09.《电风扇》

　　作词：肯尼、刘思铭　作曲：周国仪、刘志宏　编曲：周国仪、陈爱珍

10.《被爱》

　　作词：刘思铭　作曲：刘志宏　编曲：周国仪、陈爱珍

11.《マツュマロ》（Bonus Track）

　　作词：Chage　作曲：Chage　编曲：周国仪、陈爱珍

专辑评分：★★★☆

收藏指数：★★★

唱片市值：★★★

"春天该很好，你若尚在场。"每每怀念张国荣，很多人都会用《春夏秋冬》的经典歌词道尽心中的无限感伤。而"很好"的除了本该有"哥哥"在场的 4 月，还有1998 年 4 月滚石唱片推出的这张大碟。

　　春天走来，对"哥哥"的思念就会不断累积。时序就是这样，春暖、夏艳、秋爽、冬狂。从"默默向上游"的苦苦打拼，到"犹如巡行和汇演"的巨星呈现，既有告别歌坛时，"最爱的歌最后总算唱过"的不舍，也有"风再起时，默默地这心不再计较与奔驰"的光辉璀璨，张国荣就是这样一路走来，从妖娆的《红》，走到明媚的《Printemps》。

　　考虑到粤语表达上的不雅尴尬和英文"spring"不够贴切，张国荣滚石时期的第三张专辑以法语中的"春天"一词——Printemps 命名，其实当年流行的音乐发布系统没有法文输入选项。

　　《红》和《Printemps》，一红一绿，一前一后，一沉沦一清澈，甚至连内地引进版的唱片碟面都做得好似上下集，一如"哥哥"的舞台之魅和生活之美。《Printemps》中，他的诠释在感性中透着随意，含蓄中流露出不羁。那缥缈的声音似乎存在于每个角落，却不能轻易抓住，一如他令人捉摸不透的人生。

　　《Printemps》暖暖的、绿绿的、新新的、满满的，以最自然、最原始的生命力打动心扉。这是一张带着季节轨迹的唱片，歌曲的情绪从春天荡漾到夏天——在《取暖》的温泉破开了山谷的冰层后，紧接着的三首歌带来山花烂漫。忽然间，那轻盈的带点CHILLOUT（弛放）的电子乐让身体潮湿起来，5 月的街头《宿醉》是因为《真相》的神伤，重新《作伴》，《知道爱》的后知后觉，《电风扇》轻快地吹来转眼而至的炎夏……淡淡的电子乐总是令人产生幻觉，那种在海边公路驾驶摩托车飞驰的幻觉：头顶是蓝得忧伤的天，远处是暑气缭绕的雨林，就像《阿飞正传》里的那一片沉寂，风

◆《Printemps》CD+写真集套装

一来又无比不羁。《被爱》有往事如昨的感动，以此作为结尾，让专辑充满感恩，一如"哥哥"对待身边人的方式。

《Printemps》由知名音乐人刘志宏与刘思铭共同制作，所收录的歌曲除了上述二人的作品外，还包括张国荣、陈小霞、杨立德、姚谦、姚若龙的创作，可以说集市场上最优秀的创作者于一身。值得一提的是，滚石唱片力邀日本音乐人 Chage（柴田秀之，恰克与飞鸟组合成员）特别为张国荣量身打造了一首作品，张国荣则分别以普通话版《Love Like Magic》和日文版《マツュマロ》回馈所有热爱他的歌迷。日文版 J-POP（日本流行音乐）的曲风加上"哥哥"准确的日语发音，成为专辑的一大亮点。

这是一张倾注了张国荣很多心血的专辑，他为此不惜推掉了两部电影，全身心投入到制作和宣传中。拍摄 MV 时张国荣不慎摔伤，但他依然坚持带病完成了全部工作。

张国荣格外钟爱曾经为中森明菜、福山雅治、观月亚里沙等日本明星拍摄写真集的摄影大师久保田昭人，后者为"哥哥"在京都拍摄了大量写真。由于对靓照和制作精良的歌曲难以取舍，张国荣最终听取"哥迷"的意见，才定下了专辑的封面和主打歌。

张国荣滚石时期的三张大碟、一张 EP 传达出各不相同的情绪，《Printemps》在中国市场反响平平，让牵手四年的张国荣与滚石唱片之间的缘分走到了尽头……

经典曲目

这是一张生在春天的专辑，开篇就是《取暖》。相比《这些年来》EP 中的粤语版《最冷一天》，《取暖》不再悲伤绝望，张国荣的演绎也变得积极、温暖。或许和珠玉在先的《红》相比，《取暖》的诠释太过淡然，可这份淡然见证着"哥哥"从妖艳到沉沦再到忧伤之后的真实蜕变，是一抹散发着阳光味道的平淡。当人们期待他将上一张大碟中的妖冶之美更上一层楼时，他却突然展现铅华洗尽的清澈和温暖，给人以即使不能一起走到世界尽头，仍会一路并肩取暖的信念。

《作伴》由张国荣亲自作曲，旋律与节奏无不显现出他在创作上的成熟积淀。

收藏指南

在中国市场销量低迷的《Printemps》海外销售喜人，全亚洲售出 20 万张。因此，各种版本的《Printemps》都是收藏这张唱片的珍贵拼图。

《Printemps》在台湾地区和香港地区发行的版本最值得收藏，二者均有硫酸纸外封（盘脊处除部分台湾版外，均有虚线折痕，易开裂），内夹一张盒装 CD 及一本张国荣摄于日本京都的精装写真集（香港版书芯为线装，台湾版书芯为胶订）。

从外包装看，塑料外薄膜封面贴有"Channel[V] 强档主打星"标志，或封底贴有滚石唱片激光标志的，为台湾地区发行的版本。除此之外，二者间并无其他差别，唯有打开 CD 盒进行区分。首先，附赠的歌迷卡外观不同——台湾版为黄底，香港版为白底，并印有"滚石唱片爱香港"字样；台湾版另夹带"导买指南"宣传页。其次，CD内圈标注不同——台湾版在台湾压盘，内圈码由"繁体中文 + 数字"组成；香港版由

réveil

◆《Printemps》CD 附赠写真集内页

◆《Printemps》不同版本 CD

日本 SONY 压盘，音质更佳，内圈码由"英文 + 数字"构成。

　　台湾地区亦发行了极其罕见的"音乐萤幕保护程式（光碟版）"，将光盘放入电脑，不仅可以聆听四首歌曲，还可以观赏《被爱》《取暖》《当爱已成往事》三首歌的 MV 及张国荣京都写真、"跨越 97 演唱会"现场特写等靓照，另有与"哥哥"相关的屏保、光标设计以及电脑桌面万年历。

　　此外，《Printemps》由上海音像引进的内地版经历了数度再版，亦发行了新马版、韩国版和日本版。其中，日本版的封面与其他版本不同，并更名为《Gift》，天龙压制，价格昂贵。

专辑名称:《这些年来》

唱片编号:ROD–5168

发行时间:1998 年 2 月 14 日

发行公司:滚石(香港)唱片

唱片销量:60 万张

专辑类型:录音室 EP

首版介质:CD

制 作 人:陈淑华、黄文辉

专辑特色:

　　整张 EP 收录了四首歌曲,时长仅 17 分 38 秒,却是张国荣滚石时期最不商业化的爱情诉说。

唱片曲目:

01.《这些年来》(《被爱》粤语版)

　　作词:梁伟文　作曲:刘志宏　编曲:周国仪、陈爱珍

02.《上帝》(《My God》粤语版)

　　作词:梁伟文　作曲:刘志宏　编曲:周国仪、陈爱珍

03.《以后》(《作伴》粤语版)

　　　作词：梁伟文　作曲：张国荣　编曲：周国仪、陈爱珍

04.《最冷一天》(《取暖》粤语版)

　　　作词：梁伟文　作曲：陈小霞　编曲：周国仪、陈爱珍

专辑评分：★★★★

收藏指数：★★★

唱片市值：★★★

1998 年是张国荣出道二十周年，已在"跨越 97 演唱会"表明心迹的他彻底摆脱束缚。相较复出后无比惊艳的《红》，在情人节发行的《这些年来》充满温暖，一脸轻松的"哥哥"坐在暖暖的阳光里，呷着咖啡，慢慢地讲述他多年来的爱情秘密，与听者间毫无距离。整张 EP 虽然只有四首歌，却从始至终洋溢着浓浓的满足和感激之情，即使翻来覆去听一整晚，也不会觉得厌倦。

唱片的装帧可圈可点——封面上，张国荣在黑色背景和大红玫瑰的映衬下，沉静庄重，风度翩翩；唱片内页和上一张大碟《红》的妖娆诡谲相比，图片真实且温暖：杯中漂浮着的并蒂草莓如相拥的爱侣，鱼摊、水果摊是最平凡的柴米油盐，黑白照片中愉悦的老人是情已至深归于平淡的老夫老妻，沉思的"哥哥"嘴角那一丝隐藏不住的恬淡微笑是拥有这一切的满足与庆幸……

四首歌呈现统一的概念性，可以说《这些年来》是张国荣最松弛、最真实、最温暖的一张唱片。他先将歌词中的情绪慢慢消化，继而用他感性的低吟释放出来。

张国荣音乐生涯的重要节点总与 EP 有关——他的音乐生涯始于 EP *I Like Dreamin'*，终于 EP《CROSSOVER》。作为他滚石时期四张唱片中唯一的一张 EP，《这些年来》虽然总时长不足二十分钟，却有着太多的内涵，就好比在情感和阅历面前，言语总是显得那么肤浅。这张恰到好处的 EP，如精致小巧的艺术品，令人沉醉其间，无法自拔。

🎵 经典曲目

张国荣演绎《最冷一天》时的嗓音状态是动情，甚至是疲惫的。第一遍演唱"唯愿在剩余光线面前，留下两眼为见你一面"，他的声音似乎在颤抖，令听者的心为之一

◆《这些年来》CD

紧。第二次演绎，他的声音已归于平和，却让人更觉压抑。而近乎哭腔的"茫茫人海取暖度过最冷一天"，足够冰封每一个感性的灵魂。

这首歌日后被陈奕迅翻唱得妇孺皆知，二人的最大不同在于，张国荣甚至在副歌部分都没有爆发式的情感宣泄，隐忍的控制赋予了歌曲意想不到的留白空间。

◆《这些年来》7 吋黑胶

◆《这些年来》不同版本 CD

☆ 收藏指南

　　《这些年来》虽为 EP，却制作精良。以日版 CD 为例，采用双碟包装，一张 CD，一张 VCD，共有三个版本——最早在日本发售的滚石"直输版"是环保包装，带日本滚石歌迷卡，有黑色、单色侧标；后期的滚石"复刻版"是黑色日文侧标；还有一个双色侧标的"特别版"在二手市场流通，价格最高。三个版本的区分很简单，首版的侧标封面一侧为三竖行日文，"特别版"为左侧第一纵日文加上了蓝色的底纹，而"复刻版"则有"复刻"字样。

　　香港的滚石纸盒首版附送收录了《这些年来》MV 的 VCD，环保包装，附画册、滚石歌迷卡和正视音乐卡。香港版封面有"滚石好音乐"贴标，区分于台湾滚石版。值得一提的是，台版和港版的《这些年来》也有漂亮的黑色侧标。再版则把技术相对落后的 VCD 改为 DVD。上海音像引进发行的内地版《这些年来》不再采用环保包装，依然保留了黑色侧标。

　　1998 年，港台地区已经鲜有唱片公司发行盒带介质，而内地引进时发行了《这些年来》的盒带介质，A 面与 B 面曲目编排相同，皆为 EP 中收录的四首歌曲。而新加坡和马来西亚地区也有盒带版本发行，带体为新马版标志性的透明带体。

　　滚石唱片日后又发行了《这些年来》的黑胶版本，7 吋 45 转黑胶碟正反面各两首歌，值得一一收藏。

专辑名称:《红》

唱片编号: ROD-5132 (CD) ROC-5132 (盒带)

发行时间: 1996 年 11 月 26 日

发行公司: 滚石 (香港) 唱片

唱片销量: 12 万张

专辑类型: 录音室专辑

首版介质: CD、盒带

制 作 人: 梁荣骏、张国荣

专辑特色:

　　《红》是张国荣加盟滚石唱片之后推出的第二张大碟、首张粤语专辑,名字是"哥哥"自己选的,因为红是他最钟爱的颜色。他只指定了《红》这首歌的歌名,其他的则全由填词人自由发挥,成就了张国荣音乐旅程中的一张经典。《红》之后,张国荣的前缀可以当之无愧地加上"艺术家"。

唱片曲目:

01. *Prologue*

02. *Boulevard of Broken Dreams*（日本版专辑收录）

作词：Al Dubin　作曲：Harry Warren

03.《偷情》

作词：梁伟文　作曲：江志仁　编曲：江志仁

04.《有心人》

作词：梁伟文　作曲：张国荣　编曲：辛伟力

05.《还有谁》

作词：梁伟文　作曲：黄伟年　编曲：辛伟力

06.《谈情说爱》

作词：梁伟文　作曲：江志仁　编曲：江志仁

07.《你我之间》

作词：梁伟文　作曲：辛伟力　编曲：辛伟力

08.《怨男》

作词：梁伟文　作曲：陈辉阳　编曲：陈辉阳

09.《怪你过分美丽》

作词：梁伟文　作曲：唐奕聪　编曲：唐奕聪

10.《不想拥抱我的人》

作词：梁伟文　作曲：陈小霞　编曲：陈伟文

11.《意犹未尽》

作词：梁伟文　作曲：张国荣　编曲：辛伟力

12.《红》

作词：梁伟文　作曲：张国荣　编曲：江志仁

专辑评分：★★★★☆
收藏指数：★★★★
唱片市值：★★★

1996 年 11 月，香港唱片市场低迷，加之海水赤潮爆发，港人于惴惴中谈红色变。忽一日，突然满街满楼贴满火红的海报，甚至地铁、车站都火红一片，翻开报纸亦是触眼皆红……谁？谁那么大胆？抬头看看海报，那个十几年如一日被大众宠爱的男子站在一片火红之中，展示着他奇迹一般十年如一日的青春和美貌，眼里像燃了把火，灼灼地注视着每一个人——噢，原来是他！大家释然接受——只有他，才敢这么做；也只有他，才配这么做。这个人，还能有谁？他，就是张国荣。

　　虽然《宠爱》是张国荣加盟滚石唱片后的第一张专辑，但是这张收录了《风月》《白发魔女传》《金枝玉叶》《霸王别姬》《夜半歌声》《阿飞正传》六部电影的主题曲或插曲的电影歌曲合辑，显然缺乏整体的企划性和概念性。直到《红》发行，滚石时期的张国荣才首次呈现出其真正的艺术特质。与普通话演绎的《宠爱》相比，粤语版的《红》是张国荣源于内心的颜色声明。从音乐上讲，这张英伦风格的专辑是新艺宝时期张国荣充满妖艳气质的舞台风格的延续，另一方面，得益于词作者的妙笔生花，《红》更鲜明地塑造了"哥哥"亦舞台亦个人且更偏个人化的音乐形象。

　　《红》推出后受到广泛关注，一片血红的唱片封面在香港流行音乐史上前所未见，引入世界流行的 Trip Hop（神游舞曲）音乐增加了整张专辑的可听性，"哥哥"浮华、暧昧、性感的演绎则完全颠覆了他以往深情款款的白马王子形象，标志着他已进入成熟的艺术境界。《红》《偷情》《有心人》《怪你过分美丽》在各大排行榜上轮流登顶，获得了业内与歌迷的一致认同。

　　专辑《红》的十首歌是十种风格，表达的却是同一含义，可以说这是一张概念大碟。性感的《偷情》、妖娆的《怨男》、自负的《怪你过分美丽》、摇滚的《谈情说爱》……这些歌不仅曲风大胆，歌词内容更令人瞠目结舌——《偷情》和《谈情说爱》讨论爱情中的背叛，《怨男》则是在唱一个男人内心的寂寞和性别抗拒……

◆《红》全红封套 CD

　　专辑所呈现出的音乐元素与风格的多样性，并非制作人梁荣骏的预先设定，而是在制作过程中想到什么就做什么，用音乐记录瞬间的感觉。张国荣对梁荣骏十分信任，两人在很多方面都一拍即合。而对于首次合作的江志仁，张国荣同样给予了最大的创作空间和足够的信任。江志仁觉得张国荣的声线是他最大的灵感，每当幻想张国荣会如何演绎一首歌时，那些旋律、感觉就会通通浮现在江志仁的脑海里。作为作曲家，江志仁带来了张国荣未曾尝试的淡淡的英式电子味道，让他再次站到了潮流的最前沿，强烈的时尚感觉和朦胧的眼神纠结，隐约透露出他生命中一直秘而不宣的阴郁。

　　张国荣的创作天赋在这张专辑中继续展现，他亲自创作了三首歌曲，除了电影《金枝玉叶 2》的主题曲《有心人》，另有唱片的同名主打歌《红》和《意犹未尽》。

　　单纯至情的《有心人》，节奏强烈的《谈情说爱》，无所顾忌的《怨男》，以及歌迷最想对"哥哥"讲的《怪你过分美丽》……一别七年，试水之作《宠爱》和精选辑《常在心头》都不如《红》这般彻底。虽然"哥哥"的嗓音已逐渐沙哑，不再是巅峰状态，但他的阅历更深，情感更盛。他开始以阅历赋予歌曲沧海桑田的层次，更难得的是每首歌的感情拿捏都恰到好处，令听者随他入境。

由《红》开始，正式回归歌坛的"哥哥"将一个全新的"赤裸裸"的张国荣展现在世人面前。在这张个人风格显著的专辑中，他首次尝试注入同性元素，即忽略性别因素，转向更大的对"人"的认同。他不再局限，无所顾忌，在音乐中的表达开始大胆而绮丽，令歌迷震惊感慨之余不禁惊艳赞叹。他努力寻找更适合自己的表演方式，逐步走向"艺术家张国荣"。

◎ 经典曲目

专辑同名主打歌《红》充满象征意义，在鼓声的碰撞中，营造出无比暧昧的情绪，妖娆无双。《红》并不像《偷情》那样刺激与强烈，也不像《枕头》那样直接与明艳，而是"哥哥"众多作品中最耐人寻味的一首。透过歌词，光怪陆离的世界借助或晦暗或刺眼的红色被呈现出来；歌曲诡异、神秘的前奏仿佛一只无形的手，在揭开一层层帷幕后的真相；张国荣的声音是魅惑的，是沉溺的，是迷幻的，是欺骗的；编曲则给旋律增加了向上的飘浮感和向下的坠落感，使之充满张力。

"模糊地迷恋你一场，就当风雨下潮涨……"《有心人》无论是旋律还是演绎，都有一种戏剧化的成分蕴藏其间，迷恋又怕背叛的纠结感情被张国荣温柔低沉的嗓音诠释出更深的愁绪，让人沉醉在朦胧的氛围里。这也是张国荣最具闺阁芬芳的一首作品，人歌合一，声色并举。

☆ 收藏指南

《红》的首版封面，除了侧标上印有不太明显的专辑名称及出版信息，封套完全用大红色填满，抛弃大头照、以单色封面示人的做法在华人歌手中实属罕见。而再版专辑则弃用了全红封套，改以张国荣的头像照片。

◆ 《红》不同版本 CD

　　《红》除了香港硬壳纸包装的环保首版之外，也在日本和韩国发行过不同介质的版本，包括 CD、LD 乃至 VHS（录像带）版。它们延续了日韩版的一贯特色——设计用心，制作精良，即使放到现在，看上去依然前卫和迷幻。日本版的《红》收录了张国荣特别翻唱的康斯坦斯·贝内特（Constance Bennett）的代表作 *Boulevard of Broken Dreams*，而内地引进版则将《谈情说爱》一曲删除，取而代之的是《深情相拥》。

　　《红》在海外发行的 CD 版本纷繁复杂。日版《红》有四个版本——最昂贵的是红色侧标的天龙"枫叶版"，首版内圈标有 1MM1，有日语和中文歌词页，二手市场价格是其他版本的十余倍；红、白、黑三色侧标的"三色版"为"直输版"，带有黄色繁体中文和日文的滚石歌迷卡；红色侧标、黄色字体版本的《红》售价亲民，值得入手；另有一个侧标同样为红色，字体颜色有红、黄、白三色的版本……除天龙"枫叶版"外，后三种版本均为中国台湾地区压盘。新马版的《红》，CD 封面带有心形丝带贴标，首版沿用香港版红色纸壳包装，封面左下角有"张国荣"的名称标志，附赠 1997 年日历卡。韩国版《红》除了通过文案辨认外，有些专辑在发售时封面贴上了带有韩文的透明贴标，但二手市场中，也有因为流通原因而缺失封面贴标的情况，需要通过文案和内圈码进行辨别。

　　《红》的盒带版本同样众多，有韩版、新马版、内地上海音像引进版等。其中，白色带身的香港版在收藏市场售价不菲，是罕见的张国荣盒带精品。

　　胶碟方面，7 吋《红》有画胶和红胶两个版本，被市场炒高的则是限量发行的 12 吋红胶，其次为 12 吋粉红胶。

专辑名称：《宠爱》

唱片编号： RD-1319（CD） RC-479（盒带）

发行时间： 1995 年 7 月 7 日

发行公司： 滚石（台湾）唱片

唱片销量： 200 万张

专辑类型： 录音室专辑

首版介质： CD、盒带

制 作 人： 周世晖

专辑特色：

　　《宠爱》是张国荣复出歌坛之后推出的首张专辑，共收录十首歌曲。专辑在香港的年度销量超过六白金（每五万张为一白金），位居 IFPI 香港分会公布的全年唱片销量榜榜首；全亚洲年度销量突破 200 万张，成为张国荣销量最高的专辑，其中，在韩国售出超过 50 万张，创造了华语唱片在韩国的销量纪录。在 1995 年的第十八届香港十大中文金曲颁奖典礼上，张国荣凭借《宠爱》摘得全年最高销量歌手大奖。

唱片曲目：

01. *A Thousand Dreams of You*（电影《风月》插曲）

作词、作曲：ALTER LOUIS / WEBSTERPAUL FRANCIS / FATS WALLER / LOUIS ARMSTRONG　编曲：郭宗韶

02.《深情相拥》（电影《夜半歌声》插曲，张国荣、辛晓琪合唱）

作词：黄郁、莫如升　作曲：张国荣　编曲：CHRIS BABIDA

03.《夜半歌声》（电影《夜半歌声》主题曲）

作词：莫如升　作曲：张国荣　编曲：GEORGE LEONG

04.《今生今世》（电影《金枝玉叶》插曲）

作词：阮世生　作曲：许愿　编曲：GEORGE LEONG

05.《当爱已成往事》（电影《霸王别姬》主题曲）

作词：李宗盛　作曲：李宗盛　编曲：GEORGE LEONG

06.《一辈子失去了你》（电影《夜半歌声》插曲）

作词：厉曼婷　作曲：张国荣　编曲：GEORGE LEONG

07.《追》（电影《金枝玉叶》插曲）

作词：梁伟文　作曲：李迪文　编曲：GEORGE LEONG

08.《眉来眼去》（电影《金枝玉叶》插曲，张国荣、辛晓琪合唱）

作词：梁伟文　作曲：赵增熹　编曲：GEORGE LEONG

09.《红颜白发》（电影《白发魔女传》主题曲）

作词：梁伟文　作曲：张国荣　编曲：GEORGE LEONG

10.《何去何从之阿飞正传》（电影《阿飞正传》主题曲）

作词：黄郁　作曲：E.LECUONA / J.CACAVAS　编曲：GEORGE LEONG

专辑评分：★★★★

收藏指数：★★★★

唱片市值：★★★

1995 年，阔别六年的张国荣复出乐坛，加盟滚石唱片，开启了对歌唱艺术的更高追求。因为没有奖项和商业因素的束缚，《宠爱》堪称张国荣音乐生涯最成功的专辑之一，也让他的演艺事业到达巅峰。专辑封面上赫然印有这样的文案："戏王张国荣最宠爱的 6 部从影代表作，歌王张国荣最值得你宠爱的 10 首主题曲"。

　　相较于众多经典的粤语歌，张国荣的招牌普通话作品在数量上相形见绌。二十世纪八十年代，他只发行过三张普通话专辑《英雄本色当年情》(《爱慕》)、《拒绝再玩》和《兜风心情》。此次复出，张国荣交出了一张半数作品为普通话歌曲的大碟，除了试水，亦弥补了对内地歌迷的亏欠。经过电影《霸王别姬》的洗礼，"哥哥"的普通话发音愈加纯正动听，《宠爱》中清一色的慢板抒情歌，彰显出他深情款款的一面，成为他能够流传许久的普通话经典。

　　与此同时，张国荣的作曲功力也大幅提升，《深情相拥》《夜半歌声》《一辈子失去了你》《红颜白发》——他第一次在一张专辑中交出了四首歌的创作成绩，可谓首首凝聚着他的心血。张国荣的创作偏向咏叹调，让人越听越沉醉其中，在他磁性嗓音的加持下更令人无法自拔。演唱方面，无论曲调的拿捏、情绪投入的分寸还是唱腔的转换，张国荣都表现得十分到位，全然听不到粗声换气，轻松自然，全情投入而不做作。

　　专辑中没有了像《MONICA》《无心睡眠》这样的快歌，一首首慢歌却也各有各的味道，绝无雷同，实属难得。三首翻唱作品同样可圈可点——《风月》的插曲 *A Thousand Dreams of You* 将 Mildred Bailey 演唱的原版进行了重新编曲，张国荣在这首爵士小品里把握住了摇摆乐最精妙的风情，加之摇摆乐在旧上海盛行的背景，更加衬托出电影所要表达的悲情；《阿飞正传》的主题曲《何去何从之阿飞正传》则将 Xavier Cugat 与 His Orchestra 的 *Jungle Drums* 填上了中文歌词；《当爱已成往事》已经被林忆莲和李宗盛演绎得痴情决绝，作为电影《霸王别姬》的主题曲，回归电影中，

◆《宠爱》CD

也只有程蝶衣最能体会"当爱已成往事"的酸楚，这首歌经过重新编曲，在"哥哥"一个人的演绎下更打动人心，无可替代。

　　张国荣的第一张普通话专辑《英雄本色当年情》当年由华星唱片授权滚石唱片制作发行，而1995年，滚石唱片已成为他的东家，其制作精良的品牌特质势必要全面而深入地注入他的专辑中。恰逢张国荣重返歌坛，滚石唱片选择从大众最为熟悉的电影入手，在乐迷心中重新构建他的形象，《宠爱》就是这样应运而生。

　　《宠爱》收录的十首歌，几乎都是张国荣退出歌坛期间主演的电影的主题曲、插曲，

◆《宠爱》不同版本 CD 及白胶、黄胶

虽然首首经典，关联度却并不高。但张国荣退出歌坛的六年间，电影音乐作品成为"哥迷"感受他演唱魅力的唯一途径，《宠爱》作为重逢的见证，纪念意义远大于一切。

专辑的平面设计亲和力十足——金黄的色调和水波纹的质感华贵而温暖，摄影由杜可风与张叔平操刀，每一张写真"哥哥"的眼神都直抵人心，文案用心感人。

🎵 经典曲目

辛晓琪与"哥哥"合作的《深情相拥》不仅成为男女对唱歌曲的经典，也让她被更多人所熟知。虽然张国荣对这首歌的演绎还是流行腔，但胜在演唱经验丰富以及感情投入老到，加上辛晓琪的戏剧功底，这首歌成为张国荣音乐生涯最为戏剧化的作品。

另一首出自电影的同名歌曲《夜半歌声》，张国荣的演绎极具魅力。"只有在夜深，我和你才能敞开灵魂去释放天真……"他的歌声纯净、醇厚，平淡却胜过万语千言。

有人说因为电影《金枝玉叶》记住了《今生今世》和《追》这两首歌，也有人说是因为这两首歌记住了电影，总之，这两首好歌和这部电影都已成为"哥迷"最重要的回忆。"哥哥"在电影里轻抚琴键，低声唱着"好光阴纵没太多，一分钟那又如何，会与你共同度过都不枉过"，简直令人肠断百截，他的优雅与高贵总是太轻易使人崩溃。《追》作为专辑《宠爱》的主打歌，继电影上映之时再度于香港大红大紫，歌中对

◆《宠爱》CD 内页

爱人的表白多了一份豁达和彻悟，不再只有萦绕在心头的纠缠。

《红颜白发》是张国荣第一首为电影创作的插曲，曲调缓慢悠长，"哥哥"的演绎气息连贯，起伏跌宕，与电影中刚烈执着的爱情悲剧相得益彰。

☆ 收藏指南

张国荣滚石时期及环球时期的作品版本最为复杂，CD 是彼时的主要发售介质。从《宠爱》开始，诸如日本天龙版、日本索尼版、台湾地区压制日本"直输版"、韩国版、新马版、中国台湾版、中国香港版、中国内地版……再加上形形色色的再版，让人眼花缭乱。《宠爱》除了流传最多的上海音像发行的内地版本，以及日后的"星外星"再版，台湾地区的滚石 M1 首版 CD 也有着非常好的市场销量。日本版则有"单白侧标"和"白红双侧标"两个版本，另有韩国版和新马版……如果一时难以选择，建议收藏台湾地区版和内地首批"港压"版本。

盒带当时依然在部分地区有针对性地出版发行，《宠爱》流传最多的是上海音像发行的内地版本，而台湾地区的滚石首版最为靓声。新马版和韩国版则因为发行量少而身价不菲。区分不同版本最简单的方式，就是看盒带颜色——台湾地区滚石版均为黑色卡带，香港版本为白色卡带，而新马版则是惯用的透明卡带。

胶碟方面，截至目前，《宠爱》有 12 吋画胶版、12 吋黄胶版、12 吋白胶版、7 吋黑胶版。黄胶版本因为音色出众备受追棒，首发的限量编号版黄胶更是"洛阳纸贵"。

专辑名称：《FINAL ENCOUNTER》

唱片编号：CP-1-0038（黑胶） CP-2-0038（盒带） CP-5-0038（CD）

发行时间：1989年12月18日

发行公司：新艺宝唱片

唱片销量：20万张

专辑类型：录音室专辑

首版介质：黑胶、盒带、CD

制作人：张国荣、梁荣骏

专辑特色：

　　《FINAL ENCOUNTER》是张国荣1989年退出歌坛之前在新艺宝唱片发行的最后一张专辑，所谓"FINAL ENCOUNTER"意即"哥哥"执意告别歌坛前与你最后一次相遇。潘源良的一句"感慨中握你双手叹聚散"（《寂寞夜晚》）写出了张国荣此时的纠结——欲聚还离，那样一种纠缠的离别，是最后的离别。

唱片曲目：

01.《风再起时》（"告别乐坛演唱会"主题曲）

　　　作词：陈少琪　作曲：张国荣　编曲：黎小田

02.《MISS YOU MUCH》

　　作词：林振强　作曲：James Harris III / Terry Lewis　编曲：林矿培

　　口白：柏安妮

03.《Forever 爱你》

　　作词：林振强　作曲：Bruce Springsteen　编曲：杜自持

04.《我眼中的她》

　　作词：梁伟文　作曲：周华健　编曲：杜自持

05.《绝不可以》

　　作词：因葵　作曲：T.Steel / J.Holliday / J.Christoforou / M.Zekavica

　　编曲：林矿培

06.《月正亮》

　　作词：郑国江　作曲：Song Si Hyun　编曲：卢东尼

07.《禁片》

　　作词：林振强　作曲：Elliot Wolff　编曲：Raymond Wang

08.《寂寞夜晚》(韩国巧克力广告主题歌《To You》粤语版，普通话版《天使之爱》)

　　作词：潘伟源　作曲：周治平　编曲：卢东尼

09.《Why？！》

　　作词：林振强　作曲：Babyface / L.A.Reid / Daryl Simmons

　　编曲：Raymond Wang

10.《未来之歌》

　　作词：梁伟文　作曲：Jon Bon Jovi / Richie Sambora　编曲：卢东尼

专辑评分：★★★★

收藏指数：★★★★

唱片市值：★★★★

1989 年的香港歌坛属于三十三岁的张国荣——推出四张唱片（一张普通话、三张粤语），连开三十三场告别演唱会，拍广告、拍电影、跑宣传……从年初到年尾，他马不停蹄。既然去意已决，遂当表明心曲，"我最爱的歌最后总算唱过"，此生该是无憾了吧……

《FINAL ENCOUNTER》的封面上，在红色背景的映衬下，贵气十足、坚定洒脱的张国荣身着礼服坐在聚光灯下深情侧望，让人察觉不出丝毫不舍。最后一次回眸当然会牵动最多的情感，《FINAL ENCOUNTER》这样摆明临行告别的作品势必会得到最多的情感认同。这张"哥哥"新艺宝时期的收官之作，被他告别演唱会的光芒遮盖，销量约 20 万张。

同为翻唱专辑，如果说《SALUTE》体现了张国荣演唱中低音慢歌的实力，《FINAL ENCOUNTER》则展现了他驾驭不同风格歌曲的能力。他的节奏感在这张专辑中表露无遗，在高中低音区又都有着尚佳的表现，因此不少"哥迷"在张国荣的音乐作品中最爱《FINAL ENCOUNTER》，虽然从多种角度而言，它都不能算是"哥哥"最好的一张唱片。

《FINAL ENCOUNTER》是一次告别的见证，源自一位当红艺人对娱乐圈的厌倦，这也是太多明星人物的悲哀——入行前挥洒泪水和汗水努力打拼，在历经磨难终于出头之后却发现，娱乐圈并非如外行人看到的那般光鲜，何况在香港这个弹丸之地，艺人的自由度更加所剩无几。

不可否认，《FINAL ENCOUNTER》在所难免地呈上了那个时代、那个大环境下让人愉悦的歌曲，甚至因为创作缺乏，超半数作品改编自欧美流行音乐，但仅凭开篇曲《风再起时》，这张专辑便具有了其特殊价值——这首歌不仅是张国荣告别歌坛的"绝唱"，亦是香港乐坛第一个偶像时代的绝唱。

◆《FINAL ENCOUNTER》黑胶

　　除了"告别乐坛演唱会"主题曲《风再起时》和已于数月前曝光的《天使之爱》粤语版《寂寞夜晚》，专辑的另八首作品都是致敬之作，将其视为张国荣《情人箭》《SALUTE》之外的第三张翻唱专辑并不为过。抛开宝丽多时期稚嫩的《情人箭》不提，较之致敬华语乐坛前辈的伟大作品《SALUTE》，《FINAL ENCOUNTER》放眼世界——《MISS YOU MUCH》改编自珍妮·杰克逊（Janet Jackson）1989 年的同名金曲，不同于原版那火辣的健身曲，张国荣的版本充满诡谲的颓废感，更加从容、低沉，余韵绕梁；韩国殿堂级歌手李仙姬将一曲《爱情凋谢的地方》唱得荡气回肠，而郑国江填词的《月正亮》意境优美，"哥哥"用他标志性的声线将这首词曲俱佳的作品演绎得深情含蓄，中国味十足；《绝不可以》原曲为 *Wild Wild West*，是英国流行摇滚乐队逃生俱乐部（The Escape Club）1988 年发行的首张录音室专辑的同名主打歌，选择致敬这首作品对于甚少尝试说唱风格的张国荣来说是个不小的突破，中文歌词非常香艳，用一本正经的唱腔演绎此类轻佻的歌曲正是"哥哥"的拿手好戏；《禁片》原曲为 Paula Abdul 的金曲 *Cold Hearted*，填词林振强非常注重汉语音节与原曲的妥帖感，尤其善于将汉语的重音以节奏的形式加入音乐中，营造出独特的魅力，而张国荣对节奏的掌控恰到好处，带有一点摇滚的味道，完全不逊于原唱；《FOREVER 爱你》改编自美国"蓝领歌王"布鲁斯·斯普林斯汀（Bruce Springsteen）的 *Fire*，邓丽君曾在"十亿个掌声"巡回演唱会上表演过这首作品，原曲配合林振强的歌词，张国荣唱得慵懒又甜蜜；《未来之歌》原曲为美国重金属摇滚乐队邦·乔维（Bon Jovi）的 *I'll be there for you*，张国荣的版本虽没有摇滚的撕裂音，却也唱得跌宕起伏、中气十足，高中低音区的表现都相当完美；《Why？！》原曲为 *It's No Crime*，由美国 R&B（节奏布鲁斯）天王 Babyface 创作并演唱，被认为是 "new jack swing"（一种 R&B 与 hiphop 融合的曲风）风格的代表曲目，张国荣使用他在二十世纪八十年代诠释劲歌的唱法，每个音都唱得清楚有力，一句"狂敲击路和车"真音唱到 A4 时仍然稳定，高音区的表现再度令人惊艳。

除此之外，《我眼中的她》是普通话歌曲《眼眶之中》的粤语版，和《无需要太多》《别话》两首翻唱自台湾地区的歌曲不同，《我眼中的她》张国荣最擅长的低音不多，高音则相对多一些，但他并未刻意降调来唱。相比于周华健和潘越云都曾演唱的普通话版，"哥哥"的粤语版更有味道。

值得一提的是，张国荣在新艺宝时期推出的六张粤语专辑——1987 年的《SUMMER ROMANCE'87》，1988 年的《VIRGIN SNOW》《HOT SUMMER》，1989 年的《LESLIE》（《侧面》）、《SALUTE》、《FINAL ENCOUNTER》，名称均为英文，甚至连唱片封底和歌词页中的幕后人员名单，也没有出现中文名字。其实如果细心对照，便会在制作阵容中找到一众香港音乐圈的幕后大咖。

◆《FINAL ENCOUNTER》黑胶展开效果

🎵 经典曲目

《风再起时》是《FINAL ENCOUNTER》中最有价值的作品，由张国荣亲自作曲，这首歌日后经常出现在纪念他的节目中，童安格翻唱的版本名为《风再吹起》。1996年年末的香港红磡体育馆，重返舞台的张国荣正是在这首歌中登场。2003年春天，数万香港市民在 SARS 的阴云笼罩下仍自发走上街头，鼓掌送"哥哥"最后一程，只因

《风再起时》中有句歌词"但愿用热烈掌声欢送我"……《风再起时》与张国荣1983年的成名作《风继续吹》相呼应，所不同的是，《风再起时》唱出了他在乐坛打拼十余年的甜酸苦辣以及对歌迷的答谢。1989年是张国荣告别歌坛前事业、嗓音都达至巅峰的一年，而这张压轴的《FINAL ENCOUNTER》尽显他挥洒自如的王者之风。专辑发行不久，一架飞往加拿大的飞机就载着张国荣和他曾有的梦想远去……

专辑中居于次席的作品是周治平作曲的《寂寞夜晚》，张国荣在"告别乐坛演唱会"上以情带声的现场表演尤其出色。多年后，陈奕迅为纪念"哥哥"在演唱会上演唱的《寂寞夜晚》也极为出彩，从对这首歌的诠释来看，两人的演唱风格颇有相似之处。

☆ 收藏指南

《FINAL ENCOUNTER》和《SALUTE》一样，都是张国荣新艺宝时期唱片收藏的首选，不管是首版黑胶还是日本天龙24K金碟，都是二手市场的宠儿。相比于其他新艺宝时期的专辑作品，这两张大碟的市场价格一骑绝尘、叮当马头。

《FINAL ENCOUNTER》因其"告别"的性质在收藏市场深受"哥迷"喜爱。首版黑胶采用双封套设计，是少见的对开包装。翻开后别有乾坤：一面中间镂空，显示下层地球的遥望影像，一面则是沿用"告别乐坛演唱会"的主视觉封面进行的画面延展；十首歌曲的歌词依次印刷在对开的内页中，将其整体翻转竖起，又是一张完整的海报……收藏，刻不容缓！

《FINAL ENCOUNTER》的新马版盒带较为罕见，其市场价值远远高于香港版和台湾版。此外，《FINAL ENCOUNTER》的"玻璃CD"版本现已接受预定，无论从收藏价值还是听觉体验，都是CD界的天花板。

专辑名称:《SALUTE》

唱片编号: CP-1-0031（黑胶） CP-2-0031（盒带） CP-5-0031（CD）

发行时间: 1989 年 8 月 23 日

发行公司: 新艺宝唱片

唱片销量: 500 万张

专辑类型: 录音室专辑

首版介质: 黑胶、盒带、CD

制 作 人: 张国荣、梁荣骏

专辑特色:

　　在 1989 年退出歌坛前，张国荣一口气在新艺宝唱片发行了一张普通话、三张粤语共四张唱片。和此前水准不俗的《侧面》、此后同样精彩的《FINAL ENCOUNTER》相比，《SALUTE》虽然是翻唱致敬专辑（专辑名"SALUTE"即为致敬之意），但张国荣用他完美的演绎成就了这张华语歌坛翻唱作品的不朽经典。制作方面，无论是编曲、配器还是后期，《SALUTE》同样几近完美，无愧于张国荣音乐之旅中最出色的唱片之一。

　　1989 年，《SALUTE》在 IFPI 香港唱片销量大奖中获得本地白金唱片大奖。它同样是发烧友的心头挚爱，是音响试音专用的发烧天碟。

唱片曲目:

01.《童年时》(原唱:夏韶声)

　　作词:郑国江　作曲:根田成一　编曲:Richard Yuen

02.《但愿人长久》(原唱:卢冠廷)

　　作词:唐书琛　作曲:卢冠廷　编曲:卢东尼

03.《纸船》(原唱:许冠杰)

　　作词:许冠杰　作曲:许冠杰　编曲:鲍比达

04.《明星》(原唱:叶德娴)

　　作词:黄霑　作曲:黄霑　编曲:卢东尼

05.《从不知》(原唱:郭小霖)

　　作词:林振强　作曲:郭小霖　编曲:鲍比达

06.《滴汗》(原唱:林忆莲)

　　作词:林振强　作曲:Cindy Guldry / Giegdry Guidry　编曲:Iwasaki Yasunori

07.《漫天风雨》(原唱:徐小凤)

　　作词:汤正川　作曲:李雅桑　编曲:林矿培

08.《这是爱》(原唱:泰迪罗宾)

　　作词:林敏骢　作曲:林敏怡　编曲:Fujita Daito

09.《雪中情 '89》(原唱:关正杰)

　　作词:卢国沾　作曲:邰肇玫　编曲:Fujita Daito

10.《似水流年》(原唱:梅艳芳)

　　作词:郑国江　作曲:喜多郎　编曲:Richard Yuen

专辑评分:★★★★★

收藏指数:★★★★★

唱片市值:★★★★★

说到翻唱专辑，港乐历史上从来不乏精彩之作——关淑怡的《EX All Time Favourites》跳出原框架，大刀阔斧的改编充满创新与想象力，她独树一帜的声音及气息运用让情绪表达登峰造极；王菲的《菲靡靡之音》放大、加深了原曲的空间感，为作品增添了她空灵轻盈、冰冷清冽的个性标签；徐小凤的《别亦难》既有新曲做旧，又有老上海经典，徐小凤以其低沉、大气、优雅而富有感情的演绎，让二者在"新古典主义"的企划之下成为一体；而《人山人海》则凭借诡异妖娆的演绎、华丽迷幻的电子氛围，以及大时代下的人文关怀，至今仍震撼着华语歌坛……但相较之下，《SALUTE》的高度显然难以逾越。

　　一张翻唱专辑的成败与否，最重要的就是选曲，而《SALUTE》几乎浓缩了二十世纪八十年代粤语歌坛的精华，包括在香港红极一时的欧美及日本金曲翻唱，更多的则是香港音乐人的作品。张国荣制作这张专辑的初衷，即是将每一首翻新的作品送给原曲的创作者和演唱者，以表达对他们在乐坛辛苦耕耘的敬意。

　　张国荣原创专辑的收歌数量一向是十首，《SALUTE》同样收录了十首歌曲，他认为这有十全十美的意义。

　　在宝丽多时期，张国荣就翻唱了前辈徐小凤的作品，但彼时"哥哥"版本的《大亨》多少有些"自取其辱"。十年之后，他终于可以举重若轻地演绎偶像小凤姐的《漫天风雨》。

　　《明星》这首歌的原唱叫张玛莉，当时的歌名叫《当你见到天上星星》，后来被叶德娴翻唱成《明星》后大红。张国荣将这首歌的酸楚、无奈、凄怨、哀叹演绎到无以复加的真实，给人以深深的震撼。特别是在"告别乐坛演唱会"的最后一场，"哥哥"一袭白衣，强忍眼中泪水封麦而去，更留下一段绝世传奇。

　　《童年时》则是向"香港摇滚教父"夏韶声致敬，"哥哥"将略显平坦、清劲有余

◆《SALUTE》黑胶

而回味不足的原唱版本彻底颠覆，演绎得高亢回转，当真让人感叹"人生若只如初见，何事西风悲画扇？等闲变却故人心，却道故人心易变"。

张国荣还向粤语流行曲第一人许冠杰致敬，此前在《沉默是金》《烈火灯蛾》中亲密无间的合作，让他诠释起一代歌神的旧作《纸船》显得得心应手。"哥哥"版本的《纸船》经过鲍比达重新编曲，变得丰满立体起来，他的声音也更感性，加上精致的歌词，一份浓浓的思念之情立时弥散开来。

为致敬同辈兼好友梅艳芳，张国荣翻唱了《似水流年》。作为港乐鼎盛时代最辉煌的巨星，张国荣、陈百强和谭咏麟都翻唱过这首歌。性格决定命运，他们所演绎出的味道，也昭示了日后的人生走向。不同于梅艳芳歌声中浓浓的沧桑和疲倦，"哥哥"的版本对声音和气息控制自如，仿如潮起潮落的诠释用无懈可击来形容毫不为过。时隔多年再听这首歌，似乎是个吊诡的隐喻，冥冥中好像命运的密码。

张国荣从不吝惜提携后辈，他用翻唱《滴汗》致敬小他十岁的林忆莲。性感有很多种，不同人会有不同的欣赏，但"哥哥"对《滴汗》的性感演绎令无数人心醉。这首充满了诱惑的情歌，让他唱出了一种飘忽的、令人不安的煎熬。

《SALUTE》在二十世纪八十年代舞曲风盛行的香港乐坛可谓反其道而行，十首抒情慢歌在"哥哥"低沉浑厚嗓音的演绎下各自精彩，交相辉映。《童年时》的神往，《雪中情》的纯爱，《滴汗》的性感，《似水流年》的怀旧……淡淡的忧郁哀愁贯穿专辑始终，在这黯淡愁云中，可品味《似水流年》的怅然若失、《纸船》的欲语还休，感伤于《但愿人长久》的默默祈愿、《从不知》的蓦然回首，恍惚于《明星》的彷徨迷惑、《漫天风雨》的深情款款……在歌声中感动，在伤感中沉醉——可以说，《SALUTE》把伤感之美张扬到了极致。

相信《SALUTE》是张国荣倾注最多心血的专辑之一，他不仅为每首作品写下宣传文案，甚至为这张翻唱大碟撰写了自序：

> 几个不能安睡的夜晚，我开始为这一张唱片作筹备工作！一直以来都有一种强烈的感觉，而这感觉亦极可能潜伏在每一个歌者的心底深处，就是希望能够有机会去演绎一些其他歌手的精彩作品！我得承认这张唱片在制作上比起其他我个人的唱片更加困难，理由是因为已有"珠玉在前"！但为了能够将自己一直以来喜欢的作品演绎出来，我唯有尽心地去将每一首作品努力地唱好！最后，亦是这张专辑面世的最主要原因，便是将每一首翻新的作品送给原来歌曲的主唱者、作曲者、填词人、编曲人，以作为他们在乐坛辛苦耕耘的回报及我个人向他们的 SALUTE。

这张唱片的封套设计也堪称一绝，高贵的深蓝色背景定格了"哥哥"的深情一刻。

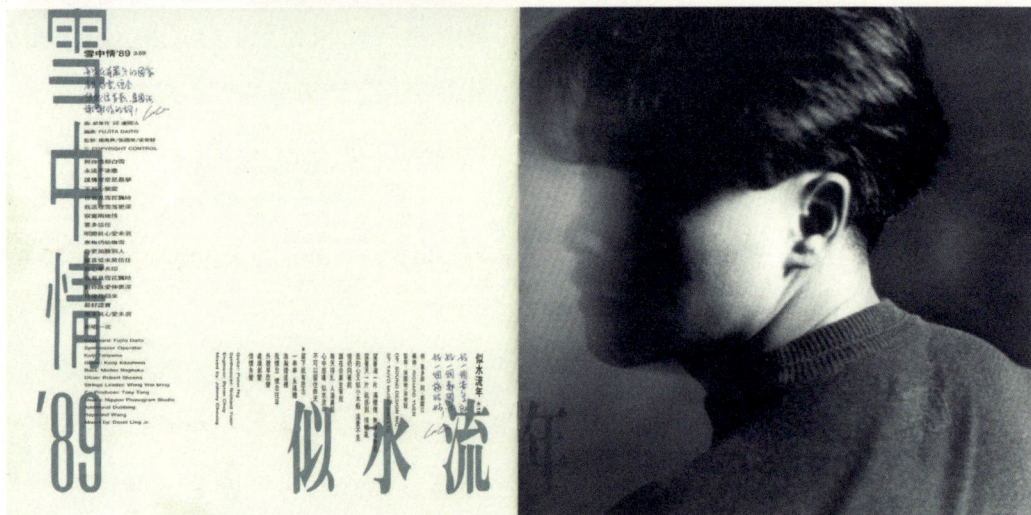

◆《SALUTE》黑胶内页有张国荣写下的文案

时至今日再看《SALUTE》的封面，仿若"哥哥"俊秀沉静的面孔倒映在神秘深邃的深蓝背景中，他就那样淡淡地凝望着你，望进了你的灵魂深处……

由发行时的一片唱衰声，到后来累积销量超过 500 万，《SALUTE》体现出了与其品质相比肩的价值，终究成为张国荣二十世纪八十年代音乐生涯的一座高峰。只是对于渴望突破自我的"哥哥"来说，从来都是没有最好，只有更好。

出于对香港需要优秀的演艺人才，但演艺学院的经费向来捉襟见肘的考虑，"哥哥"将这张专辑的收益全部捐献给了香港演艺学院，以"张国荣纪念奖学金"的形式赞助学院发展。

翻唱怎么翻？《SALUTE》无疑是最好的教科书，这些在前的珠玉亦成为张国荣个人的经典。他迷幻浓酽的嗓音在这些经典中张扬，二者珠联璧合，相得益彰。如水的声音流过，如水的年华掠过，张国荣抛开商业压力，以其对音乐单纯的执拗为香港乐坛献上了一次完美的"SALUTE"。

🎵 经典曲目

《童年时》《但愿人长久》《纸船》《明星》《从不知》《滴汗》《漫天风雨》《这是爱》《雪中情'89》《似水流年》——十首年份各异的老歌，无一例外地焕发出新的姿彩。《SALUTE》为我们架起了追寻香港乐坛词、曲、编中坚力量以及资深前辈歌手的桥梁，亦为我们留住了一个巅峰时期的张国荣，他用那温润如玉、醇厚如酒的磁性嗓音，游刃有余地诠释了何谓情歌……

☆ 收藏指南

无论黑胶、盒带，还是 CD 唱片在不同时期以不同形式再版，张国荣的全部音乐专辑中，只有《SALUTE》的价值居高不下。而它也是张国荣被再版最多、致敬最多的一张专辑，是感受张国荣艺术人生最重要的作品。对于忠实"哥迷"来说，任何介质、以任何形式重新出版的《SALUTE》，都应该被一一珍藏。连一张《SALUTE》的实体唱片都没有，热爱"哥哥"恐怕只是妄谈。

不同介质中，首版日本压盘的《SALUTE》黑胶是张国荣除前三张宝丽多时期的作品之外最昂贵的一张。作为他口碑最好的专辑作品，《SALUTE》的 CD 版本有多种技术噱头的再版，其中韩国压制的首版和日本天龙 24K 金碟最受"哥迷"喜爱，天龙版的《SALUTE》音色最佳，当下市场价值在两千元左右。《SALUTE》还发行了"玻璃CD"，超过万元的昂贵价格依然不能阻止"哥迷"将其收入囊中。

《SALUTE》盒带最常见的是香港版，亦有新马版和内地版。内地版盒带由广西音像出版社引进发行，封面并没有采用经典的蓝色原版设计方案，成为美中不足的遗憾。

专辑名称:《兜风心情》

唱片编号: CP-9-0002（黑胶） CP-10-0002（盒带） CP-D-0002（CD）

发行时间: 1989 年 7 月 10 日

发行公司: 新艺宝唱片

唱片销量: 30 万张

专辑类型: 录音室专辑

首版介质: 黑胶、盒带、CD

制 作 人: 张国荣、梁荣骏

专辑特色:

　　《兜风心情》是张国荣新艺宝时期的第二张唱片，也是他退出歌坛前的最后一张普通话唱片。除《兜风心情》和《天使之爱》两首新作之外，其余八首都是他新艺宝后期粤语金曲的普通话翻唱。

唱片曲目:

01.《爱的狂徒》(《HOT SUMMER》普通话版)

　　　作词：娃娃（陈玉贞） 作曲：卢东尼 编曲：船山基纪

02.《透明的你》(《情感的刺》普通话版)

　　作词：梁弘志　　作曲：梁弘志　　编曲：卢东尼

03.《狂野如我》(《侧面》普通话版)

　　作词：刘虞瑞　　作曲：Paul Gray　　编曲：林矿培

04.《守住风口》(《贴身》普通话版)

　　作词：蒋慧琪　　作曲：卢东尼　　编曲：卢东尼

05.《梦里蓝天》(《再恋》普通话版)

　　作词：林敏骢　　作曲：Glenn Frey　　编曲：何永坚

06.《兜风心情》(YAMAHA "兜风"轻跑车广告曲，张国荣、柏安妮合唱)

　　作词：刘虞瑞　　作曲：大森俊之　　编曲：大森俊之

07.《天使之爱》(《寂寞夜晚》普通话版,《TO YOU》普通话版)

　　作词：刘虞瑞　　作曲：周治平　　编曲：林矿培

08.《在你的眼里看不见我的心》(《由零开始》普通话版)

　　作词：宋天豪　　作曲：张国荣　　编曲：藤田大土

09.《明月夜》(《沉默是金》普通话版)

　　作词：谢明训　　作曲：张国荣　　编曲：鲍比达

10.《直到世界没有爱情》(《烈火灯蛾》普通话版)

　　作词：范俊益　　作曲：张国荣、许冠杰　　编曲：卢东尼

专辑评分：★★★☆

收藏指数：★★★

唱片市值：★★★★

二十世纪七十年代，台湾地区的普通话时代曲深刻影响了香港乐坛；到了八十年代中后期，香港歌手凭借时尚靓丽的外形、市场化的商业包装登陆台湾宝岛，形成了强劲的"港星潮流"，张国荣就是其中之一——1986年，他的首张普通话专辑《英雄本色当年情》由华星唱片授权滚石（台湾）唱片制作发行；张国荣从华星转投宝丽金体系下的新艺宝唱片之后，台湾地区的齐飞唱片又分别于1988年和1989年代理发行了《拒绝再玩》和《兜风心情》。

和日后滚石（台湾）唱片专门为张国荣量身打造的普通话专辑《Printemps》不同，《英雄本色当年情》《拒绝再玩》《兜风心情》无一例外都是粤语金曲的翻唱合辑，因此听这几张唱片，我们总会情不自禁地联想到某一首歌的粤语版本。

《兜风心情》专辑中收录的十首作品，有八首是张国荣新艺宝后期粤语金曲的普通话版（前期作品成就了《拒绝再玩》），其中四首出自1988年的专辑《HOT SUMMER》（《HOT SUMMER》《贴身》《再恋》《沉默是金》），四首出自1989年的专辑《侧面》（《侧面》《由零开始》《情感的刺》《烈火灯蛾》）。另外两首新作分别是张国荣和柏安妮合唱的专辑同名主打歌，以及《天使之爱》——这首歌的粤语版是12月发行的专辑《FINAL ENCOUNTER》中的《寂寞夜晚》。

歌迷对于《兜风心情》中经典粤语歌的普通话翻唱口碑不一。蒋慧琪填词的《守住风口》是劲歌《贴身》的普通话版。对很多"哥迷"而言，张国荣就是个风一样的男子，他的作品也尽显"风"情——"萧瑟的风中遗落了你，休止的音符在心中"，从《风继续吹》到《不羁的风》，从《暴风一族》到《十号风球》，从《漫天风雨》到《我要逆风去》，从《风再起时》到《守住风口》……如风的"哥哥"用音乐演绎着风一样的人生。

歌曲《沉默是金》如同一本回味无穷的书，张国荣的曲写得抑扬顿挫，筝声点点

◆《兜风心情》黑胶

入心。谢明训创作的普通话版《明月夜》的歌词延续了《沉默是金》的哲理韵味，还原了《沉默是金》的情景。但"明月夜，等离人"的意境，显然不及许冠杰"现已看得透，不再自困"那般洒脱、淡然。

　　说起《在你的眼里看不见我的心》，连资深歌迷都未必能立刻想起它的旋律，但提及《由零开始》，很多人可以马上哼出曲调，唱出歌词。难怪有歌迷抱怨，这些画蛇添足的普通话版本，最终成为食之无味、弃之可惜的鸡肋。好在"哥哥"纯正的普通话发音、无懈可击的完美演绎，依然保证了这些普通话翻唱版的存在价值。

《狂野如我》是《侧面》的普通话版。1989 年，张国荣对《侧面》的现场演绎张力十足，那是一种拒绝再玩的傲气，足下如蜻蜓点水，跳荡不羁的舞姿远胜循规蹈矩，没有弱点，声如裂帛，能承载千钧不怕弯折——那一年的《侧面》，听得人心潮澎湃，谁能有那么好的黄金岁月？这首歌的原曲是澳大利亚乐队 Wa Wa Nee 的 Sugar Free，是"哥哥"非常中意的作品。这些年来，我们始终津津乐道"哥哥"的"侧面"，那"狂野如我"的惊艳侧面……

🎵 经典曲目

张国荣二十世纪八十年代的普通话歌曲，除电影音乐之外，《兜风心情》的传唱度颇高，它既是 YAMAHA 摩托车的广告歌，也是高收视率的交友联谊综艺节目《来电五十》的片头曲，想当年真是没听过都难。张国荣的合唱作品不多，首首经典。与他合唱《兜风心情》的柏安妮是一个中国与马来西亚的混血儿。她于 1984 年出演电影《恭喜发财》出道，1985 年与张国荣共同主演电影《为你钟情》，1988 年又与张国荣、钟楚红联合主演了电影《杀之恋》。她形象靓丽，惹人怜爱，以至于她即使暴露出些许的唱功弱点，也不会有太多歌迷苛责计较。

在这张专辑中，张国荣首次和台湾音乐巨匠梁弘志合作，他为"哥哥"创作了歌曲《透明的你》。梁弘志是二十世纪七十年代末台湾校园民谣的代表人物，一生创作了五百多首作品，其中《请跟我来》《变》堪称世纪经典。和香港音乐人的商业创作套路以及日本音乐人的时尚动感不同，梁弘志的作品曲调优美，文辞婉约，充满意境和韵味，有人甚至称其为"叙述情感的音乐大师"。《透明的你》那动听的旋律和感性的演绎可谓两位天才音乐人的一次完美合作，然而在"哥哥"离开一年之后，仅四十七岁的梁弘志也因病过世，令人不胜唏嘘。

Glenn Frey 曾是二十世纪七十年代美国最伟大的乐队老鹰乐队（Eagles）的核心成员及主唱之一。1979 年乐队解散后，Glenn Frey 单飞发展，1982 年发表的首张个人专辑诞生了多首金曲，其中就包括被张国荣翻唱为《梦里蓝天》的 The One You Love。"哥哥"对这首被公认为不朽经典的英文情歌的普通话翻唱，虽为致敬，却比原唱更深情、更有味道。

◆《兜风心情》黑胶碟片

☆ 收藏指南：

张国荣退出歌坛之前的普通话唱片在收藏市场的价格一直居高不下。较之相对平价的"哥哥"华星时期和新艺宝时期的首版黑胶，收藏他的普通话专辑是不错的选择。

《兜风心情》亦在韩国发行，美中不足的是，为了宣传韩国巧克力品牌广告歌《TO YOU》，韩版封面在原本忧郁动人的"哥哥"的头上，硬生生加上了巨大的"TO-YOU"字样，破坏了画面的美感。

最值得收藏的是《兜风心情》香港宝丽金首版黑胶，其与台湾版的区别是台湾版封底右下方标注了台湾地区的地址，二者的盘芯设计也不尽相同。香港版市值远高于台湾版。

《兜风心情》首版 CD 为韩国压制，银圈内码 T113 01，无 IFPI 码。盒带介质有台湾版、香港版和新马版，前两者为黑色带体，新马版是乳白色盒带。

专辑名称:《侧面》(《LESLIE》《由零开始》)

唱片编号: CP-1-0025(黑胶) CP-2-0025(盒带) CP-5-0025(CD)

发行时间: 1989 年 2 月 22 日

发行公司: 新艺宝唱片

唱片销量: 35 万张

专辑类型: 录音室专辑

首版介质: 黑胶、盒带、CD

制 作 人: 张国荣、梁荣骏、欧丁玉

专辑特色:

　　《侧面》是张国荣新艺宝时期的一张超级佳作,当年在颁奖典礼上风光无两。即使抛开社会效应及种种荣誉不谈,纯粹就歌曲水准和专辑的整体流畅度来评判,这张大碟绝对也是分量十足的乐坛经典。

唱片曲目:

01.《由零开始》

　　　作词:小美　作曲:张国荣　编曲:藤田大土

02.《烈火灯蛾》

　　词曲：张国荣、许冠杰　编曲：卢东尼

03.《侧面》(原曲：Wa Wa Nee *Sugar Free*)

　　作词：梁伟文　作曲：Paul Gray　编曲：林矿培

04.《偏心》

　　作词：向雪怀　作曲：郭小霖　编曲：中村哲

05.《需要你》

　　作词：潘伟源　作曲：Dobie Gray / Bud Reneau　编曲：卢东尼

06.《暴风一族》(原曲：Big Pig *I Can't Break Away*)

　　作词：林振强　作曲：Archie Gottler / Con Conrad / Sidney Mitchell

　　编曲：唐奕聪

07.《放荡》

　　作词：陈少琪　作曲：卢东尼　编曲：卢东尼

08.《情感的刺》

　　作词：潘伟源　作曲：梁弘志　编曲：卢东尼

09.《抵抗夜寒》(原曲：五轮真弓《野性の涙》)

　　作词：陈少琪　作曲：五轮真弓　编曲：藤田大土

10.《别话》(原曲：齐秦《大约在冬季》)

　　作词：郑国江　作曲：齐秦　编曲：卢东尼

专辑评分：★★★★

收藏指数：★★★☆

唱片市值：★★★

张国荣有几张专辑因没有精准的名称而很难分辨，比如华星时期的《爱火》，新艺宝时期的《拒绝再玩》《兜风心情》，它们的封面上都只有"张国荣"三个字。按照惯例，"同名专辑"的命名方式每位歌手只会使用一次，无奈之下歌迷只好以主打歌为唱片进行命名区分。如果说张国荣 1984 年的热卖大碟《L·E·S·L·I·E》可以用《MONICA》命名的话，那么 1989 年的这张《LESLIE》，只好姑且称之为《侧面》了。

　　漂亮的发型，炯炯有神的目光，波点领巾，烫金的字体，黑白柔光处理的照片……《侧面》的封面让那些"外貌协会"瞬间爱上张国荣这个"第一眼帅哥"，难怪它在 1989 年卖出了 35 万张。全碟十首歌找不出一首需要快进的平平之作——《侧面》与《放荡》在"热·情演唱会"上唱得妖娆炽烈，《暴风一族》是精选辑必选，《由零开始》和《需要你》深沉感性，《别话》作为《大约在冬季》的粤语版唱出了和普通话版截然不同的味道……专辑获得 1989 年度叱咤乐坛流行榜叱咤乐坛大碟 IFPI 大奖以及 IFPI 香港唱片销量大奖本地白金唱片大奖。

　　创作方面，华星时期的张国荣只是在填词上小试牛刀，而新艺宝时代，他的作曲才情被完全激发出来——从《VIRGIN SNOW》中的《想你》、《HOT SUMMER》中的《沉默是金》，到《侧面》中的《由零开始》《烈火灯蛾》，他在连续三张粤语专辑中稳扎稳打，奉献了四首精彩的个人创作。不难发现，张国荣写歌并不一味追求强烈的音乐风格，作品普遍具有较强的抒情性。做了多年劲歌之王的"哥哥"自己却甚少创作劲歌，或许他的创作作品，更能体现他的真性情。

　　说 1989 年是"张国荣年"毫不为过——三张唱片张张经典，《告别乐坛演唱会》美轮美奂，只是璀璨的烟火终要归于沉寂，一代巨星做出了退出歌坛的决定。小美在写《由零开始》的歌词时，张国荣希望她表达出向众多朋友告别的意思，他又亲自为这首歌谱曲，可见告别并非一时冲动的决定。这首歌具有张国荣创作的一般特点：作

◆《侧面》黑胶

曲技法上运用转调和模进，形成一种含蓄悠长的西式效果，在"暂别远去，远去找那自由再冲刺"一句转调后回到原调，增添了变化和起伏。小美的词尽诉"哥哥"的心声："Will you remember me？若我另有心志，暂别远去，远去找那自由再冲刺。来日我会放下一切，寻觅旧日动人故事，即使其实有点不依……"离开乐坛的张国荣，避开了当时已经失去理智的歌迷之争，静下心来投入电影表演，《阿飞正传》《霸王别姬》《东邪西毒》等都成为华语影坛的传世之作，他也终于成为华语演艺界在歌坛、影坛都达到殿堂级水准的一代巨星。

张国荣的有些作品非常性感，甚至"露骨"，他总可以把这样狂野的作品唱出独具特色的美感，散发出迷人的魅力。歌曲《放荡》便是如此，陈少琪的词很狂放，写出了一个情人的妒忌，张国荣无论在录音室还是"热·情演唱会"上，都把这首歌演绎得狂野十足、活力劲爆、感性妖娆。

《暴风一族》是张国荣和制作天王欧丁玉唯一的一次合作，这首歌微妙地强化了张国荣公众形象中叛逆的一面。如果说谭咏麟是大家庭中温情、庄重、大气的家长，张国荣就是晚辈内心深深认同又明知这样未必可以成正果的潇洒、出色的二叔，在挣扎中流露出人性层面的深意。《暴风一族》是首极为难唱的强拍慢歌，这首经过重编后还有其他人声伴奏的迪斯科舞曲，最大的特点就是足够大胆、叛逆，大有玩转人生舞台的气势。张国荣以他完美的低音共鸣声将这首歌唱得洒脱不羁，连续六个"no"充满激情，给人以生命力顽强的年轻人抵抗命运不公之感。

《情感的刺》更为人所知的是它的普通话版《透明的你》，梁弘志的曲总是百转千回，赚尽眼泪；改编自五轮真弓作品的《抵抗夜寒》纠结绝望，属于沧海遗珠；翻唱自齐秦《大约在冬季》的《别话》是专辑的最后一首歌，张国荣以他独特的声线和吐字将离别话语演绎得丝丝入扣，每每听到都令人不能自已……"哥哥"的叛逆是不彻底的，他凭借低沉醇厚的声线、高辨识度的音色、一流的音准和良好的节奏感，将专辑中的所有歌曲都演绎出了他独有的性感。

🎵 经典曲目

刚劲却隐藏着虚无的快歌佳作《侧面》是 1989 年度香港十大中文金曲，意味深长。在众多的香港艺人中，张国荣是最具艺术家气质的一个。他理性也感性，他古典也现代，他怀旧也时尚，他颓废也激昂，他冷漠也温暖，他狂野也忧郁，他深情也绝情……"你所知的我其实是那面"——《侧面》帮"哥哥"说出了如此真实的心声。轰轰烈烈的风光背后，有太多说不出的苦，"透视我吧，可感到惊讶"？

《烈火灯蛾》是张国荣慢歌的代表作，亦是他与许冠杰继《沉默是金》之后的第二次合作。上一次张国荣写曲许冠杰作词，这一次两位艺术家共同完成了词曲创作。或许是题材所限，《烈火灯蛾》不及《沉默是金》受瞩目，但这首歌同样不可多得——舒

◆《侧面》内地引进版 CD 封底、封面

缓轻柔的旋律讲的却是一个凄婉执着的故事，不刻意煽情，情感却深蕴其中。的确，灯蛾扑向烈火，一如人们扑向那明知不可为的爱情，一切只是出于本能。歌词虽无古韵，照样可以留下"仍像那灯蛾，盲目往火里扑，灿烂一瞬间"这样的佳句。

☆ 收藏指南

张国荣新艺宝时期的作品，除《SALUTE》外，在收藏市场都反响平淡，但这并不妨碍将这些经典专辑的首版收入囊中。《侧面》首版黑胶除了封套绝美之外，还附送一张封面同款大幅海报，只是因发行量大，市场价值无法达至匹配其经典性的高度。

就收藏而言，《侧面》韩国压制的首版 CD 以及内地"深飞银圈"版（内地引进飞利浦生产线压制）值得入手。只是内地引进版中，将《暴风一族》和《放荡》换成了普通话的《透明的你》和《守住风口》。

《侧面》在收藏市场上最昂贵的版本是限量版单层进口 SHM SACD（超高材料超级音频光盘），绿色碟身，需专业 SACD 唱机读取，是发烧友珍藏的佳品。

盒带介质的《侧面》有透明带身和乳白色带身两种带体版本，内地引进版盒带由厦门音像出版社发行，曲目和引进版 CD 相同，名称也变成《由零开始》。

专辑名称:《HOT SUMMER》

唱片编号: CP-1-0017（黑胶） CP-2-0017（盒带） CP-5-0017（CD）

发行时间: 1988 年 7 月 29 日

发行公司: 新艺宝唱片

唱片销量: 25 万张

专辑类型: 录音室专辑

首版介质: 黑胶、盒带、CD

制 作 人: 张国荣、杨乔兴

专辑特色:

　　《HOT SUMMER》是张国荣 1988 年推出的第二张专辑，也是被歌迷公认为《SUMMER ROMANCE'87》之后水平最高的一张。2006 年正东唱片为庆祝十周年纪念举办"10×10 我至爱唱片"评选，选出签约过正东、上华和新艺宝三家唱片公司歌手的十大唱片，张国荣便以新艺宝时期的《SUMMER ROMANCE'87》和《HOT SUMMER》独中两元。

唱片曲目：

01. 《HOT SUMMER》

    作词：潘伟源　作曲：卢东尼　编曲：船山基纪

02. 《贴身》（"百事巨星演唱会"主题曲）

    作词：陈少琪　作曲：卢东尼　编曲：卢东尼

03. 《无需要太多》（原曲：马兆骏《我要的不多》）

    作词：梁伟文　作曲：马兆骏　编曲：船山基纪

04. 《可否多一吻》（电影《我爱太空人》主题曲）

    作词：潘源良　作曲：泰迪罗宾　编曲：卢东尼

05. 《Hey！不要玩》（原曲：吉川晃司《Pretty Date》）

    作词：因葵　作曲：村松邦男　编曲：杜自持

06. 《沉默是金》

    作词：许冠杰　作曲：张国荣　编曲：鲍比达

07. 《继续跳舞》（原曲：Madonna *Everybody*）

    作词：潘伟源　作曲：Ciccone　编曲：唐奕聪

08. 《浓情》（电影《杀之恋》主题曲）

    作词：林敏骢　作曲：林敏怡　编曲：林敏怡

09. 《内心争斗》

    作词：林敏骢　作曲：徐日勤　编曲：船山基纪

10. 《再恋》（原曲：Glenn Frey *The One You Love*）

    作词：潘源良　作曲：Glenn Frey　编曲：何永坚

专辑评分：★★★☆

收藏指数：★★★☆

唱片市值：★★★

《HOT SUMMER》是张国荣音乐之旅中非常性感的一张专辑。仅看封面，一个呆萌少年在海天一线的蓝色背景下悠闲地轻咬指甲，清凉爽利，听后却发现，"哥哥"的歌可以点燃夏天。

专辑同名主打歌即营造出一个盛夏的世界，以及被盛夏烘托出的比天气更加炎热的心情。在1988年的演唱会上，张国荣以其新艺宝时期醇厚又富有弹性的声音和性感又不失大气的肢体语言，将盛夏的酷热表现得淋漓尽致。"她于沙里躺，令沙滩加倍热烫"，观众仿佛被热浪笼罩，"手心也流汗……呼吸都燥干，血管冲击似潮浪"，思想情不自禁地摇荡、走光。

专辑中最著名的传世经典，必然是《沉默是金》。这首歌的缘起是新艺宝唱片策划推出许冠杰与新一代乐队合作的专辑《Sam and Friends》，因为合作对象是乐队，起初并未邀请张国荣参与。1988年2月8日，张国荣和许冠杰在共同录影间歇聊出一个构思：两人合唱一首由许冠杰作曲、张国荣作词的歌，收录在许冠杰的专辑中。后来，就有了这首《沉默是金》，不过是张国荣作曲，许冠杰填词。除了合唱版本，张国荣和许冠杰还分别于同年录制了《沉默是金》的独唱版本，《HOT SUMMER》中收录的即是"哥哥"独唱的版本，合唱版及许冠杰独唱版则收录在专辑《Sam and Friends》中。

合唱版的《沉默是金》入选1988年的第十一届香港十大中文金曲，同时入围的还有《无需要太多》。《无需要太多》翻唱自马兆骏1987年首张个人普通话专辑《我要的不多》的同名主打歌，由他本人亲自创作，很可惜这位人称"马爷"的台湾音乐才子2007年因病猝逝，享年仅四十八岁。

林敏怡与林敏骢姐弟合作的《浓情》是张国荣与钟楚红主演的电影《杀之恋》的主题曲，也是《HOT SUMMER》专辑中最为"浓情"的作品，被"哥哥"诠释得深情却不悲情。

◆《HOT SUMMER》黑胶

　　《再恋》是《HOT SUMMER》中的一首遗珠，翻唱自 Glenn Frey 的 *The One You Love*。原曲旋律引人入胜，歌词是站在旁观者的角度讲一段畸形的恋情，《再恋》则变为倾诉被恋人抛弃的离愁别绪，在张国荣低沉、磁性、温柔的声线演绎下，分外感性动人。

◆《HOT SUMMER》黑胶附带 3D 眼镜

🎵 经典曲目

　　张国荣创作《沉默是金》时，"谭张争霸"正处于白热化阶段——谭咏麟宣布不再领奖，张国荣即刻成为众矢之的，奖项、鲜花和掌声背后是无休止的暗箭和中伤……《沉默是金》是张国荣独立作曲的第二首作品，似有借歌明志之意。歌曲的旋律结合了古曲加流行元素，歌词充满慧识和豁达，鲍比达的编曲将古筝贯穿其中，营造出浓郁的中国风意境。

　　1988 年，张国荣签约成为百事可乐首位亚洲区代言人，与迈克尔·杰克逊同属第一代百事巨星。7 月，携新专辑发行之势，张国荣连开二十三场"百事巨星演唱会"，

◆《HOT SUMMER》黑胶内页

《贴身》便是演唱会主题曲，并获评当年香港十大劲歌金曲。这首歌由菲律宾裔音乐人卢东尼作曲并担纲编曲，传唱度远远超过同为卢东尼创作的专辑同名主打歌《HOT SUMMER》。

☆ 收藏指南

新艺宝时期的张国荣不仅歌唱实力有目共睹，在唱片制作上也时常出新，成为业内首创，几乎每张专辑都是精品。尽管这张《HOT SUMMER》经常被《SUMMER ROMANCE'87》和《SALUTE》的锋芒掩盖，其创意十足的包装和精良的音乐制作，还是值得我们细细品味。

《HOT SUMMER》黑胶版是香港首次采用 3D 封套的唱片，戴上附送的 3D 眼镜观看，封面、封底以及歌词页照片全部呈现立体效果。收藏首版黑胶的时候，一定注意 3D 眼镜这个周边附件。

CD 版本中，韩国压制 T113 01 首版、限量版单层进口 SHM SACD 为首选。盒带方面，香港版为透明带体，新马版则是浅色不透明带体。

专辑名称:《拒绝再玩》

唱片编号: CP-9-0001（黑胶） CP-10-0001（盒带） CP-D-0001（CD）

发行时间: 1988 年 3 月 7 日

发行公司: 齐飞唱片、新艺宝唱片

唱片销量: 30 万张

专辑类型: 录音室专辑

首版介质: 黑胶、盒带、CD

制 作 人: 周治平、张国荣、杨乔兴、梁荣骏

专辑特色:

　　《拒绝再玩》是张国荣加盟新艺宝唱片后推出的首张普通话专辑，也是他首张被内地正式引进的普通话专辑。

唱片曲目:

01.《拒绝再玩》(《拒绝再玩》普通话版)

　　　作词：娃娃　作曲：玉置浩二　编曲：唐奕聪

02.《共同渡过》(《共同渡过》普通话版)

　　　作词：林振强、周治平　作曲：谷村新司　编曲：卢东尼

03.《无心睡眠》(粤语)

　　作词：林敏骢　作曲：郭小霖　编曲：船山基纪

04.《失散的影子》(《从未可以》普通话版)

　　作词：娃娃　作曲：吴大卫　编曲：Satoshi Nakamura

05.《到未来日子》(《奔向未来日子》普通话版)

　　作词：黄霑　作曲：顾嘉辉　编曲：顾嘉辉

06.《为你》(《想你》普通话版)

　　作词：刘虞瑞　作曲：张国荣　编曲：Iwasaki Yasunori

07.《野火》(《爱的凶手》普通话版)

　　作词：黄庆元　作曲：船山基纪　编曲：船山基纪

08.《惊梦》(《你在何地》普通话版)

　　作词：陈桂珠　作曲：卢冠廷　编曲：何永坚

09.《找一个地方》(《情难自控》普通话版)

　　作词：谢明训、黄文隆　作曲：D.Whitten　编曲：Ken Takada

10.《倩女幽魂》(《倩女幽魂》普通话版)

　　作词：黄霑　作曲：黄霑　编曲：Romeo Diaz

专辑评分：★★★☆

收藏指数：★★★

唱片市值：★★★★

继华星时期的《爱火》之后，这又是一张封面上除了"张国荣"三个字，没有任何唱片名称信息的专辑。依照惯例，用主打歌为其命名为《拒绝再玩》。

和《英雄本色当年情》一样，《拒绝再玩》也是张国荣退出歌坛之前面向普通话市场发行的一张唱片。唯一不同的是，《英雄本色当年情》是张国荣的老东家华星唱片授权滚石唱片制作发行；《拒绝再玩》则是新艺宝唱片授权当年与宝丽金唱片体系合作无间的台湾齐飞唱片独家制作发行。两张专辑有颇多相似之处，如各自保留了一首张国荣的招牌粤语劲歌——《英雄本色当年情》收录的是《MONICA》，《拒绝再玩》将《无心睡眠》收入其中。

鉴于《英雄本色当年情》与《爱慕》的"换汤不换药"，《拒绝再玩》被公认为张国荣的第二张普通话唱片。专辑中的十首歌曲，六首改编自1987年发行的大碟《SUMMER ROMANCE'87》，分别是《拒绝再玩》《无心睡眠》《共同渡过》《你在何地》《倩女幽魂》《情难自控》；四首改编自1988年发行的专辑《VIRGIN SNOW》，分别是《想你》《奔向未来日子》《爱的凶手》《从未可以》。亦即说，《拒绝再玩》是张国荣加盟新艺宝唱片发行两张专辑大获成功之后，顺势推出的普通话作品。

尽管专辑中收录的普通话歌曲都是粤语金曲的翻唱版本，但不可否认，填词人的功力和张国荣的演绎为一些普通话版赋予了独特的魅力。《情难自控》虽不是"哥哥"的大热粤语金曲，却绕梁三日，令人百听不厌；普通话版《找一个地方》，谢明训和黄文隆的填词可谓锦上添花，又为这首作品增色不少。粤语版《想你》珠玉在前，普通话版《为你》同样带给人不可思议的惊喜，犹如一道清新雅致的午后甜品，张国荣出色的普通话演唱散发出摄人心魄的巨星魅力。普通话版《倩女幽魂》体现出黄霑深厚的古典诗词底蕴，张国荣以其浑厚而富有磁性的发音唱出了这首歌的历史积淀，悠扬的曲调和幽远的词境使之成为华语乐坛"中国风"作品的经典范例。

◆《拒绝再玩》黑胶

　　有些时候，经典作品的粤语版太过深入人心，一些填词人就会在改编普通话版本时畏首畏尾，更有甚者只是对粤语的表述略加改动，没有重新立意押韵，这样的普通话翻唱未免会让经典失色不少。相比之下，《拒绝再玩》所收录的歌曲，旋律和填词都比张国荣的首张普通话大碟《英雄本色当年情》出色，周治平的加入无疑能够让歌曲更温情、更好听、更贴近台湾普通话市场的流行脉搏，而张国荣借机发挥出的醇厚的声音特质，出人意料地为大部分粤语金曲的普通话版赋予了充满个性的独立灵魂。

◆《拒绝再玩》黑胶碟片

🎵 经典曲目

《拒绝再玩》是玉置浩二的经典金曲，普通话版由著名音乐人娃娃（陈玉贞）填词，她在同名粤语版失落情歌的基础上，写出了狂野叛逆的少年在都市丛林中的失败与教训，"不再重复同样的错误"这样的金句完全可以成为年轻人的人生格言。

《无心睡眠》是张国荣加盟新艺宝唱片后发行的专辑《SUMMER ROMANCE'87》的主打单曲。1987 年，刚回香港不久的郭小霖突然接到陈淑芬的电话，说张国荣想找他写歌，于是就约在半岛酒店见面。一般这样的工作会议歌手都由经纪人代为出席，让郭小霖意外的是，当天张国荣亲自到场，并特地安排了包间让大家边吃边谈。陈淑芬想为张国荣参加日本音乐季演出找一首完全颠覆之前曲风的歌，于是郭小霖便创作出节奏感强烈的《无心睡眠》。《无心睡眠》因为日式的调配张扬尽显，前半部分的浅吟低唱和后半部分的雄浑大气相得益彰，林敏骢将这首心痛到心碎的失恋情歌写得前所未有的绝望，激荡的节奏让人情绪焦灼，纠结不安，张国荣的唱腔特点得以充分体现。

◆《拒绝再玩》黑胶展开效果

☆ 收藏指南

　　《拒绝再玩》主要面向台湾地区市场，所收录的九首普通话歌曲都是在台湾录音，由宝丽金唱片在台湾的发行机构齐飞唱片发行，水准精良，具有不俗的收藏价值。1989 年，新艺宝唱片又发行了《拒绝再玩》的香港版 CD，韩国压盘。

　　中唱广州引进了《拒绝再玩》的黑胶版本，更名为《英雄本色》，也是内地引进的两张宝丽金授权发行的张国荣精品黑胶之一（另一张为《SUMMER ROMANCE'87》，引进版《浪漫》）。

　　《拒绝再玩》后期 CD 化再版售价不高，甚至不如黑、白两种带体的立体声盒带。

专辑名称：《VIRGIN SNOW》

唱片编号：CP-1-0014（黑胶） CP-2-0014（盒带） CP-5-0014（CD）

发行时间：1988 年 2 月 5 日

发行公司：新艺宝唱片

唱片销量：25 万张

专辑类型：录音室专辑

首版介质：黑胶、盒带、CD

制 作 人：张国荣、杨乔兴、梁荣骏

专辑特色：

　　《VIRGIN SNOW》是张国荣加盟新艺宝唱片之后的第二张大碟，无论是音乐制作还是平面设计的理念及质量，处处显示出"哥哥"的巨星格调。在皑皑"初雪"的映衬中，张国荣首次交出了作曲成绩单——他创作的《想你》成为日后的不朽经典。

唱片曲目：

01.《爱的凶手》

　　　作词：林振强　　作曲：Motoki Funayama　　编曲：Motoki Funayama

02.《热辣辣》(原曲：Patti Labelle *Lady Marmalade*)

　　作词：林振强　作曲：Robert Crewe / Kenny Nolan　编曲：Shigeki Watanabe

03.《奔向未来日子》(电影《英雄本色Ⅱ》主题曲)

　　作词：黄霑　作曲：顾嘉辉　编曲：顾嘉辉

04.《雪中情》(原唱：关正杰)

　　作词：卢国沾　作曲：邰肇玫　编曲：Fujita Daito

05.《从未可以》

　　作词：潘源良　作曲：吴大卫　编曲：Satoshi Nakamura

06.《想你》

　　作词：小美　作曲：张国荣　编曲：Iwasaki Yasunori

07.《烧毁我眼睛》(原曲：泽田研二《爱の逃亡者》)

　　作词：林振强　作曲：Wayne Bickerton　编曲：Fujita Daito

08.《你是我一半》(原曲：中森明菜《ミック・ジャガーに微笑みを》)

　　作词：潘伟源　作曲：Mariya Takeuchi　编曲：Shigeki Watanabe

09.《妒忌》

　　作词：陈少琪　作曲：吴大卫　编曲：Motoki Funayama

10.《最爱》(原曲：潘越云《最爱》)

　　作词：郑国江　作曲：李宗盛　编曲：顾嘉辉

专辑评分：★★★☆

收藏指数：★★★

唱片市值：★★

在技惊四座的《SUMMER ROMANCE'87》之后，张国荣再度出击，于1988年2月5日交出了《VIRGIN SNOW》这张成绩单，彻底摆脱了华星时代的日式包装风格，进一步体现出大气的国际视野。《VIRGIN SNOW》让张国荣遇到了梁荣骏，这位日后与"哥哥"在漫长的音乐道路上合作无间的幕后音乐人，懂得怎样找到他的特色，并无条件地支持他完成音乐理想。从《VIRGIN SNOW》开始，张国荣可以通过歌声表露更加真实的自己，梁荣骏功不可没。

除了音乐制作方面的成熟，《VIRGIN SNOW》的唱片封面以及内页设计同样可圈可点。其中最惹眼的莫过于唱片封套上的皑皑白雪，两张"哥哥"远赴北美拍摄的雪景照片交叠在一起，形成了面部特写若隐若现的特殊视觉效果。在香港流行乐坛的黄金岁月，正值巅峰期的张国荣发行了这样一张制作豪华、包装精美的唱片，简直是天作之美。

《VIRGIN SNOW》在保持《SUMMER ROMANCE'87》整体水准的基础上，气氛更加私人化，更加自我。对于习惯了张国荣超级偶像感觉的歌迷而言，这样有些偏离主流、独具个性魅力的作品，很难不令其怦然心动。遗憾的是，虽然张国荣和新艺宝唱片煞费心血，推出前的宣传声势更是排山倒海，《VIRGIN SNOW》仅仅在销量榜冠军位置停留了一周时间。

专辑中，张国荣翻唱了五首作品，精彩的演绎完全不输原唱。或许是为了契合雪这一主题，他翻唱了卢国沾填词的《雪中情》。原唱关正杰的演绎豪气尽显，干净利落，毫无黏滞，听上去仿如眼前是漫天飞雪，情义直冲云天，而张国荣的翻唱则更加柔情万种。1989年，这首作品亦被收录在"哥哥"向香港流行乐奠基人致敬的经典翻唱专辑《SALUTE》中。

劲歌《热辣辣》翻唱自美国殿堂级灵魂乐女歌手Patti Labelle的代表作 *Lady*

◆《VIRGIN SNOW》黑胶

Marmalade，歌词中的一句法文让这首歌在当年险些被禁。至于这首曲子那时在街头巷尾达到了怎样的热辣程度，周润发在香港十大劲歌金曲颁奖礼上奖未揭开先说了一句"热辣辣"可作为注脚。《热辣辣》非常适合现场表演，多次被张国荣选为演唱会曲目。

　　李宗盛作曲的《最爱》可谓华语乐坛的神作，有潘越云的普通话版在先，收录在她的专辑《旧爱新欢》中，是1986年张艾嘉主演的同名电影的主题曲。后翻唱版本无数，普通话版除了李宗盛本人，齐豫、何嘉丽亦演唱过；粤语版由张国荣首唱，黄凯芹、许志安都曾在现场致敬演绎。这首歌主歌部分一字一顿，用力收敛，进入副歌，

◆《VIRGIN SNOW》黑胶内页

炽热的情感瞬间从四面八方汹涌而来。张国荣性感的唱腔缓缓铺开，营造出一种雾气慢慢氤氲散开的意境，当旋律进入高潮，犹如风乍起吹皱一池春水，万般情怀一下子在春风中复苏。郑国江所作的粤语歌词中规中矩，不及钟晓阳的普通话版细腻婉约，但经"哥哥"丰富的声音演绎，直叫人"万缕热爱在渗透"……

《VIRGIN SNOW》中水准较高的几首作品如《奔向未来日子》《最爱》《想你》，气氛都较为冷感和低调，一改张国荣大众情人的热辣形象，这或许可以解释为什么此张专辑销量遇冷，却成为许多乐迷心中的私藏。

⊚ 经典曲目

《奔向未来日子》是电影《英雄本色Ⅱ》的主题曲，它的价值在于张国荣找到了极富个人特色的声音位置，将明日天涯、前路茫茫的感觉唱得异常动人。作品出自顾嘉辉、黄霑之手，《英雄本色》的主题歌《当年情》亦为二人创作。《奔向未来日子》紧密贴合《英雄本色》的电影主题，歌词将千帆过尽的情绪表达得淋漓尽致："无谓问我今天的事，无谓去知，不要问意义，有意义、无意义，怎么定判？不想、不记、不知……"

《想你》是张国荣的作曲处女作，小美填词。在1989年的"告别乐坛演唱会"上，"哥哥"对这首慢热情歌的演绎令人记忆犹新，他即兴的性感表演，风华绝代，倾倒众生。正是从《想你》开始，张国荣的作曲才情得以施展，虽然创作数量不多，却首首经典，曲曲动人。这首《想你》，便成为他的代表作之一。

☆ 收藏指南

《VIRGIN SNOW》首版黑胶是不折不扣的白菜价，甚至不及日后的环球再版……

张国荣的CD版本众多，抛开当下各种主打音色还原噱头的版本不提，新艺宝时期他的CD都在韩国压制，而华星时期CD介质的专辑则在日本制作完成。除首版黑胶和盒带之外，张国荣新艺宝时期的CD与华星时期的日版银圈CD值得收藏。

《VIRGIN SNOW》在收藏市场售价最高的是限量SHM SACD版本，其次是韩国压制的银圈版本。香港版盒带有透明带身和浅色带身两个版本，新马版盒带也是浅色带身。

专辑名称：《SUMMER ROMANCE'87》

唱片编号： CP-1-0010（黑胶） CP-2-0010（盒带） CP-5-0010（CD）

发行时间： 1987 年 8 月 21 日

发行公司： 新艺宝唱片

唱片销量： 40 万张

专辑类型： 录音室专辑

首版介质： 黑胶、盒带、CD

制 作 人： 张国荣、杨乔兴、唐奕聪

专辑特色：

    《SUMMER ROMANCE'87》是张国荣转投新艺宝唱片之后的首张大碟，也是中国内地正版引进的首张张国荣的专辑（更名为《浪漫》），不仅取得了当年香港地区的销量冠军，与日本团队的全面合作更让张国荣的音乐风格开始西化。最重要的是，他终于有机会唱自己想唱的歌。《SUMMER ROMANCE'87》被认为是香港流行音乐发展的里程碑，标志着香港主流流行音乐的新趋势。

唱片曲目：

01.《拒绝再玩》(原曲：安全地带《じれったい》)

    作词：林振强　作曲：玉置浩二　编曲：唐奕聪

02.《无心睡眠》

    作词：林敏骢　作曲：郭小霖　编曲：船山基纪

03.《你在何地》

    作词：潘源良　作曲：卢冠廷　编曲：Tommy Ho

04.《无形锁扣》(原曲：因幡晃《涙あふれて》)

    作词：卡龙　作曲：杉本真人　编曲：杜自持

05.《妄想》

    作词：梁伟文　作曲：唐奕聪　编曲：Masahiro Ikumi

06.《共同渡过》

    作词：林振强　作曲：谷村新司　编曲：卢东尼

07.《情难自控》(原曲：Crazy Horse *I Don't Want to Talk About It*)

    作词：张国荣　作曲：D.Whitten　编曲：Ken Takada

08.《够了》

    作词：林振强　作曲：卢东尼　编曲：Ken Takada

09.《请勿越轨》(原曲：荻野目洋子《湾岸太阳族》)

    作词：林振强　作曲：山崎稔　编曲：杜自持

10.《倩女幽魂》(电影《倩女幽魂》主题曲)

    作词：黄霑　作曲：黄霑　编曲：Romeo Diaz

专辑评分：★★★★

收藏指数：★★★☆

唱片市值：★★★☆

1987 年，张国荣接拍了新艺城电影公司出品的《倩女幽魂》，并将唱片合约转至该公司旗下的新艺宝唱片，引发轰动。张国荣之所以不为老东家华星唱片开出的优厚条件所动，甚至不惧对方母公司 TVB 强大的宣传能力转投新艺宝唱片，一方面是力挺经纪人陈淑芬，另一方面也因为新艺宝唱片背靠新艺城电影公司，有能力保护张国荣及其经纪公司恒星娱乐不被封杀，并且在某种程度上避开了华星唱片所属的宝丽金唱片"一山不容二虎"的尴尬。

新艺宝唱片成立于 1985 年，是郑中基之父郑东汉特邀陈少宝开设的归属宝丽金唱片的独立厂牌，张国荣可谓其发展史上的首位一线歌手。对于"哥哥"一心做好音乐这样朴实而单纯的诉求，陈少宝给予了无条件的支持，从而成就了他四年新艺宝生涯唱片制作水平的全方位提升。

《SUMMER ROMANCE'87》共收录十首歌曲，劲歌、慢歌各五首，达到了快慢相宜的平衡。专辑由张国荣、杨乔兴和唐奕聪共同制作。演唱快歌、舞曲是加盟新艺宝唱片之后张国荣最想进行的尝试，因此他和陈少宝更加青睐新派创作者，比如郭小霖、潘源良等，而杨乔兴和唐奕聪分别作为玉石乐队的贝斯手和太极乐队的键盘手，都以制作劲歌见长；同时，张国荣提出到日本编曲、做后期的要求，陈少宝悉数答应——有了创作上的新鲜血液及制作中的资本加持，十首作品都成为"哥哥"的经典之作，首首动听，皆可主打，专辑大获成功也在情理之中。当年，《SUMMER ROMANCE'87》销量突破七白金，成为香港乐坛唱片销量冠军；十首歌轮流登上排行榜，其中最成功的单曲《无心睡眠》更是风头无两，热爆全城。

张国荣华星时期的作品几乎可以用"黎小田的慢歌 + 翻唱日本劲歌"概括，而《SUMMER ROMANCE'87》则由内至外重塑了一个更加大气、更具国际范的张国荣。音乐制作方面，部分曲目邀请日本音乐人编曲，紧跟当时世界领先的音乐潮流；整张

◆《SUMMER ROMANCE'87》黑胶

专辑的录音在日本完成，高质量的录音水准最大限度地释放出张国荣宽厚、磁性的声音特色，让他彻底告别了二十世纪七十年代末那种港乐的乡土味。包装方面，日本造型团队将"哥哥"打造成一个时尚、儒雅、成熟的男人形象，封面照片亦由日本摄影师在东京拍摄。

专辑中有三首作品翻唱自日文歌，其中《拒绝再玩》改编自日本乐队安全地带的《令人着急》，与玉置浩二的演绎相比，唐奕聪为张国荣准备的是在强劲节拍下更洒脱更稳重的编曲，更符合"哥哥"潇洒不羁的气质。

◆《SUMMER ROMANCE'87》黑胶内页

　　《请勿越轨》则翻唱自荻野目洋子的《湾岸太阳族》，这首歌的曲作者山崎稔正是罗大佑首张专辑中《鹿港小镇》《恋曲1980》《童年》《错误》的编曲人。当年罗大佑和山崎稔依靠书信往来完成了编曲。谭咏麟《第一滴泪》的编曲，也出自这位日本大阪的摇滚音乐人之手。

　　除此之外，《情难自控》是专辑中唯一一首西洋翻唱歌曲，原作为 *I Don't Want to Talk About It*，最早收录于 **Crazy Horse** 乐队的同名专辑中，后被洛·史都华（**Rod Stewart**）唱红。张国荣的版本清淡舒缓，他在悠扬的萨克斯声中轻柔开唱，像是在听者的耳边呓语，即便副歌也没有破坏这份意境，如行云流水，非常耐听。

◆《SUMMER ROMANCE'87》黑胶内页

专辑中最异类的一首当数《倩女幽魂》。这原本是华星唱片最为擅长的武侠歌曲，新艺宝唱片以合成器制造出的简单节奏为底色，并多次运用民族乐器，令"中国风"更显现代和大气，在听觉上更符合当时年轻人的审美。据说这首歌是黄霑随《倩女幽魂》电影剧组到戛纳时写的，他将东方古典的宿命主题，融入到略带阴气的旋律氛围里，让一部商业鬼片因为这样底蕴悠悠的主题曲而有了更深的内涵，无愧于"中国风"作品的经典范例。

◆ 内地引进版《浪漫》黑胶 　　　　　◆ 张国荣四张日本天龙 1A1 首版 24K 金碟

　　《SUMMER ROMANCE'87》虽是一张标准的主流作品，但张国荣方方面面微妙的转型，以及首次流露出的自由与自信，使之成为他音乐事业全方位起飞的重要转折。这张专辑为张国荣奠定了他偏西化音乐方向的基础，他得以快速建立属于自己的音乐风格。此外，得益于《SUMMER ROMANCE'87》被完整地引进到内地，张国荣的影响力得到更广泛的传播。

🎵 经典曲目

　　日本音乐人船山基纪编曲的《无心睡眠》，是整张专辑的实际主打歌，郭小霖这位香港作曲者的作品，因为日式的调配显得更大气、更张扬。加之 MV 中张国荣的动作编排以及整张专辑夏日专卖的季节效应，《无心睡眠》成功挤掉谭咏麟的《Don't Say Goodbye》，获得当年香港十大劲歌金曲年度金曲金奖。

　　《共同渡过》是张国荣自诉衷肠献给"哥迷"的作品，既是对他个人心路历程的回顾，也是对一直支持他的人的回馈，用情很深很真挚，字字句句有情义。这首歌几乎出现在张国荣所有的演唱会上，并多次成为安可曲。2000 年的"热·情演唱会"，"哥哥"更是唱到哽咽，全场大合唱的画面温馨感人。

关于《共同渡过》的来历，坊间有着不同的版本：一说是张国荣翻唱谷村新司的《花》，一说是谷村新司为张国荣量身创作，在《共同渡过》发行之后，谷村新司才重新填词并演唱了日语版《花》。在致电陈淑芬女士之后，真相终于浮出水面——

日本东京在二十世纪八十年代经常举办有中国歌手参加的东京音乐节，《花》是谷村新司为东京音乐节创作的主题曲，当时作为嘉宾出席的张国荣和陈淑芬在现场欣赏到他的精彩演绎，立即喜欢上这首歌动听的旋律。办事麻利的陈淑芬随即通过关系找到谷村新司的版权公司，双方迅速签订了版权使用合同，后经林振强填词，便有了《SUMMER ROMANCE'87》中的《共同渡过》。亦即说，张国荣是这首作品的录音室版原唱，而谷村新司是现场版原唱。多年之后，谷村新司才将《花》收录进专辑中。

其间还有一个插曲：当时在台下欣赏谷村新司表演并喜欢上这段旋律的，还有歌坛天王谭咏麟。事后他也找到谷村新司表达翻唱的愿望和请求，谷村新司当即应允，殊不知他的版权公司已将翻唱权第一时间签给了张国荣……

谷村新司很欣赏张国荣，曾多次在纪念演出中演唱《花》来纪念"哥哥"，更是对着大屏幕上"哥哥"的照片潸然泪下，这无疑是一位伟大的艺术家对另一位伟大的艺术家的尊敬与怀念。

☆ 收藏指南

《SUMMER ROMANCE'87》是内地引进的首张张国荣的专辑，引进版更名为《浪漫》。值得一提的是，引进版"一刀未剪"，内地"哥迷"得以第一次完整领略张国荣的音乐魅力。除香港地区的黑胶首版之外，韩国亦有这张大碟的黑胶版本发行。

收藏方面，《SUMMER ROMANCE'87》黑胶和盒带首版在当年发行量巨大，当下市值不高。而这张唱片的日本天龙 1A1 首版 24K 金碟非常值得入手，能够使用该技术压制实则是对专辑录音及后期水准最好的褒奖。张国荣还有《SALUTE》《FINAL ENCOUNTER》两张专辑和一张精选发行了 1A1 首版 24K 金碟。此外，《SUMMER ROMANCE'87》还发行了"玻璃 CD"版本。

《SUMMER ROMANCE'87》香港版盒带是透明带身，颇为常见，台湾发行的黑色带身的齐飞版因数量稀少而市价昂贵，让多数藏家望而却步。

专辑名称:《爱慕》

唱片编号：RR-132（黑胶） RR-132C（盒带）

发行时间：1987 年 1 月 25 日

发行公司：华星唱片

唱片销量：20 万张

专辑类型：录音室专辑

首版介质：黑胶、盒带

制 作 人：黎小田、齐豫

专辑特色：

　　《爱慕》是《英雄本色当年情》的"姊妹篇"，亦是张国荣在华星唱片的最后一张大碟，在韩国创造了 20 万张的销量奇迹，不仅帮助"哥哥"成为首位进军韩国的粤语歌手，更打破了韩国市场欧美音乐垄断的局面。

唱片曲目：

01.《爱慕》(原曲：西城秀树《追忆の瞳 ~ Lola》)

　　　作词：郑国江 作曲：関口俊行 编曲：船山基纪

02.《停止转动》(粤语版:《不羁的风》)

　　作词：陈家丽　作曲：大沢誉志幸　编曲：罗迪

03.《痴心的我》(粤语版:《痴心的我》)

　　作词：吕承明　作曲：黎小田　编曲：黎小田

04.《午夜奔驰》(粤语版:《隐身人》)

　　作词：詹德茂　作曲：大野克夫　编曲：罗迪

05.《悲伤的语言》(粤语版:《为谁疯癫》)

　　作词：李宗盛　作曲：B.Arcaio / A.Ceccarelli　编曲：黎小田

06.《让我消失去》(电影《英雄正传》主题曲)

　　作词：黄百鸣　作曲：黎小田　编曲：奥金宝

07.《当年情》(粤语版:《当年情》)

　　作词：詹德茂　作曲：顾嘉辉　编曲：顾嘉辉

08.《不确定的年纪》(粤语版:《Crazy Rock》)

　　作词：詹德茂　作曲：Annie　编曲：苏德华

09.《叫你一声》(粤语版:《为你钟情》)

　　作词：凌岳　作曲：王正宇　编曲：奥金宝

10.《背弃命运》(粤语版:《第一次》)

　　作词：陈志升　作曲：Haruomi Hosono　编曲：黎小田

专辑评分：★ ★ ★ ☆

收藏指数：★ ★ ★

唱片市值：★ ★ ★

在复出歌坛加盟滚石唱片发行《宠爱》之前，张国荣的普通话专辑数量比较模糊。从时间上看，他正式发行的首张普通话专辑，是华星唱片与滚石（台湾）唱片1986年11月26日在台湾地区推出的《英雄本色当年情》。然而也有说法称，张国荣华星时期的最后一张大碟《爱慕》，是他的首张普通话专辑，由华星唱片于1987年1月25日在香港地区发行。

从所收录的曲目上不难发现，《英雄本色当年情》与《爱慕》实际是两张所差无几的"姊妹专辑"——《爱慕》不过是抽掉了《英雄本色当年情》中的《MONICA》与《握住一把寂寞》，增加了《爱慕》和《让我消失去》两首粤语歌。两张专辑中相同的八首作品，均是"哥哥"华星后期粤语专辑的普通话翻唱——五首出自1985年的专辑《为你钟情》，包括《不羁的风》《隐身人》《第一次》《为你钟情》《痴心的我》；两首出自1986年专辑《爱火》的黑胶版本，分别是《当年情》《Crazy Rock》；一首出自1986年的大碟《STAND UP》，即《为谁疯癫》。而《爱慕》则出自1986年专辑《爱火》的CD版本，《让我消失去》为首次收录的新歌。亦即说，将《英雄本色当年情》和《爱慕》都标注为张国荣的首张普通话专辑勉强可算精准。

张国荣的首张普通话专辑多为翻唱旧作，欣赏过之后却意外地鲜有"违和感"。当然，不排除有些经典歌曲的粤语版已成为"哥迷"的骨血记忆，即使张国荣的普通话演绎再精彩，依然会给人失掉了粤语版韵味之感，这也算是拓展市场必然会遇到的无奈吧。

出道伊始，张国荣被誉为"香江动感偶像"，乐感和舞蹈的节奏感都非常出色，再经过日后苦练，形成了青春活泼的舞台风格，令人耳目一新。从起初只是作为歌手唱着别人为自己写的歌在台前表演，到后来逐渐参与到作曲、编舞、舞台设计、艺术总监等幕后工作中，张国荣一直在追求和探索属于自己的艺术风格。专辑《爱慕》便是

◆《爱慕》黑胶

了解"哥哥"多元化才情的一扇窗口，他标准的普通话同时为他在中国大陆及台湾地区，甚至韩国、日本等海外市场都赢得了大量拥趸，最终成为一代巨星。

不可否认，《英雄本色当年情》和《爱慕》并没有太多经典作品流传下来，也难怪1995年张国荣复出歌坛首先推出了半数曲目为普通话演绎的唱片《宠爱》。即便如此，当我们再度认真聆听这些"哥哥"当年的普通话旧作，较之那些熟悉的粤语版本，仍会在不经意中发现新的惊喜。

◆《爱慕》黑胶碟片

🎵 经典曲目

《爱慕》可谓张国荣演唱会开嗓专用曲目，他早些时候唱是单纯的悲情无助，之后越唱越厚重，越唱越柔情万种，这种无奈的痴心若未经过感情的历练如何演绎得出？歌曲呈现出一种病态挣扎、自我对抗、彻底绝望的情绪，日后的作品《梦到内河》亦有相同的表达。

◆《爱慕》黑胶内页

☆ 收藏指南

　　张国荣在海外发行的专辑一直被忠实"哥迷"热捧。普通话专辑《爱慕》在韩国的销量超过 20 万张，收藏一张韩版黑胶，翻看其韩语歌词、文案，也是对"哥哥"的别样怀念。

　　《爱慕》的首版介质没有 CD，仅有浅色带身的盒带版本和黑胶版本。1995 年，华星唱片发行了 CD 版，配有黑色纸质封套。

专辑名称:《英雄本色当年情》

唱片编号: RR-132〔黑胶〕 RC-132〔盒带〕

发行时间: 1986 年 11 月 26 日

发行公司: 华星唱片、滚石〔台湾〕唱片

唱片销量: 20 万张

专辑类型: 录音室专辑

首版介质: 黑胶、盒带

制 作 人: 黎小田、齐豫

专辑特色:

　　《英雄本色当年情》是张国荣的首张普通话唱片,亦是他开拓台湾地区市场的试探之作,由华星唱片授权滚石〔台湾〕唱片发行,谱写了港台地区唱片公司合作推出张国荣专辑的新篇章。齐豫罕见地出现在制作人阵容中,主要负责普通话人声"监棚"工作。

唱片曲目:

01.《停止转动》(粤语版:《不羁的风》)

　　　作词:陈家丽　　作曲:大沢誉志幸　　编曲:罗迪

02. 《午夜奔驰》（粤语版：《隐身人》）

　　作词：詹德茂　作曲：大野克夫　编曲：罗迪

03. 《握住一把寂寞》（粤语版：《分手》）

　　作词：凌岳　作曲：黎小田　编曲：黎小田

04. 《MONICA》（粤语）

　　作词：黎彼得　作曲：NOBODY　编曲：黎小田

05. 《不确定的年纪》（粤语版：《Crazy Rock》）

　　作词：詹德茂　作曲：Annie　编曲：苏德华

06. 《当年情》（粤语版：《当年情》）

　　作词：詹德茂　作曲：顾嘉煇　编曲：顾嘉煇

07. 《悲伤的语言》（粤语版：《为谁疯癫》）

　　作词：李宗盛　作曲：B.Arcaio / A.Ceccarelli　编曲：黎小田

08. 《背弃命运》（粤语版：《第一次》）

　　作词：陈志升　作曲：细野晴臣　编曲：黎小田

09. 《叫你一声》（粤语版：《为你钟情》）

　　作词：凌岳　作曲：王正宇　编曲：奥金宝

10. 《痴心的我》（粤语版：《痴心的我》）

　　作词：吕承明　作曲：黎小田　编曲：黎小田

专辑评分：★★★★

收藏指数：★★★★

唱片市值：★★★★☆

1986年，借助电影《英雄本色》在亚洲产生的巨大影响力，张国荣正式进军台湾地区普通话唱片市场。老东家华星唱片找到彼时正冉冉升起的台湾唱片业明日之星滚石唱片，陈淑芬亲自飞往台湾，会晤之后将唱片发行权交予滚石唱片。

　　采用"电影名＋插曲名"的方式为专辑命名，唱片公司丝毫不掩饰借力电影之意，毕竟《英雄本色》在1986年的台湾电影金马奖上拿下最佳导演、最佳男主角、最佳摄影及最佳录音四项大奖。

　　这是张国荣音乐生涯的首张普通话专辑，发行时间距离他出道已将近十年。三十岁的"哥哥"，面庞光洁，笑容灿烂——首次进军宝岛台湾，他自信满满，因为唱片公司采取了最稳妥的方式，将他经典的粤语歌用普通话诠释。此时张国荣的普通话虽然不及日后拍摄《霸王别姬》那般流利自如，但《不羁的风》普通话版《停止转动》、《第一次》普通话版《背弃命运》、《为你钟情》普通话版《叫你一声》等歌曲，仍旧迅速得到台湾地区歌迷的追捧，尽管这些曲目大多已是"二手"翻唱，即它们的粤语版就翻唱自国外的作品。此举既节省了专辑制作成本，又扩大了唱片公司的商业版图，只是这港星赴台发展的常用套路，让台湾本土音乐人少了用武之地。

　　值得一提的是，滚石唱片的人文气质也在这张专辑中得到显现，制作阵容中出现了很多熟悉的名字——

　　首先，齐豫加盟担纲制作人，让张国荣的普通话作品有了更高的品质保证。其实，齐豫的角色是"配唱制作人"，即普通话人声"监棚"，主要任务是帮"哥哥"解决普通话发音问题。这也是齐豫为数不多的以制作人的身份出现。然而，这也成为她和张国荣仅有的交集，即使日后张国荣加盟滚石（台湾）唱片，两人成为名副其实的"一家人"，也未再合作。

　　其次，在高手如云的填词人阵容中，李宗盛的名字赫然在列，他为《STAND UP》

◆《英雄本色当年情》黑胶

专辑中的《为你疯癫》填写了普通话歌词，成为《悲伤的语言》。同样，这也是李宗盛和张国荣的唯一一次合作，即使后来两人成为同门，李宗盛也未再给张国荣写歌，张国荣翻唱《当爱已成往事》是他们仅有的一点关联。

另一位大牌词人陈家丽也奉献了自己的"金句"。陈家丽论作品数量不算高产，却可谓台湾乐坛的"金句王"——"我的未来不是梦""特别的爱给特别的你""忘记你我做不到"皆出自她手。早年她作为老板的音乐制作公司"朱雀文化"打造了苏慧伦，和滚石（台湾）唱片也是代理发行的关系。

◆ 三张 CD 介质的张国荣专辑引进版精品

《英雄本色当年情》这样一张改编填词专辑，会聚了诸多大牌词人，说明滚石（台湾）唱片非常看重和华星唱片的合作，以借张国荣这位"过江天王"大张声势。在华星唱片和滚石（台湾）唱片的双重护佑下，《英雄本色当年情》取得了骄人的销量成绩。

🎵 经典曲目

吴宇森导演的《英雄本色》是一代人记忆中永不褪色的经典。就像贯穿电影始终的兄弟情，吴宇森拍了《英雄本色》，黄霑便不收钱帮他写了《当年情》。这首电影主题曲的普通话版由詹德茂填词，是《英雄本色当年情》专辑里最让人津津乐道、心驰神往的作品——口琴开场，温暖悠扬，回忆点滴浮现；张国荣不仅唱出了兄弟间的热血激昂，也夹杂着一丝无奈和柔情。那熟悉的旋律依然能令我们忆起张国荣充满英气的警官形象，以及二十世纪八十年代港片黄金岁月的快意恩仇。

◆ 内地引进版《英雄本色》黑胶

☆ 收藏指南

因为滚石唱片更高的制作水准,《英雄本色当年情》无论是黑胶版本还是立体声盒带,较之其"姊妹作"《爱慕》都更具收藏价值。需要注意的是,台湾首版并无 CD 介质。

张国荣首版发行的黑胶唱片中,普通话唱片的市值相对高于粤语唱片,这张《英雄本色当年情》首版黑胶和《风继续吹》《L·E·S·L·I·E》图案画胶,成为收藏市场最被"哥迷"认可的三张华星时期的黑胶作品。如果想收藏黑胶却止步于首版昂贵的价格,不妨考虑入手中唱广州的内地引进版。《英雄本色当年情》除滚石首版和中唱引进版,至今未再版 180 克黑胶介质。

中唱广州还引进发行了《英雄本色当年情》的 CD 版,与黑胶引进版一样,封面照片选用的是《SUMMER ROMANCE'87》的封面系列造型。

专辑名称:《爱火》(《迷惑我》)

唱片编号: CAL-03-1040（黑胶） CAL-03-1040C（盒带）
　　　　　　CD-03-1040（CD）

发行时间: 1986 年 10 月 1 日

发行公司: 华星唱片

唱片销量: 20 万张

专辑类型: 录音室专辑

首版介质: 黑胶、盒带、CD

制 作 人: 黎小田、张国荣

专辑特色:

　　唱片封面只有"张国荣"三个字，亦有人称之为同名专辑。这是张国荣留给华星唱片的最后一张粤语专辑，也是他华星时代最出色的注脚。张国荣的名字第一次出现在相当于专辑制作人的"监制"名单中，标志着他开始对自己的音乐作品有了参与和把控权。

唱片曲目：

01.《爱慕》（仅收录在 CD 版中）

　　作词：郑国江　　作曲：関口俊行　　编曲：船山基纪

02.《迷惑我》

　　作词：杨保罗　　作曲：小林明子　　编曲：奥金宝

03.《情到浓时》

　　作词：卡龙　　作曲：黎小田　　编曲：黎小田

04.《隐身人》

　　作词：林振强　　作曲：大野克夫　　编曲：罗迪

05.《当年情》（电影《英雄本色》主题曲）

　　作词：黄霑　　作曲：顾嘉辉　　编曲：顾嘉辉

06.《爱的抉择》

　　作词：潘伟源　　作曲：Motoaki Masuo　　编曲：罗迪

07.《有谁共鸣》

　　作词：小美　　作曲：谷村新司　　编曲：赵增熹

08.《烈火边缘》

　　作词：林振强　　作曲：沢村拓二　　编曲：Nanba Hiroyuki

09.《爱火》

　　作词：张国荣　　作曲：林哲司　　编曲：姚志汉

10.《Crazy Rock》

　　作词：林振强　　作曲：Annie　　编曲：苏德华

11.《Miracle》（张国荣、麦洁文合唱）

　　作词：卡龙　　作曲：Steve Davis / Justin Peters　　编曲：杜自持

专辑评分：★★★★

收藏指数：★★★★

唱片市值：★★★☆

在众多香港歌手中，张国荣能够凭借鲜明的特色脱颖而出，很大程度是因为他亲自参与专辑的制作，能够把自己对音乐的理解和个性的掌控贯注到唱片中。从这个角度来说，《爱火》无疑是张国荣音乐生涯最重要的作品之一，他首次成为监制，在专辑制作过程中行使自己的主动权。张国荣试图以舒缓的曲风表现起伏的情绪，而非一味依赖缺乏思想和个性的快节奏迪斯科舞曲来制造商业市场的成功。歌曲《爱火》的填词，张国荣的文字如同少年坠入爱河，陶醉其间。而他激情似火的唱法，表达出对爱情的奋不顾身。尽管时代赋予的创作局限是无法跨越的，年轻的张国荣还是在那个青涩的年代，用他简单质朴、直抒胸臆的歌词，展露了他的创作才情。

这个时候，张国荣早已退去了1983年时的青涩和稚嫩，变得更加自信和成熟。他运用胸腔共鸣，充分发挥中低音优势，声音越发迷人和动情，使得专辑中的作品不再轻狂和浮躁，而是在性感中多了几分稳重与优雅。

《情到浓时》是香港电台广播剧《云上云上》的主题曲，随着轻柔飞扬的音乐，张国荣朗声唱道："你的温柔印象，像那初夏的雨。"《隐身人》是老牌词人林振强的作品，写出了单恋的艰辛与无奈，旋律虽不及碟中其他抒情慢歌般优美，轻快的节奏和"哥哥"清晰的吐字发音却也显得意趣盎然。《Crazy Rock》和《烈火边缘》都是比较摇滚的劲歌，给人以热血沸腾的感觉。《爱的抉择》节奏感强烈，面对一个热情如火的少女，男主角困于选择的两难——"爱也极苦，爱是糖，爱也是盐。"张国荣与邓志玉合作的《愿能比翼飞》、与梅艳芳合唱的《缘份》、与陈洁灵对唱的《只怕不再遇上》等皆为经典，此次他与麦洁文对唱的《Miracle》，同样为歌迷津津乐道。

《爱火》的唱片封面上，黑直的剑眉、挺拔的鼻梁以及紧闭的双唇，无不显露出"哥哥"内心的坚定，他在红色西装的衬托下，愈加清淡而温厚，轻柔而硬朗，孤寂而丰满，高贵而不俗艳，忧郁而有韵味，仿如童话中走出来的王子……

◆《爱火》黑胶

🎵 经典曲目

在 1986 年的香港十大劲歌金曲颁奖礼上，《爱火》这张专辑叫好又叫座，其中收录的《当年情》和《有谁共鸣》同时入选"十大"，《有谁共鸣》更是得到年度金曲金奖。

◆《爱火》黑胶碟片

　　《当年情》是一首看似是情歌，实则超越情歌的作品。歌曲以温馨和诚挚的心绪，感谢人生中的好友知己。顾嘉辉所营造出的青葱气息浓郁的惆怅氛围，为《英雄本色》这部场面火爆、结局惨烈的电影起到了重要的中和作用。

　　2003 年的香港电影金像奖颁奖典礼，被称作"金像奖历史上笑容最少的一届"。张国荣凭遗作《异度空间》获得最佳男主角提名，主办方最大限度地节制了悲情，精心选择了这首《当年情》，由"四大天王"刘德华、张学友、黎明、郭富城携手清唱："轻

◆《爱火》黑胶内页

轻说声，漫长路快要走过，终于走到明媚晴天……今日我，与你又试肩并肩。当年情，此刻是添上新鲜……"在特殊的背景下，这首歌被赋予了并肩奋斗、共渡难关、再迎晴天的励志色彩。

《有谁共鸣》那古典优美的曲调出自日本音乐人谷村新司之手，小美的词非常契合原曲的意境，仅最后一句"夜阑静，问有谁共鸣"就足以叫人唏嘘。清新流畅的旋律和充满哲理的歌词，让《有谁共鸣》颇有《沉默是金》一般警示劝慰的味道。

◆《爱火》黑胶内页

☆ 收藏指南

《爱火》的 CD 版比黑胶版多收录一首《爱慕》，东芝 1A1 TO 首版（东芝亦有 1M TO 的首版编码）是收藏首选。华星唱片的市场拓展使得这张《爱火》大碟亦有韩国版黑胶发行，价格便宜，音质逊色于在香港地区发行的黑胶版本。

《爱火》的盒带收藏也值得一提——港版的立体声盒带有红、白两版，红色版为半透明带体，上喷白字；白色版根据字迹喷涂颜色又分为多个版本，和红色带体形成反差效果。

专辑名称:《STAND UP》

唱片编号: CAL-03-1034〔黑胶〕 CAL-03-1034C〔盒带〕

发行时间: 1986 年 4 月 12 日

发行公司: 华星唱片

唱片销量: 40 万张

专辑类型: 录音室专辑

首版介质: 黑胶、盒带

制 作 人: 黎小田

专辑特色:

  张国荣站上乐坛之巅离不开《STAND UP》的奠基,这张跳着唱着动感着的专辑是"哥哥"华星时期的完美一笔。企划人员在包装上出奇制胜,无论黑胶、盒带还是稍晚问世的 CD,《STAND UP》不同颜色的版本在华语歌坛唱片发行史上,成就了特殊时代的辉煌传奇,超过八白金的销量让张国荣歌坛王者的地位无可撼动。

唱片曲目：

01.《STAND UP》
　　　作词：林振强　　作曲：Rick Springfield　　编曲：黎小田

02.《黑色午夜》
　　　作词：林振强　　作曲：国吉良一　　编曲：苏德华

03.《分手》
　　　作词：黎彼得　　作曲：黎小田　　编曲：黎小田

04.《LOVE ME MORE》
　　　作词：黎彼得　　作曲：Motoaki Masuo　　编曲：黎小田

05.《为谁疯癫》
　　　作词：潘伟源　　作曲：B.Arcadio / A.Ceccarelli　　编曲：祖儿

06.《爱情离合器》
　　　作词：黎彼得　　作曲：王正宇　　编曲：苏德华

07.《打开信箱》
　　　作词：林敏骢　　作曲：H.Hedback / K.Laitinen　　编曲：黄良昇

08.《刻骨铭心》
　　　作词：郑国江　　作曲：王正宇　　编曲：奥金宝

09.《寂寞猎人》
　　　作词：林振强　　作曲：Motoaki Masuo　　编曲：苏德华

10.《可人儿》
　　　作词：郑国江　　作曲：黎小田　　编曲：黎小田

专辑评分：★★★☆

收藏指数：★★★★☆

唱片市值：★★★☆

1986 年，在和华星唱片即将约满的大背景下，如日中天的张国荣得到公司重磅加持，推出粤语专辑《STAND UP》。"快用节拍垫脚底，我要与你跳出天际，身体必须用力摇，有了节拍胜于一切，摇摆的你不要担凳仔，Stand up……"这是一张节奏猛烈、充满摇滚味、快歌当道的专辑，也是助力张国荣在劲歌领域封神的一张专辑。可以说一张高质量的劲歌专辑既符合当时"哥哥"的偶像定位，也迎合了听众对歌曲的欣赏口味。

　　华语男歌手中，张国荣对劲歌的节奏和力度的把握无人能出其右，并擅长在舞曲中进行高音和气息的控制。他在铿锵的节奏中以狂放的演绎宣泄着内心不羁与反叛的情绪，对年轻人激情的煽动不言而喻。《STAND UP》这张主打快歌的专辑，制作人竟然是黎小田。能够把控自己不擅长的领域，也是一个制作人能力全面的证明。

　　值得一提的是，张国荣《STAND UP》之后的粤语唱片，几乎都有他本人参与制作，因此，这张风格另类的专辑可谓"哥哥"音乐事业的分水岭。全碟十首歌首首精彩，堪称全主打专辑——《STAND UP》《打开信箱》《黑色午夜》《LOVE ME MORE》《寂寞猎人》《爱情离合器》劲爆飒爽，展现出张国荣活力动感的一面，让人百听不腻；占据少数比重的慢歌《分手》《为谁疯癫》《刻骨铭心》《可人儿》则堪称情歌典范，"哥哥"的声音愈加醇厚自然，情感运用越发熟稔，唱功渐入佳境，值得反复品味。可以说专辑《STAND UP》前半张年轻气盛，后半张年少言愁，又有劲歌又有"芭乐"（ballad 的音译，意思是民歌、民谣，后来指节奏缓慢的抒情歌曲）。

　　专辑《为你钟情》在香港首推的纯白色胶碟让人眼前一亮，并成功在销量上取得突破。到了《STAND UP》这一张，香港首创的黄、绿、紫三色彩胶和三色卡带如同一颗重磅炸弹投向市场，带动销量一路高歌突破 40 万张。负责设计唱片封套的香港著名设计师陈幼坚毫不讳言，在他所经手的张国荣的专辑中，《STAND UP》是除

◆《STAND UP》黑胶

《VIRGIN SNOW》外，封面效果最令他满意的一张："之前的唱片设计都很静态，到了《STAND UP》的时候，因为是快歌，要跳舞，自然需要有动感，所以出现了这张摇滚封面。"

封面上，张国荣手持吉他，形象劲爆。而现实中，他甚少有吉他表演。"愚人音乐坊"主理、乐评人 BEN 曾经回忆，张国荣在一次晚会上表演专辑当中的《黑色午夜》，应该是他为数不多的几次在现场弹吉他的名场面之一。许多人争论他是否为真弹，或是水平如何，其实大可不必。首先，张国荣肯定是会弹吉他的，但是《黑色午夜》的编曲和吉他 SOLO，都是苏德华完成的。摇滚歌手、职业吉他手和吉他演奏家，是音乐圈中不同的工种，都需要用到吉他，只是侧重点不同。在流行音乐领域，更重要的还是创意和灵感，技术只是一方面。可能以张国荣的吉他或钢琴演奏水平只能弹弹和弦，但这丝毫不妨碍他写出《沉默是金》《风再起时》《我》这样的名曲。

另据陈幼坚介绍，《STAND UP》专辑呈现了几款不同颜色的胶碟，当时的构思是张国荣已吸纳很多歌迷，他希望歌迷可以收藏他不同颜色的唱片。此前发行《为你钟情》的白胶唱片，效果很好，增加了销量，彰显出歌迷对他的忠诚度，这在当时来说是非常原创的宣发创意。那时做唱片，除了包装歌手的形象外，还要想办法增加销量，所以《STAND UP》做了三款不同颜色的胶碟。大卖之后唱片公司并没有收手，又发行了黑色胶碟版配合早先三色胶四管齐下，终于助力张国荣在全年销量大战上大胜乐坛宿敌。战胜与超越，一切来得如此之快又如此漫长，如此意外又如此情理之中！

有专业"金耳朵"对《STAND UP》专辑四款颜色碟片的声效进行了评估——从靓声程度排序，分别是黑胶版、紫胶版、绿胶版、黄胶版。黑胶版整体音质最佳，背景宁静，音域广阔，音场饱满，人声与乐器搭配清晰、自然，层次感或线条感分明，张国荣的男中音厚润、突出，具有磁性，听起来犹如被软绵绵的羊毛包裹着般舒坦。紫胶版主要在饱和度方面稍逊于黑胶版，绿胶版与黄胶版主要在背景、饱和度、层次感或条线感、宁静度等方面不及其他版本。

🎵 经典曲目

《STAND UP》《黑色午夜》这两首张国荣的招牌劲歌旋律动听、活力四射，曾经响彻当年的迪斯科舞厅，见证着巅峰状态下张国荣的性感热辣，即使在当下欣赏依然百听不厌。在歌曲的诠释上，张国荣的声音加强了力量感，比此前的快歌处理明显提高一个档次。在"跨越 97 演唱会"上，"哥哥"又将这些作品诠释出了全新的味道。

《打开信箱》的原唱者是芬兰音乐人 Markku Aro，即便在今天网上能查到的资料也很少。想当年，香港的唱片制作人能够选到如此偏门的作品供"哥哥"翻唱着实让人佩服。

◆《STAND UP》多色胶碟及对应颜色盒带

☆ 收藏指南

　　出于促进销量的商业考虑，《STAND UP》胶碟发行了黄、绿、紫、黑四种颜色碟身，却也成就了具有历史印记的文化产品。三色彩胶中，紫色胶数量最少，黄色最多，绿色中等。唱片的平面设计也打破常规，照片以不正统的摆法，打斜对角，颇具舞台

◆《STAND UP》错色版透明彩胶

动感。

　　相比于三色彩胶，黑胶版本的《STAND UP》因发行量少在收藏市场价格更高。但最珍贵的还是黄、绿、紫三种颜色交错在一起的多色透明版本，源于唱片压制时的调色尝试，在市面上已成珍品。

　　《STAND UP》的磁带同样有黄、绿、紫三种颜色发行，带身和外盒都是彩色，堪称华语乐坛盒带多色发行首创，深受"哥迷"喜爱，加上新马版的黑色金字磁带，也算是凑齐了四种颜色。首版 CD 中，日本压制的东芝 1A1 TO 首版最为珍贵。

专辑名称:《全赖有你 夏日精选》

唱片编号: CAL-03-1024（黑胶） CAL-03-1024C（盒带）

发行时间: 1985 年 7 月 28 日

发行公司: 华星唱片

唱片销量: 20 万张

专辑类型: 录音室合辑

首版介质: 黑胶、盒带

制 作 人: 黎小田

专辑特色:

　　《全赖有你 夏日精选》是张国荣第一张"新曲＋精选"专辑,收录了《全赖有你》《只怕不再遇上》《留住昨天》三首新歌,并重新灌录了《风继续吹》及《默默向上游》两首旧歌。

唱片曲目:

01.《全赖有你》

　　　作词:林振强　作曲:Gavin Sutherland　编曲:杜自持

02.《少女心事》

　　作词：林敏骢　　作曲：小坂明子　　编曲：黎小田

03.《侬本多情》

　　作词：郑国江　　作曲：黎小田　　编曲：黎小田

04.《只怕不再遇上》（张国荣、陈洁灵合唱）

　　作词：郑国江　　作曲：翁家齐　　编曲：鲍比达

05.《蓝色忧郁》

　　作词：林敏骢　　作曲：都仓俊一　　编曲：奥金宝

06.《一片痴》

　　作词：郑国江　　作曲：黎小田　　编曲：黎小田

07.《留住昨天》

　　作词：黄霑　　作曲：顾嘉辉　　编曲：顾嘉辉

08.《H$_2$O》

　　作词：林振强　　作曲：加濑邦彦　　编曲：黎小田

09.《默默向上游》（重唱版）

　　作词：郑国江　　作曲：顾嘉辉　　编曲：顾嘉辉

10.《缘份》（张国荣、梅艳芳合唱）

　　作词：卢国沾　　作曲：奥金宝　　编曲：奥金宝

11.《恋爱交叉》

　　作词：林敏骢　　作曲：网仓一也　　编曲：徐日勤

12.《风继续吹》（重唱版）

　　作词：郑国江　　作曲：宇崎竜童　　编曲：徐日勤

专辑评分：★ ★ ★

收藏指数：★ ★ ★

唱片市值：★ ★ ☆

推出精选唱片从某种意义上就是对歌手乐坛成绩的肯定，也是回馈歌迷的市场行为。《全赖有你 夏日精选》是张国荣为1985年"夏日百爵演唱会"造势的作品，标志着他成为老幼皆宜的全民偶像，登上歌手生涯新的高峰。

唱片公司推出精选辑，一般做法是搜罗过往的金曲重新集结出版，充满"割韭菜"的味道。但好在《全赖有你 夏日精选》有三首全新作品《全赖有你》《只怕不再遇上》《留住昨天》，再加上《风继续吹》及《默默向上游》两首旧作的全新录制，这张云集了张国荣华星时期前四张专辑金曲的合辑让人觉得诚意满满。

专辑主打歌《全赖有你》堪称张国荣的经典作品，他本身醇厚干净、清澈透亮的音色与原唱洛·史都华形成巨大反差，反而给听者带来完全不同的艺术享受。早期港乐歌手，如罗文、关正杰，都有字正腔圆的传统演唱特质，而张国荣早期演绎电视剧主题曲时，也有意模仿罗文的发声唱法。《全赖有你》中的那句"前途有你"就有罗文的声线特点，阳光健康的诠释和这张合辑"夏日精选"的主题相得益彰。而《留住昨天》这首"辉黄作品"收录其中，更是为此张合辑增色不少。《留住昨天》延续着《为你钟情》的深情专注和隽永优美，张国荣的演绎更是痴缠缱绻，余韵绕梁。

两首重新录制的歌曲，都进行了小小的改动，特别是张国荣在演唱《默默向上游》时，将原先歌词中的"求能做好鼓手"唱成了"求能做好歌手"，这也是已经成为好歌手的他表明心声的真情告白。

纵观整张唱片，林振强重新作词的主打歌《全赖有你》，郑国江作词、张国荣与陈洁灵合唱的《只怕不再遇上》，卢国沾填词、张国荣与梅艳芳合唱的《缘份》，顾嘉辉作曲、黄霑作词的《留住昨天》，黎小田作曲、郑国江作词的《一片痴》，顾嘉辉作曲、郑国江填词的《默默向上游》……这些歌曲的词曲作者均是香港乐坛教父级的人物，新歌老歌搭配，以慢歌或偏慢歌为主，歌词有意无意地诉说着一位年轻歌手成为

◆《全赖有你 夏日精选》黑胶

巨星前的艰辛故事。加上清新的快歌《少女心事》《H_2O》《蓝色忧郁》，快歌慢歌精心搭配，整张唱片曲韵悠扬，可听度极高，值得"一针到底"，反复聆听。

《全赖有你 夏日精选》能取得销量佳绩，除了金曲云集、新作出色之外，陈淑芬特别邀请著名设计师刘培基担任形象设计。原本刘培基只为梅艳芳设计造型，但他同样为"哥哥"这位努力上进的好朋友的成绩感到兴奋，一口答应了设计工作。

刘培基察觉到，张国荣刚出道时不红，不是他的实力不够，而是唱片的封面不够惹眼，例如《风继续吹》和《张国荣的一片痴》，封面都用了"哥哥"酷酷的照片。于

◆《全赖有你 夏日精选》黑胶碟片

是刘培基定下设计基调：把年轻帅气的张国荣塑造成简单、青春、一脸笑容的大男孩，并找来一群天真活泼的小朋友在他身后追逐，营造受到小朋友欢迎的感觉……为了这张唱片的形象设计以及张国荣"夏日百爵演唱会"的造型，刘培基独自飞往巴黎帮"哥哥"选购衣服，据说那身蓝色西装和黄色格子裤出自一位日本设计师之手。

值得一提的是，《全赖有你 夏日精选》中张国荣的所有造型，都配有一顶别致的礼帽——早年他尚未走红时，曾经在表演中向观众掷帽被抛回，刘培基剑走偏锋的设计让业已成名的张国荣一雪前耻。1985年的十场"夏日百爵演唱会"上，张国荣每晚都

◆ 《全赖有你 夏日精选》黑胶内页

　　会在舞台上再现专辑封面造型，当他头戴礼帽露出自信的笑容，总会引发台下一片欢呼。最后一晚，张国荣更是把帽子摘下抛向观众席，歌迷热情的争抢也让他从此解开了"掷帽抛回"的不愉快心结。

　　这张精选辑由黎小田制作并参与混音，他此时已成为张国荣唱片的质量把控人。有人说黎小田为"青铜时代"的张国荣找准了定位，把既柔情似水又烈火青春的"哥哥"调教得温柔性感，自然流露。

🎯 经典曲目

《全赖有你》的原曲是著名歌手洛·史都华的代表作 *SAILING*（《远航》），这是一首红遍全球的金曲，而张国荣的粤语版唱出了自己的特点。他早期在华星唱片的作品，透过林振强咏物而入情的歌词娓娓道来，似在诉说他自己的经历，"种种辛酸，种种冷笑"，正是张国荣早期歌坛生涯的真实写照。这首《全赖有你》在某种程度上和《风再起时》《风继续吹》同属于张国荣内心情感的道白，成为"哥迷"钟爱的张国荣经典。

⭐ 收藏指南

《全赖有你 夏日精选》首版黑胶属于"平靓正"的收藏选择。这张唱片几乎浓缩了当时香港乐坛的全部流行元素，见证了香港乐坛发展的重要阶段，迟早会被市场挖掘出其应有的价值。

张国荣华星时期大多数专辑的黑胶版本、磁带版本，在当下二手市场价格亲民，反而是无 IFPI 码的东芝 1A1 TO 首版 CD 价格坚挺。

专辑名称:《为你钟情》

唱片编号:CAL-03-1023(黑胶) CAL-03-1023C(盒带)

发行时间:1985 年 5 月 14 日

发行公司:华星唱片

唱片销量:25 万张

专辑类型:录音室专辑

首版介质:黑胶、盒带

制 作 人:黎小田

专辑特色:

　　"哥哥"的道白作品,对他本人和"哥迷"都具有重要意义。专辑首版开香港歌手制作、发行白胶唱片之先河。

唱片曲目:

01.《不羁的风》

　　作词:林振强　作曲:大沢誉志幸　编曲:罗迪

02.《第一次》

　　作词:黎彼得　作曲:Haruomi Hosono　编曲:黎小田

03.《我愿意》

　　作词：郑国江　　作曲：黎小田　　编曲：黎小田

04.《甜蜜的禁果》

　　作词：郑国江　　作曲：小田裕一郎　　编曲：罗迪

05.《心中情》

　　作词：薛志雄　　作曲：林敏怡　　编曲：林敏怡

06.《为你钟情》

　　作词：黄霑　　作曲：王正宇　　编曲：奥金宝

07.《少女心事》

　　作词：林敏骢　　作曲：小坂明子　　编曲：黎小田

08.《痴心的我》

　　作词：向雪怀　　作曲：黎小田　　编曲：黎小田

09.《七色的爱》

　　作词：潘伟源　　作曲：林慕德　　编曲：林慕德

10.《雨中的浪漫》

　　作词：潘伟源　　作曲：大森敏之　　编曲：黎小田

专辑评分：★★★☆

收藏指数：★★★

唱片市值：★★★

这是一张浪漫、甜蜜的唱片。同名主打歌不仅是同名电影的主题曲，更是张国荣送给唐鹤德的定情曲。黄霑的创作初衷是写一首中国人自己的《婚礼进行曲》，因此歌词尽显爱情的神圣与纯洁。

　　专辑将各占一半的东洋热歌和港乐原创有机融合，呈现出完整的音乐氛围；对动感劲歌和抒情慢歌的比例拿捏，恰到好处地表现出张国荣亦动亦静的风格特点，为他树立了"激情快歌＋温柔情歌"的早期歌坛形象。

　　专辑《为你钟情》的亮色依然来自东洋曲风的流行作品。二十世纪八十年代流行的迪斯科舞曲风，是张国荣在深情款款的娓娓道来之外的另一种时尚基调——在专辑《L·E·S·L·I·E》中将吉川晃司的《モニカ》翻唱为《MONICA》尝到甜头之后，"哥哥"又在《为你钟情》中翻唱了对方的《LA VIE EN ROSE》。这首《不羁的风》虽未掀起《MONICA》般的热潮，却也称得上张国荣的招牌劲歌，并获选当年的第八届香港十大中文金曲。俊朗不羁的外表、优美的舞姿及掌控全场的台风配合动感十足的旋律，使"哥哥"成为魅力四射的"少女杀手"。他用沉静的态度演唱快歌，除了解放身体，也为作品赋予了内涵和想象力。

　　《第一次》翻唱自日本女歌手中森明菜的《禁区》，在张力十足的阵阵鼓声中，张国荣的歌声总给人一种深深的悲切之感，经久不散；《甜蜜的禁果》由小田裕一郎作曲，原为动漫剧集《猫眼三姐妹》的主题曲《Cat's eye》；小坂明子作曲的《少女心事》是张国荣演唱会的常客，他洒脱率性的演绎让这首东洋情歌成为港乐中的劲歌经典。

　　当然，张国荣的情歌同样出色。他的声音有一种现实的美，若隐若现的、起起伏伏的忧郁情感始终贯穿在音乐的氛围中。"哥哥"以纯净得不含一丝杂质的声音，唱出了真挚的心声。款款深情的声线，丝滑细腻的转音，当真是柔情蜜意蔓延心间，张国荣的情歌已然成为经典。

◆《为你钟情》黑胶

　　专辑美中不足之处，在于录制和后期制作、混音效果。乐评人爱地人就曾指出，专辑中千篇一律的合成器编曲，单调没有层次感。黎小田亲自混音的专辑在技术上有一个重大缺陷——在回音延时的处理上显得效果急迫，这也使得《我愿意》《为你钟情》的意境没能达到更进一步的旷远和飘逸。这一问题也许在黑胶时代因为黑胶唱片本身透明度的局限而并不明显，但在 CD 时代就突显了出来，成为张国荣华星时期最大的遗憾。如果他可以在日后重新录制这些以当时的技术条件难以把握的歌曲，一些缺陷明显的作品便也可以拥有如晚期经典一样完成度较高的版本。

◆《为你钟情》白胶及黑胶碟片

　　张国荣一向重视美学效果呈现，除了宝丽多时期，他每张唱片的封面设计都堪称经典，而《为你钟情》格外受到歌迷青睐——封套上的英俊青年静静地凝望着，眉梢眼角微微含笑，纤尘不染。

◉ 经典曲目

《为你钟情》依然由张国荣的好搭档黎小田操刀，意在延续此前的成功作品《侬本多情》，古典主义的编曲完美突出了张国荣醇厚感性的迷人声线，在明亮简单的钢琴氛围下，"哥哥"深情款款地诉说着他对爱情的坚贞和忠诚的誓言。

《为你钟情》也是张国荣演艺生涯中别具意义的一首作品——1985 年，他此生第一场个人演唱会的第一首歌；1986 年，他此生第二次个人演唱会的终场曲；1988 年，"百事巨星演唱会"每晚必唱的歌；1989 年，三十三场"告别乐坛演唱会"的开场告白；1996 年，他开的咖啡店以此命名，是"跨越 97"重提的旧梦……

黄霑说，这是中国人自己的"婚礼进行曲"，然后百年，他早已同用他的姓。而张国荣把这首歌唱得温柔缱绻，细水绵长，余音袅袅……

☆ 收藏指南

张国荣很喜欢白色，在制作这张唱片的时候，他提出要用白胶碟，纯白的胶片不仅美轮美奂，更代表着他单纯真挚的爱情观念。为了实现"哥哥"的想法，陈淑芬亲自在唱片压制流水线监工，保证没有一丝一毫黑色墨迹残留。而《为你钟情》也成为香港首张白色胶碟，开创了香港有颜色唱片的先河。

分不同样式出版同一张唱片，其实是从商业角度出发，激发音响发烧友、唱片收藏家以及歌迷购买、收藏，以达到增加销量的目的。事实上，此举不但增加了销量，还增加了唱片的多样性，是一个成功的市场策略。

从音响鉴听和收藏角度，白胶唱片模拟味要稍显浓厚，黑胶唱片些微带有数码的味道。从发行数量及价格上看，白胶唱片较为普遍，黑胶唱片则较为少见，故黑胶唱片要比白胶唱片在收藏领域价格高。对应的磁带介质，《为你钟情》也是黑白双色发行，完全对应着黑胶的发行思路。CD 收藏方面，首选自然是日本的东芝 1A1 TO 首版。

总之，《为你钟情》是一张对爱人诉衷情的唱片，词、曲、录、唱、制俱佳，从声音厚润通透及模拟味好等方面综合衡量，这张专辑的白胶碟在张国荣所有唱片中当属上乘之作，值得聆听珍藏。

专辑名称：《L·E·S·L·I·E》

唱片编号：CAL-03-1014（黑胶） CAL-03-1014S（图案胶）

CAL-03-1014C（盒带）

发行时间：1984 年 7 月 15 日

发行公司：华星唱片

唱片销量：20 万张

专辑类型：录音室专辑

首版介质：黑胶、图案胶、盒带

制作人：黎小田

专辑特色：

如果说《风继续吹》让张国荣唱响歌坛，那么《L·E·S·L·I·E》则是他成为天王巨星的标志。专辑主打曲《MONICA》唱至街知巷闻，被公认为香港流行音乐史上最具里程碑意义的作品之一，开创了港乐劲歌热舞的新时代。

唱片曲目：

01.《始终会行运》（无线电视剧《鹿鼎记》主题曲）

作词：黄霑 作曲：顾嘉辉 编曲：顾嘉辉

02.《MONICA》(原唱：吉川晃司)

　　　作词：黎彼得　作曲：NOBODY　编曲：黎小田

03.《柔情蜜意》

　　　作词：郑国江　作曲：网仓一也　编曲：赵文海

04.《H$_2$O》

　　　作词：林振强　作曲：加濑邦彦　编曲：黎小田

05.《缘份》(张国荣、梅艳芳合唱，电影《缘份》主题曲)

　　　作词：卢国沾　作曲：奥金宝　编曲：奥金宝

06.《这刻相见后》

　　　作词：卢国沾　作曲：林敏怡　编曲：林敏怡

07.《不怕寂寞》

　　　作词：潘伟源　作曲：黎小田　编曲：黎小田

08.《谁负了谁》

　　　作词：郑国江　作曲：林哲司　编曲：赵文海

09.《蓝色忧郁》

　　　作词：林敏骢　作曲：都仓俊一　编曲：奥金宝

10.《侬本多情》(无线电视剧《侬本多情》主题曲)

　　　作词：郑国江　作曲：黎小田　编曲：黎小田

11.《全身都是爱》(电影《缘份》插曲Ⅰ)

　　　作词：卢国沾　作曲：黎小田　编曲：黎小田

12.《一盏小明灯》(电影《缘份》插曲Ⅱ)

　　　作词：卢国沾　作曲：黎小田　编曲：黎小田

专辑评分：★★★★

收藏指数：★★★

唱片市值：★★

关于这张唱片的名称有很多不同的版本。有人称专辑名为《LESLIE》，若果真如此，张国荣便有两张专辑都是以自己的英文名命名，唱片公司应该不会出现如此的"低级错误"。也有人用专辑大热作品把唱片命名为《MONICA》，还有人用专辑第一首歌《始终会行运》来为其标识……直到向时任华星唱片负责人陈淑芬求证，才知悉了华星唱片当年设计专辑名称时的精巧创意——将张国荣英文名的每个字母之间加入用来间隔的中圆点，也就是《L·E·S·L·I·E》。

这张专辑曲风多元，制作精良，首首皆为经典——有跳跃动感的《MONICA》《H₂O》，有浪漫凄美的《侬本多情》《不怕寂寞》，亦有温暖甜蜜的《柔情蜜意》《一盏小明灯》，还收录了大热影视剧的主题曲，如《始终会行运》《缘份》《全身都是爱》等。

因为华星唱片拥有得天独厚的日本版权资源优势（陈淑芬和日本版权公司合作，代理了大量日本优秀作品的翻唱版权），《L·E·S·L·I·E》呈现出当年流行的东洋时尚特质，其中五首日本流行音乐翻唱作品延续着从《风继续吹》开始，让张国荣在香港歌坛颇为受益的日式曲风。除了主打歌《MONICA》翻唱自吉川晃司的金曲《モニカ》之外，"哥哥"在这张专辑中还致敬了其他一些优秀的日本流行歌手，如劲歌《H₂O》翻唱自日本殿堂级歌手泽田研二的作品。和吉川晃司一样，泽田研二也非常有魅力，其塑造的前卫形象被香港的当红巨星们争相模仿，林子祥更以一首《泽田研二》直抒胸臆。《谁负了谁》翻唱的是清水宏次郎的作品，《蓝色忧郁》的原曲是都仓俊一作曲、乡裕美诠释的《ほっといてくれ》（《别管我》）……

从某种意义上说，《L·E·S·L·I·E》是一张改变了香港歌迷审美习惯的唱片。在此之前，香港歌坛流行的几乎都是中、慢板的情歌，排行榜上充斥着中规中矩、多以旋律见长的流行作品。即使有快歌，也没能引发集体性的审美追捧。《MONICA》的出现改变了这一切——歌曲节奏强烈，旋律简单上口，经由张国荣性感醇厚的嗓音以及炽热

◆ 《L·E·S·L·I·E》黑胶

的情感诠释，辅以他的独创舞步，举手投足间将对恋人的不舍与歉疚表现得淋漓尽致。

可以说，张国荣的特别演绎使《MONICA》成为香港歌坛乃至华语歌坛的经典。这首歌当年的蹿红程度，用摧枯拉朽形容丝毫不为过。而《MONICA》也为张国荣确立了二十世纪八十年代劲歌热舞的路线，并奠定了他在香港乐坛的地位——从此成为可以与谭咏麟分庭抗礼的天王巨星，"谭张争霸"的格局正由此形成……

张国荣似乎也格外喜欢《L·E·S·L·I·E》中的作品，这张令他大红大紫的专辑，至少有一半歌曲是他日后演唱会曲目单的常客——《MONICA》自不用说，《侬本多情》

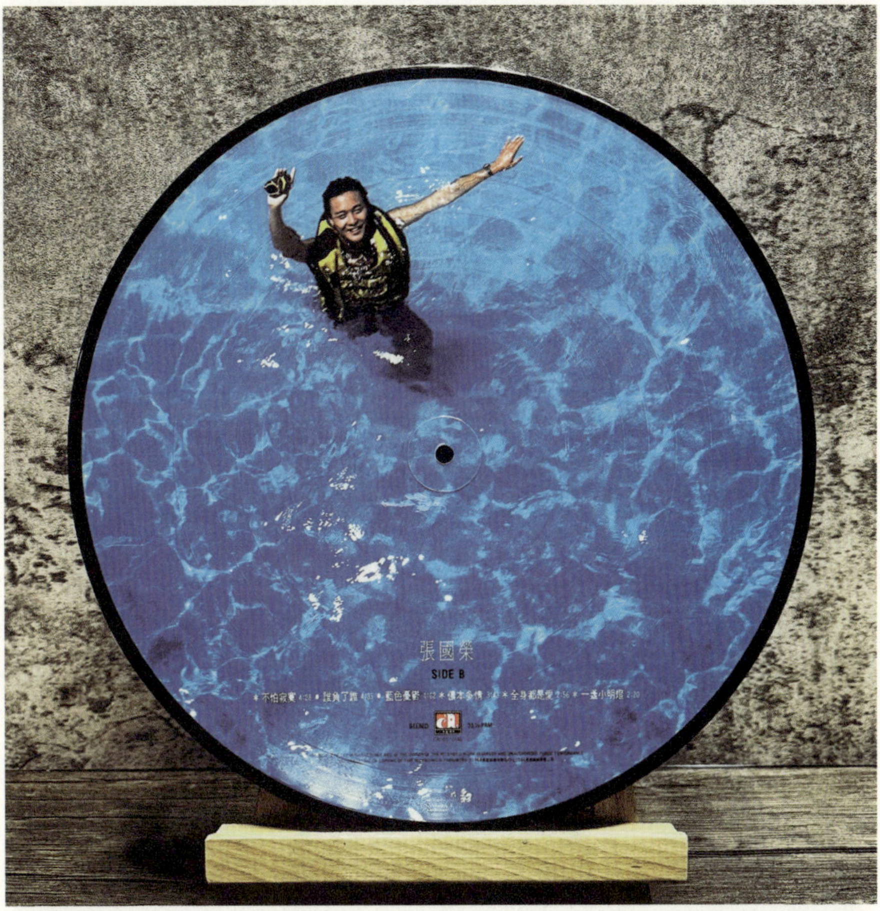

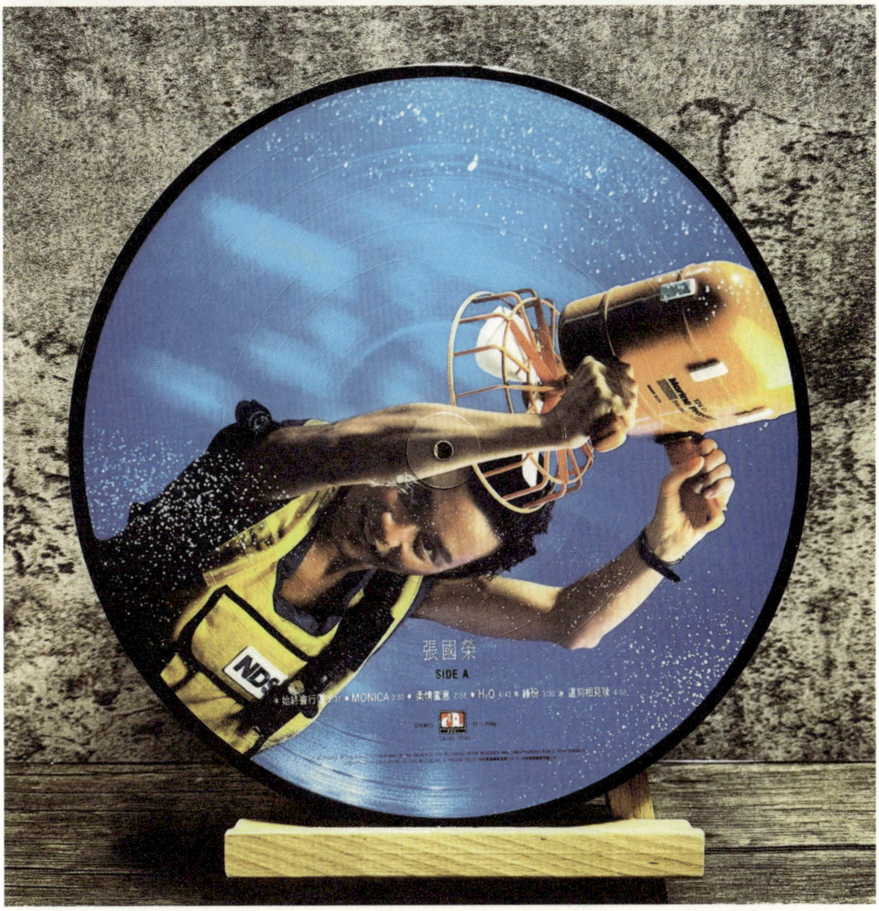

◆《L·E·S·L·I·E》图案胶碟片

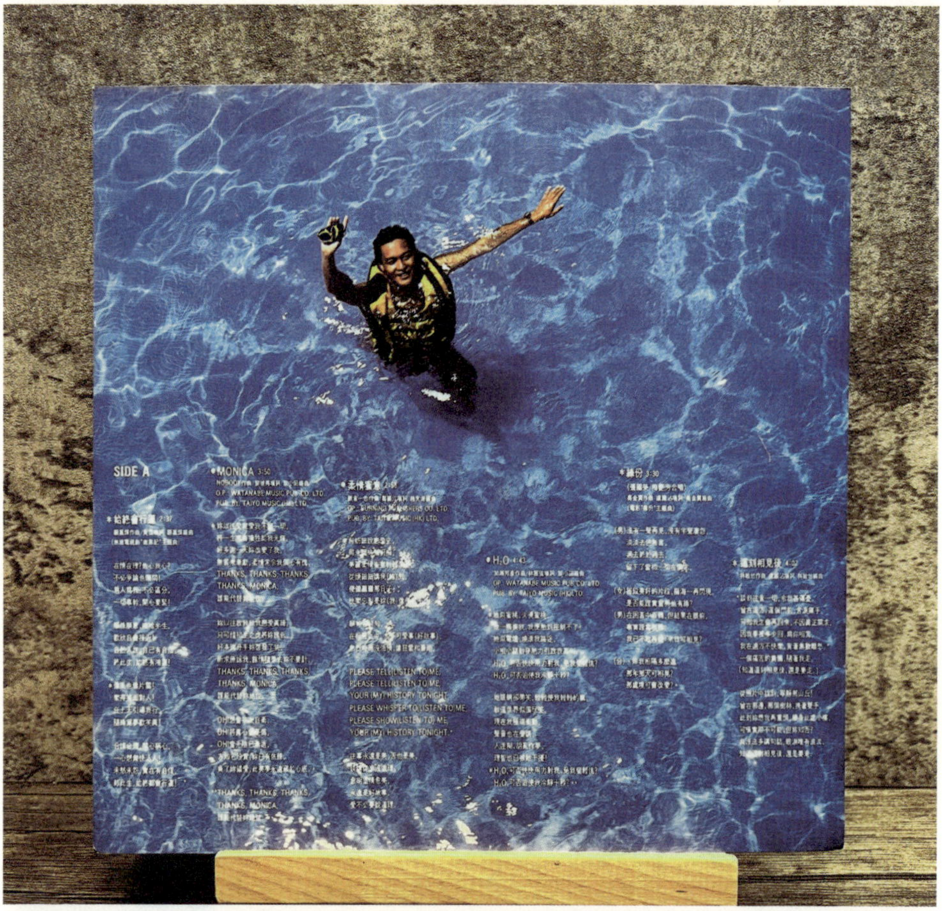

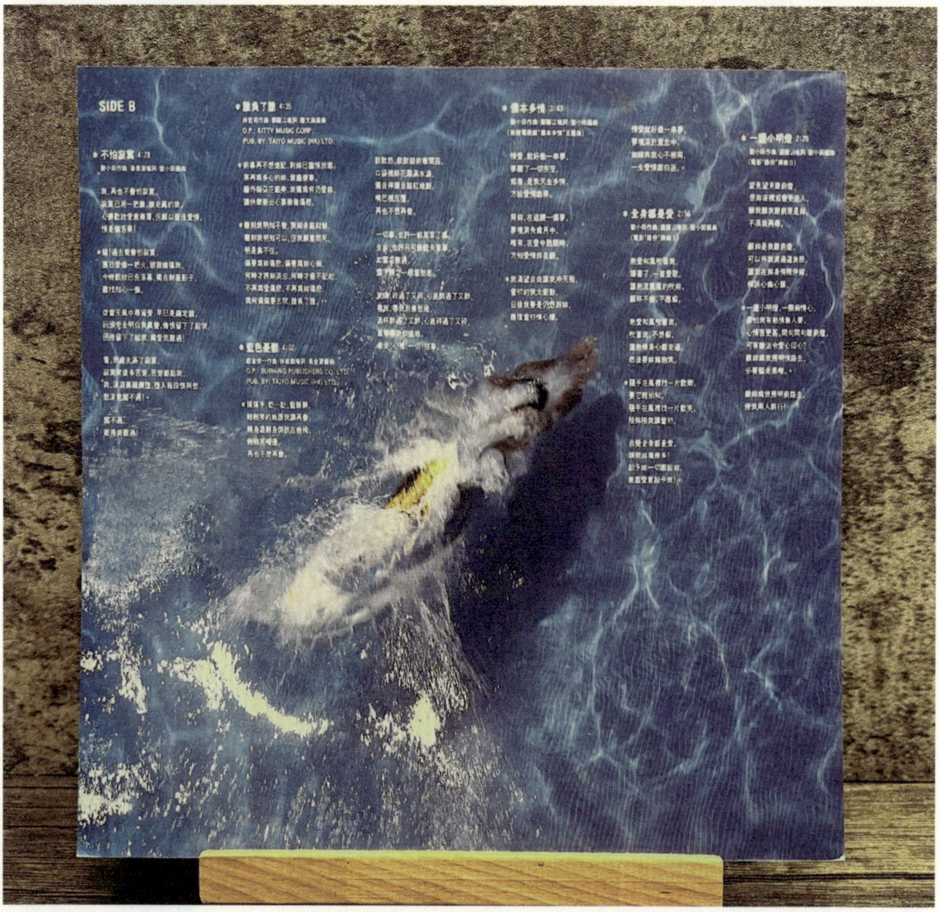

◆《L·E·S·L·I·E》黑胶内页

在"热·情演唱会"上的深情演唱是对它最好的注解。除此之外，经典劲歌《H$_2$O》和《蓝色忧郁》是必不可少的唱跳作品，"哥哥"完美的现场诠释在"跨越97演唱会"上即可见一斑;《柔情蜜意》和《不怕寂寞》也都是他分外钟情的遗珠。

◎ 经典曲目

《MONICA》的成功得益于两位幕后功臣，第一位是陈淑芬。当年策划专辑《L·E·S·L·I·E》时，陈淑芬带张国荣参加日本东京音乐节，两人现场观看了吉川晃司的表演。演出过程中，张国荣即被《モニカ》这首东洋劲歌动感的旋律吸引，决定翻唱;而当吉川晃司用一个后空翻结束表演时，陈淑芬与张国荣更是被这首歌赋予舞台的强大气场深深折服。此后，陈淑芬动用了全部资源，终于在《L·E·S·L·I·E》发行前拿到了《MONICA》的翻唱版权。另一位幕后功臣是音乐人黎彼得，他为《MONICA》创作中文歌词时刚刚失恋，偏偏制作人黎小田又要他写一首开心的快歌，于是黎彼得独辟蹊径，写出了一个男人失去爱人追悔莫及的呐喊与心酸。

《MONICA》打破了香港乐坛抒情作品占据主流的格局，张国荣以充满青春激情的演绎为歌曲平添异彩，掀起了香港乐坛劲歌热舞的风潮，在业界及公众中都影响深远，称其为粤语劲歌的鼻祖亦不为过。这首歌曾荣获1984年香港十大中文金曲及十大劲歌金曲奖，并在1999年获得第二十二届十大中文金曲奖二十世纪百年十大金曲奖。

☆ 收藏指南

专辑的高销量，对应的自然是日后收藏市场的市值疲软。《L·E·S·L·I·E》在当下的二手唱片市场属于物美价廉的抢手货，适合刚刚"入坑"的"哥迷"收藏、聆听。值得一提的是，这张专辑开香港乐坛"图案胶"版本之先河，华星此举引发了香港歌手发行"画碟"的风潮。因此与《L·E·S·L·I·E》黑胶版本几百元的白菜价形成反差，这张经典首版"图案胶"成为价值不菲的收藏珍品。

《L·E·S·L·I·E》的盒带版本有黑色带体和白色带体两种，首版CD介质为东芝1A1 TO版，是张国荣华星时期东芝版唱片中较为昂贵的一张。

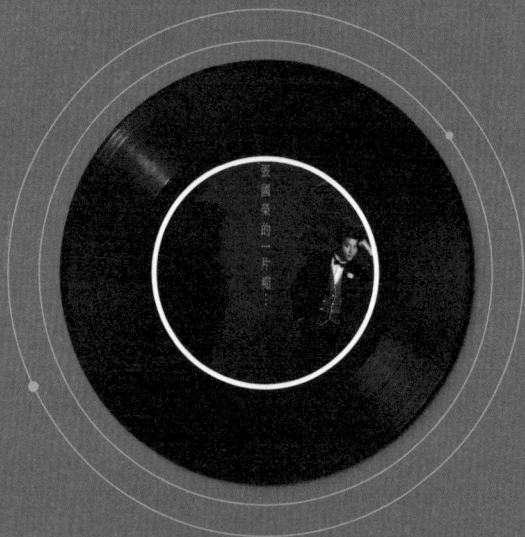

专辑名称: 《张国荣的一片痴》

唱片编号: CAL-03-1009（黑胶） CAL-03-1009C（盒带）

发行时间: 1983 年 10 月 22 日

发行公司: 华星唱片

唱片销量: 不详

专辑类型: 录音室专辑

首版介质: 黑胶、盒带

制 作 人: 黎小田

专辑特色:

　　《张国荣的一片痴》（惯用名《一片痴》）是"哥哥"在华星唱片发行的第二张专辑，相比第一张《风继续吹》逊色不少，毕竟十二首歌曲多是未被后者收录的作品。其中，《情自困》是张国荣独立作词的第一首歌。除了创作才情初现，"哥哥"对劲歌的演绎能力也在这张专辑中得以彰显。

唱片曲目:

01.《一片痴》

　　　　作词：郑国江　　作曲：黎小田　　编曲：黎小田

02.《我走我路》（电视剧《北斗双雄》主题曲）

作词：邓伟雄　作曲：黎小田　编曲：赵文海

03.《爱情路里》

作词：何重立、何重恩　作曲：赵文海　编曲：赵文海

04.《愿能比翼飞》（张国荣、邓志玉合唱，电影《杨过与小龙女》主题曲）

作词：郑国江　作曲：黎小田　编曲：林敏怡

05.《燕子的故事》

作词：林敏骢　作曲：林敏怡　编曲：林敏怡

06.《情自困》

作词：张国荣　作曲：徐日勤　编曲：徐日勤

07.《恋爱交叉》（原曲：乡广美《How many いい颜》）

作词：林敏骢　作曲：网仓一也　编曲：徐日勤

08.《你的一切》（原曲：滨田省吾《君が人生の时…》）

作词：林敏骢　作曲：滨田省吾　编曲：徐日勤

09.《闯进新领域》（电影《毁灭号地车》主题曲）

作词：郑国江　作曲：黎小田　编曲：黎小田

10.《尽情地爱》

作词：郑国江　作曲：Mitsuo Hagita　编曲：许锡雄

11.《无胆入情关》（原曲：周聪、梁静《一枝竹仔》）

作词：郑国江　作曲：周聪　编曲：赵文海

12.《迷路》（电视剧《老洞》主题曲）

作词：郑国江　作曲：黎小田　编曲：黎小田

专辑评分：★★★

收藏指数：★★★

唱片市值：★★

《风继续吹》的斐然成绩让华星大为振奋，为了趁热打铁，华星决定尽快为张国荣推出下一张专辑。《一片痴》中收录的大部分作品都是制作《风继续吹》时挑选好的，因此说这张专辑是《风继续吹》的续篇并不为过。

值得一提的是，或许有很多"哥迷"并不熟悉这张唱片所收录的歌曲，却对其封面上"哥哥"风度翩翩、官仔骨骨的帅气造型印象深刻。

整张专辑透着浓浓的古风侠气，而主打歌《一片痴》则呈现出传统老派的时代感。此时的张国荣年轻气盛，细腻敏感，满怀希望，这首深情之作被他演绎得缠绵悦耳，成为他在华星时期的经典之一，后多次被晚辈翻唱。作为歌手，兼有深情和唱功者不在少数，但可以像"哥哥"这样将形象气质和演唱功力完美融合，把平实的曲调唱得风生水起者，寥寥无几。

尽管《一片痴》被《风继续吹》盖过了风头，但这张大碟依旧是"哥哥"歌唱生涯的重要节点——在华星的岁月里，他的歌亦快亦慢，而正是在这张专辑中劲歌的尝试，让他拓展了自己多元化的舞台风格，成为"香港歌坛第一位全方位男歌手"。这一时期的张国荣声线仍显单薄，唱功亦有些稚嫩，对歌曲的演绎总会在不经意间夹杂着青春的气息与另类的不羁，一如专辑的封套设计——一个英俊的青年站在忧郁的蓝色背景中。

或许是外在太过夺目，张国荣的创作才情往往被忽略，他会作曲，能填词，这张专辑中的《情自困》就是他首度发表的独立填词作品。歌词借夕阳、街灯、烛光抒情，充满哀伤的意境，文字运用简洁利落，真挚感人，凸显"哥哥"在文字表述上的自我风格。

值得一提的是，《一片痴》记录着"哥哥"和黎小田先生的亲密合作——专辑中近半数都是黎小田谱曲的作品。从《风继续吹》合作最多的顾嘉辉到黎小田，两位香港

◆《一片痴》黑胶

教父级音乐大师的加持为张国荣的星途铺平了道路。不得不说，华星旗下的张国荣、梅艳芳之所以能够成为独领风骚的港乐代表，作为音乐总监的黎小田功不可没。彼时，香港歌坛没有严格意义上的"制作人"概念，多以"监制""音乐总监"来体现，而黎小田当年除了是位金牌监制，还身兼作曲、指挥、配器、录音等数职。

张国荣与黎小田相识于1977年丽的电视举行的亚洲歌唱比赛，当时张国荣是参赛者，黎小田是大赛的音乐总监。在黎小田的出色编曲下，张国荣拿到了大赛亚军。其实"哥哥"在宝丽多时期便开始演唱黎小田的作品，虽未因此走红，却不妨碍两人结

第一面

* 一片痴 3:38
黎小田作曲/郑国江填词/黎小田编曲

* 我走我路 3:20
黎小田作曲/邓伟雄填词/黎小田编曲

* 爱情路裡 4:26
赵文海作曲/何重立词/何重恩填词/赵文海编曲

* 願能比翼飛 3:17
黎小田作曲/郑国江填词/黎小田编曲
（张国荣、关菊英合唱）

* 燕子的故事 3:29
林敏怡作曲/林敏聪填词/林敏怡编曲

* 情自困 4:04
侯日新作曲/郑国江填词/侯日新编曲

第二面

* 戀愛交叉 2:58
森田一也作曲/林敏聪填词/侯日新编曲

* 妳的一切 3:25
泷田省吾作曲/林敏聪填词/侯日新编曲

* 闖進新領域 2:58
黎小田作曲/郑国江填词/黎小田编曲

* 盡情地愛 4:12
MITSUO HAGITA作曲/郑国江填词/许锦坤编曲

* 無謂入情關 2:31
周启生作曲/蔡国权填词/赵文海编曲

* 迷路 3:41
黎小田作曲/郑国江填词/黎小田编曲

CAL-03-1009

◆《一片痴》黑胶封底

为好友。张国荣转投华星后的首张唱片《风继续吹》即由黎小田操刀制作，"哥哥"凭借同名主打歌一炮而红。自此之后，黎小田为张国荣量身打造了很多作品，几乎每一首都脍炙人口。黎小田把张国荣那原本略显轻佻的高音调改为唇齿间性感流淌的中音，发掘了他的"侬本多情"，也赋予了他"黑色午夜"般奔放不羁的"烈火青春"。

在这些黎小田作曲的歌曲中，他与词作者郑国江的"双剑合璧"同样为张国荣立

◆《一片痴》黑胶内页

足歌坛起到了保驾护航的作用。比如《迷路》，哪怕称不上经典金曲，听来依然令人心动不已。

除黎小田之外，专辑《一片痴》的创作者中还出现了另一位音乐大师周聪的名字。周聪1931年生于广州，香港播音员、作曲家及填词人，被誉为"播音皇帝""播音王子"。他能作曲，能作词，能演唱，开风气却不为师，被黄霑尊称为"粤语流行曲之父"。周聪的作品在二十世纪五六十年代颇受欢迎，专辑《一片痴》中的《无胆入情关》曾被误认为传统童谣，实际上则是周聪创作并演唱的《一枝竹仔》。

鲜为人知的是，周聪也是张国荣演艺生涯的幕后推手——"哥哥"入行初期多出演配角，且角色不甚讨好，正是周聪向好友、《鼓手》导演杨权推荐，他才有了演艺人生中的第一部电影代表作。

当下，我们在缅怀"哥哥"的同时，也不应忘记这些为他辛苦付出的伯乐。

🎯 经典曲目

除了主打歌《一片痴》，专辑中最为"哥迷"记挂的作品非《恋爱交叉》莫属。可以看出，"哥哥"也十分中意这首动感十足的劲歌，日后经常把它放到演唱会的串烧表演中。而这首歌曲 MV 的女主角，是后来走谐星路线的香港影星吴君如。

☆ 收藏指南

较之《风继续吹》，《一片痴》的销量不甚理想，无论黑胶还是盒带都存量不多。首版黑胶和盒带于 1983 年发行，黑胶内页设计极具巧思——每一首歌词都以一张书签的形式呈现，在香港乐坛实属首创。《风继续吹》的大卖让《一片痴》获得商业广告投放，宣传性质的某电池广告出现在专辑当中。

和日本 1989 年就发行了《风继续吹》的东芝 1A1 TO 版 CD 相比，专辑《一片痴》直到 2004 年才被华星首次 CD 化，发行的 DSD（Direct Stream Digital，直接比特流数字编码）版可以算作首版。需要注意的是，这张专辑从未发行过东芝 TO 版，市面上销售的都是高仿自制品。

专辑名称:《风继续吹》

唱片编号: CAL-03-1004（黑胶） CAL-03-1004C（盒带）

发行时间: 1983 年 5 月 1 日

发行公司: 华星唱片

唱片销量: 全亚洲超 5 万张

专辑类型: 录音室专辑

首版介质: 黑胶、盒带

制 作 人: 黎小田

专辑特色:

　　《风继续吹》是张国荣转投华星唱片后的第一张专辑，也是他唱响歌坛的成名之作。首版香港发行超 3 万张，全亚洲销量超 5 万张，成为张国荣音乐生涯的首张金唱片。其中收录的由顾嘉辉与郑国江联手创作的《人生的鼓手》《默默向上游》《我要逆风去》被誉为"励志三部曲"。同时，张国荣的个人创作也出现在专辑中。自此，"哥哥"开启了他的巨星生涯……

唱片曲目:

01.《风继续吹》

　　　　作词: 郑国江　作曲: 宇崎竜童　编曲: 徐日勤

02.《那一记耳光》

　　作词：郑国江　　作曲：黎小田　　编曲：黎小田

03.《片段》

　　作词：张国荣、何重立　　作曲：John Henly / Sonny Limbo / Bertie Higgins

　　编曲：黎小田

04.《共您别离》

　　作词：石朗　　作曲：滨田省吾　　编曲：奥金宝

05.《缘份有几多》

　　作词：郑国江　　作曲：黎小田　　编曲：黎小田

06.《流浪》

　　作词：石朗　　作曲：林敏怡　　编曲：林敏怡

07.《让我飞》

　　作词：黄霑　　作曲：顾嘉辉　　编曲：奥金宝

08.《不管您是谁》

　　作词：黎彼得　　作曲：R.RHEATLIE　　编曲：徐日勤

09.《难以再说对不起》

　　作词：郑国江　　作曲：David Foster / Peter Cetera　　编曲：徐日勤

10.《人生的鼓手》

　　作词：郑国江　　作曲：顾嘉辉　　编曲：顾嘉辉

11.《默默向上游》

　　作词：郑国江　　作曲：顾嘉辉　　编曲：顾嘉辉

12.《我要逆风去》

　　作词：郑国江　　作曲：顾嘉辉　　编曲：顾嘉辉

专辑评分：★★★★

收藏指数：★★★★

唱片市值：★★★★

尽管张国荣的歌唱事业起步于 1977 年的 *I Like Dreamin'*，但很多人直到 1983 年才通过《风继续吹》真正认识他。这一年，注定要载入香港乐坛的史册——谭咏麟制霸四方，奠定"一哥"地位；陈百强凭借半英文半粤语的创作专辑一炮而红，成为风靡全港的青少年偶像；一张专辑改变了张国荣的演艺生涯，颠覆了大众对华语歌坛的刻板印象，请谨记，专辑名称——《风继续吹》。

1983 年可谓张国荣音乐人生和演艺事业的分水岭，此前宝丽多时期的种种艰辛坎坷没有令他气馁，从甩卖《情人箭》的噩梦中惊醒，从角色叛逆而被人轻视的尴尬中解脱，告别心灰意冷的张国荣走上了他全新的音乐征程——和陈淑芬结缘，加盟华星，开始在歌坛大展拳脚。

前两张专辑石沉大海，张国荣消沉过，但他从未言弃。苦苦坚持下，"哥哥"终于得到华星唱片御用音乐人黎小田的青睐。为了打造这位华星新秀，黎小田不仅亲自担任《风继续吹》专辑的制作人，更祭出自己为爱妻创作的歌曲《缘份有几多》，而同样出自黎小田之手的《那一记耳光》也凭借轻快俏皮、活泼流畅的旋律为"哥迷"所钟爱。

这张录制于 1982 年的唱片，幕后阵容会集了华星唱片的全部制作精英，顾嘉辉、黎小田、黄霑、郑国江、林敏怡、徐日勤等香港词曲大家的加持，为唱片提供了质量保证。值得一提的是，港乐一代天骄"辉黄"（顾嘉辉和黄霑）联袂，为"哥哥"创作了《让我飞》。张国荣被港视选派代表香港参加第一届夏威夷音乐节，演唱的正是这首歌曲，美国方面曾多次与华星接触，希望将此曲填上英文歌词出版。这首歌的 MV 也是张国荣出道后的首支 MV。

据说，当时香港填词界大腕郑国江受邀为张国荣主演的电影《鼓手》的主题曲填词，郑国江一首歌三千港元的填词费令刚刚成立的唱片公司望而却步，于是张国荣亲

◆《风继续吹》黑胶

自与郑国江交流，并用真诚打动了对方，郑国江慷慨表示可以只收取半价报酬。然而唱片公司依然不肯接受，欲找其他填词人取代郑国江。最终，在"哥哥"的不懈坚持下，人善又识人的郑国江决定继续降价为其创作，歌迷才得以在《风继续吹》中欣赏到包括电影《鼓手》的主题曲在内的七首郑国江的作品，不仅成就了其中的"励志三部曲"，专辑概念的统一性也由此得到保证。

作为加盟新东家华星唱片的首张成绩单，《风继续吹》对于张国荣而言有着非同寻常的意义。为了告别此前被人诟病的"鸡仔声"，"哥哥"不分日夜地聆听许冠杰、林

◆ 陈淑芬在《风继续吹》附赠的信纸上写下对"哥哥"的思念

子祥、关正杰、罗文等前辈的唱片，揣摩他们的演唱优点。可以说，事业的挫败和生活的历练带给张国荣的沧桑与落寞，恰好和《风继续吹》的基调不谋而合。

🎵 经典曲目

专辑同名主打歌从电影《纵横四海》中响起，张国荣身穿高领毛衣伏在栏杆上，海风吹着他的刘海，眼中尽是潇洒与淡然——每一帧画面和每一句台词，都叩击着观众的心弦……

你离开了，却散落四周……

兒歌精選

1.龍珠(劇場版)
2.叮噹
3.黃金戰士
4.怪物小皇子
5.魔法小子
6.想你聽我唱
7.傳說
8.430穿梭機
9.共享陽光
10.忍者
11.新魔神英雄傳
12.我都做得到

13.每點愛都記住
14.叮噹
15.IQ博士
16.藍精靈
17.伏魔小皇子
18.腦波子
19.電子神童
20.雷鳥拯救隊
21.一股歪風
22.宇宙大帝
23.戰士高狄安
24.愛的旅途
25.新大鐵人十七

◆《儿歌精选》中收录了张国荣的两首歌

《风继续吹》的前奏延续彼时香港怀旧音乐的一贯风格，充满二十世纪时代曲独有的年代感和意境。这首歌改编自日本歌手山口百惠的《再见的另一方》，是她告别歌坛的点题作品。宇崎竜童谱出的旋律低回婉转，郑国江填写的中文歌词通过张国荣的细腻演绎，于平淡和坦然中流露无奈与哀愁，那份浓情缱绻直透听者耳中，曲尽意不尽。

《风继续吹》凄美沉郁的意境，也奠定了张国荣日后演绎慢歌的风格，歌名中的"风"字，更成为他音乐生涯的一个标志性符号。

《片段》是一首张国荣的经典遗珠，翻唱自金曲 Casablanca（《卡萨布兰卡》），原唱贝蒂·希金斯（Bertie Higgins）在 1982 年看过同名电影后，创作并演唱了这首动人的情歌。与原曲相比，张国荣以磁性低沉的声线将怀旧、追忆、思念的复杂情绪表达得淋漓尽致，唱出了无奈伤感的离人心声。

☆ 收藏指南

张国荣加盟华星唱片后，专辑在音乐制作和包装设计上都较新艺宝时期有了大幅提升。《风继续吹》在唱片封套的装帧设计上首次采用对开形式，除了海报和歌词内页之外，还设计了精美的信纸作为附赠，使其成为张国荣华星时期最具收藏价值的粤语专辑。

1989 年，《风继续吹》的 CD 版本在日本发行，也就是东芝 1A1 TO 版，并延续多有附赠的传统——前十二首歌与黑胶版本相同，后增加了专辑《一片痴》中的四首歌曲《一片痴》《恋爱交叉》《爱情路里》《闯进新领域》。

1995 年，华星唱片发行了《风继续吹》的港版 CD，曲目与 1989 年的日版相同，封面则使用了黑胶版本的封面，封底却忘记增印《一片痴》中的四首歌曲。

一如"哥哥"在宝丽多初期发行的歌曲收录在两张《多多宝丽多》合辑中，他加盟华星后首次正式发行的作品，其实是收录在合辑《儿歌精选》（发行于 1982 年 12 月）中的两首儿歌——郑国江作词、顾嘉辉作曲的少儿节目《430 穿梭机》的主题曲（原唱林子祥），和郑国江作词、小林亚星作曲的动画片《宇宙大帝》的同名港版主题曲。张国荣的演绎别具个性，并且这两首歌再未收录于他的其他作品中，喜欢"哥哥"的朋友不妨照单全收。

专辑名称：《情人箭》

唱片编号： 2427323（黑胶） 3225323（盒带）

发行时间： 1979 年 9 月 10 日

发行公司： 宝丽多唱片

唱片销量： 全亚洲 5000 余张

专辑类型： 录音室专辑

首版介质： 黑胶、盒带

制 作 人： 邓锡泉、关维麟、J.Herbert

专辑特色：

　　张国荣音乐生涯的第一张粤语大碟，多为电视剧的主题曲或插曲。值得一提的是，这张唱片致敬了多位优秀歌手，可视为除经典的《SALUTE》之外，张国荣的另一张翻唱专辑。

唱片曲目：

01.《油脂热潮》

　　　作词：卢国沾　　作曲：Hunter-Keller　　原唱：Eruption

02.《三岁仔》

作词：卢国沾　作曲：David Gates

03.《浣花洗剑录》（电视剧《浣花洗剑录》主题曲）

作词：卢国沾　作曲：于粦　原唱：李龙基

04.《变色龙》（电视剧《变色龙》主题曲）

作词：卢国沾　作曲：黎小田　原唱：关正杰

05.《大亨》（电视剧《大亨》主题曲）

作词：黄霑　作曲：顾嘉辉　原唱：徐小凤

06.《追族》（电视剧《追族》主题曲）

作词：詹惠风　作曲：黎小田

07.《情人箭》（电视剧《情人箭》主题曲）

作词：萧笙　作曲：黎小田

08.《你教我点好？》

作词：卢国沾　作曲：Gregory Carroll / Doris Payne

09.《爱有万万千》

作词：郑国江　作曲：大野克夫

10. *Thank You*

作词、作曲：Eugenio Ocampo / A.Morris

11.《沈胜衣》（电视剧《沈胜衣》主题曲）

作词：叶绍德　作曲：于粦

12.《大报复》

作词：卢国沾　作曲：顾嘉辉　原唱：郑少秋

专辑评分：★★☆
收藏指数：★★★★
唱片市值：★★★★

随着粤语歌时代的到来，1979 年，张国荣迎来了自己在宝丽多时期的第一张粤语专辑，也是他在宝丽多的最后一张专辑。

因为第一张 EP 和第一张英文大碟均反响欠佳，此张《情人箭》专辑，带着明显向市场屈服的意味。宝丽多在选曲上花足了心思，然而事与愿违，很多歌曲即便搭上了当时热播电视剧或是热门社会现象的便车，也没能挽救张国荣的专辑一直以来在市场上的颓势。

《情人箭》整张专辑的歌曲排列顺序呈现出一股浓浓的古早港味，十二首歌类型多样——有反应当时流行风潮的《油脂热潮》，有"稳中求胜"的电视剧主题曲如《浣花洗剑录》《追族》《情人箭》《沈胜衣》，也有翻唱自二十世纪七十年代香港乐坛中流砥柱关正杰、徐小凤、郑少秋的《变色龙》《大亨》《大报复》。宝丽多的名曲翻唱策略，一方面是为了顺应市场，制造话题，另一方面或许是剑走偏锋，为还是新人的张国荣找寻突破口。

《情人箭》的幕后阵容包括黄霑、黎小田、卢国沾、郑国江、顾嘉辉等，这俨然是香港乐坛彼时幕后大咖的半壁江山，他们的加持仍未能使《情人箭》一炮而红，不得不说是一种遗憾。

专辑中的《变色龙》是黎小田与卢国沾这对黄金组合的通力之作，主题是面对生命中的种种变数要自我调整，笑望人生。然而，张国荣对这首作品的诠释并未引发歌坛反响，他稚嫩的嗓音和浅显的阅历根本承载不了这首歌应有的厚度，与其怨天尤人，不如说这或许是时间对他的历练与考验。

徐小凤版的《大亨》可谓珠玉在前，她唱出了"大亨"这一主人公在获得成功和荣誉后对生命的慨叹和感悟。反观张国荣在《情人箭》中的呈现，不仅编曲毫无气势，他青涩的嗓音也过于单薄。要知道当年"哥哥"只有二十三岁，致敬前辈小凤姐的经

◆《情人箭》香港版黑胶

典力不从心倒也情有可原。相信假以时日，他一定可以把这首作品演绎得回肠荡气、唏嘘感人。然而，在张国荣日后的星途中，再不见《大亨》与《变色龙》。

《浣花洗剑录》则是香港老歌手李龙基首唱、和《小李飞刀》齐名的经典时代曲，卢国沾为这两首歌的填词也颇为相似。而且，这首歌作为张国荣主演的首部古装电视连续剧的主题曲，可谓占尽天时地利人和。然而，最终的呈现却格外尴尬——无论是编曲、旋律，还是张国荣的唱腔，似乎都在有意无意地模仿着前一年罗文对《小李飞

◆《情人箭》台湾版黑胶

刀》的驾驭……此时的张国荣并没有形成日后的标签化风格，除了《浣花洗剑录》，
《沈胜衣》也被乐评人和歌迷指出有模仿罗文的痕迹——传统香港剧集主题曲往往带有
粤曲小调的唱腔。

张国荣对《情人箭》这张专辑的驾驭，在字正腔圆的罗文式古典唱法的基础上，
加入了一点个性化的"小拐弯"，虽不及罗文、关正杰等前辈成熟大气，却也带着青涩
的稚气与可爱。作为一张有着香港大时代色彩的流行音乐专辑，《情人箭》并不能代表

◆《情人箭》港版、台版黑胶碟片

张国荣的演唱特质，更不是大多数"哥迷"所钟爱的"哥哥 style"，但它切实反映了张国荣破茧成蝶前的真实状态，仍值得认真聆听，悉心收藏。

其实，即便我们当下再爱张国荣，也无须为他在宝丽多时期的生不逢时感到委屈——抛开前两张英文作品，宝丽多至少在《情人箭》这张专辑的制作上为他网罗了最好的资源。主持、唱歌、演戏多栖发展的张国荣面对公司的鼎力加持，按理说想不红都难，可惜，他就是没红，《情人箭》甚至让世人听到了最"糟糕"的张国荣。幸运的是，历经事业的挫折和生活的风浪，张国荣的浑厚嗓音和天王气质，终于在下一张伟大的专辑《风继续吹》中得以显现，并一发不可收拾。

经典曲目

显而易见，作为《情人箭》专辑的第一首歌，《油脂热潮》是为迎合彼时年轻人的时髦话题而设计。

这首歌的歌词所记录的是二十世纪七十年代末期，香港的年轻人爱看的电影《油脂》和爱用的油脂化妆品。而翻唱英文歌曲 *One Way Ticket*（《单程车票》），更是为这首歌上了"双保险"。

可惜，虽然歌中唱道"油脂女、油脂仔，时势所趋，轮到我执位"（油脂打扮的男女都在追赶着流行，现在轮到我来主宰），但当时离张国荣"执位"的日子还很遥远。以后来张国荣在演艺圈的地位回看这首《油脂热潮》，难免令人忍俊不禁，感慨天王原来曾有这样一面。

☆ 收藏指南

张国荣在宝丽多时期的三张唱片，由于时间久远、发行量少，而今都有不错的市值。《情人箭》亦有台湾黑胶版，值得收藏。

2003 年 5 月 7 日，环球唱片再版张国荣的早期专辑，推出了内含 *DAYDREAMIN'* 和《情人箭》的纸盒 2CD 套装版。2004 年，环球唱片再度发行《情人箭》，依然延续老套路，采用图案胶版本，成为市场热点。

《情人箭》彻底结束了张国荣与宝丽多的三年"蜜月期"，口碑与唱片销量的惨淡直接导致了他被公司搁置，继而从乐坛销声匿迹数年。1982 年，张国荣在香港满香楼餐厅遇到日后的"贵人"陈淑芬，才得以结缘华星唱片，凭借《风继续吹》一战成名。而翻唱方面，直到十年之后的 1989 年，"哥哥"才凭借香港流行音乐史上最伟大的翻唱专辑《SALUTE》，打了个漂亮的翻身仗。因此有人说，从默默无闻到脱颖而出，即便是张国荣也要用十年时间……

若想聆听生动还原的张国荣在"油脂热潮"下的青涩声线，《情人箭》的黑胶甚至是盒带都是不错的选择。其中盒带版因发行数量稀少，近年来身价暴涨，二手市场价格已经超越首版黑胶。

陪你倒数

专辑名称： *DAYDREAMIN'*

唱片编号： 2427016（黑胶） 3225016（盒带）

发行时间： 1978 年 1 月

发行公司： 宝丽多唱片

唱片销量： 全香港 600 张

专辑类型： 录音室专辑

首版介质： 黑胶、盒带

制 作 人： Johnny Herbert

专辑特色：

　　张国荣音乐生涯的首张专辑大碟，也是他唯一一张英文专辑。

唱片曲目：

01. *Daydreamer*

　　　词曲：T.Dempsey

02. *We're All Alone*

　　　词曲：B.Scaggs

03. *Even Now*

    作词：Manilow　作曲：Panzer

04. *Before My Heart Finds Out*

    词曲：Randy Goodrum

05. *Good Morning Sorrow*

    作词：H.Moss　作曲：Inaba Akira

06. *Undercover Angel*

    词曲：Alan O'Day

07. *I Like Dreamin'*

    词曲：Kenny Nolan

08. *I Need You*

    词曲：Beckley

09. *You Made Me Believe In Magic*

    词曲：Len Boone

10. *Just The Way You Are*

    词曲：B.Joel

11. *(A) Little Bit More*

    词曲：B.Gosh

12. *Pistol Packin' Melody*

    词曲：R.Edelman

专辑评分：★★☆

收藏指数：★★★★★

唱片市值：★★★★★

张国荣十三岁时独自赴英国留学，中学毕业后考入利兹大学纺织专业就读，出于对英语文学的喜爱，他专修了自己最喜欢的两位作家 D.H. 劳伦斯（D.H.Lawrence）和莎士比亚（William Shakespeare）的作品，能用纯正的英式英语背诵莎翁的长诗及剧本片段。据说"张国荣的文学水平超过中文系学生，英文水平超过普通英国人"。放眼当年甚至当下的华语歌坛，拥有张国荣般动听纯正"英音"的歌手寥寥。

　　长期身居海外的生活背景和由此培养出的审美习惯，正是张国荣的歌坛试水单曲 EP 以及出道的首张大碟皆用英文演绎的原因，就连他本人的名字用的都是英文名 Leslie。

　　由于家庭广泛接触社会名流，加之本人长相英俊——就像日后倪匡先生所形容的"眉目如画"，张国荣从小便有着十足的贵族气质。纵观"哥哥"的艺术生涯，他的确很少唱苦情歌，也几乎未演过社会底层的小人物。在他的首张正式专辑 *DAYDREAMIN'* 里，这种贵族气质便初步显现。客观评价，这张专辑水准平平，甚至可以用不尽如人意来形容。当年的港乐市场，英文歌是主流价值观的体现，宝丽多的制作策略显然是为了迎合市场。尽管制作保守，*DAYDREAMIN'* 还是尽显"哥哥"的贵族气质和清新的少男情怀。

　　专辑中的歌，乍听起来会觉得是他人在演绎，那声线似乎不属于我们熟悉的厚重深情的张国荣。就连"哥哥"本人日后也表示，*DAYDREAMIN'* 的制作并不成熟，甚至自嘲当时的声音是"鸡仔声"。但在钟情于他的"哥迷"看来，那时的演唱即便不动人，也依然动听。

　　总而言之，张国荣在 *DAYDREAMIN'* 中的声音表现青涩单薄，和他成熟时期的低沉婉转完全不可同日而语；在感情注入方面，同样没有他后来的蚀骨情深。因此，首张专辑遇冷也就不足为奇了。毕竟，那时的张国荣还不叫"哥哥"，还不是舞台上那个华丽的王者。但无论如何不起眼，*DAYDREAMIN'* 还是让"哥迷"接收到了少年不识

◆ *DAYDREAMIN'* 黑胶

愁滋味的张国荣在二十世纪七十年代末期的少男心事。

　　遗憾的是，在后来大红大紫的岁月里，张国荣几乎从未在公开场合演唱这张专辑中的歌曲。这或许是出于当年唱片销量的考虑，或许是对那个时代的遗漏与错失，又或许好的事物只有小部分人欣赏才更显弥足珍贵。

　　避开那些有口皆碑的热门歌曲的"纷扰"，当下，我们重新聆听"哥哥"的首张专辑，仍可深切感知这张被很多人遗忘的作品中所流露出的真挚和清纯……

◆ *DAYDREAMIN'* 黑胶封底

🎵 **经典曲目**

　　整张专辑的十二首歌尽是少男心事的写照，开篇 *Daydreamer* 便是一首少男渴望爱情的小清新作品。这首歌鼓点节奏轻盈，高潮部分仅辅以少量的电子乐稍稍强化情绪，张国荣的唱腔矜贵中透着些许"匠气"，这一特点也在他日后的作品中有所延续。

DAYDREAMIN' 歌曲类型混杂，风格不一，年轻的张国荣便能够轻松驾驭。此时他的高音有点"闷"，或许就是他所谓的"鸡仔声"。然而这并不能掩盖他的唱腔特色以及这些歌曲较好的完成度带给听者的愉悦与享受。

☆ 收藏指南

DAYDREAMIN' 虽然没有太高的制作水准，但专辑选曲依然充满诚意，可惜大众并不买账，这张专辑曾被以每张一港元的价格贱卖，对于贵气的张少爷而言无疑是一个沉重的打击。日后据张国荣回忆，他出道初期在酒吧演出时，抛下舞台的帽子都会被观众原样扔回来……彼时那些对"哥哥"不屑一顾的听众，或许很难想到他将会成为叱咤华人世界的歌者、惊艳于世的演员，成为不朽香江名句中光辉的一页。

有些讽刺的是，除了张国荣的第一张 EP *I Like Dreamin'* 之外，*DAYDREAMIN'* 的收藏价值而今渐渐显现。某种程度上，这要归功于它当年有限的全港 600 张销量。

这张唱片的封面很受"哥迷"青睐 —— 坐在椅子上的"哥哥"一手端着咖啡杯，一手自然地搭在腿上，他旁边的小圆桌以一瓶插花作为点缀。和日后时尚迷人、举重若轻的巨星风采不同，初涉歌坛的张国荣走的是保守优雅、文静帅气的"小鲜肉"路线。在 *DAYDREAMIN'* 的黑胶唱片中，除了歌词内页，还附赠一张"哥哥"的巨幅写真海报，这张唱片当下能够价值万金似乎也在情理之中。

2003 年，环球唱片以 CD 形式重新发行了 *DAYDREAMIN'*，美中不足的是左右声轨与黑胶相反，且左声轨比右声轨的音量偏大。2004 年，环球唱片推出这张专辑的复黑王版。十多年后，趁着黑胶回潮的趋势，环球唱片又发行了 *DAYDREAMIN'* 的图案胶版本，依然受到追捧。

值得一提的是，*DAYDREAMIN'* 的盒带版本售价不菲，甚至万元难求！作为张国荣第一张正式发行的立体声盒带，*DAYDREAMIN'* 盒带版本的罕有程度甚至超越了这张专辑的首版黑胶。

专辑名称：*I Like Dreamin'*

唱片编号：2076023

发行时间：1977 年 8 月 25 日

发行公司：宝丽多唱片

唱片销量：全香港 500 张

专辑类型：录音室 EP

首版介质：7 吋黑胶

专辑特色：

　　张国荣演艺生涯的第一张个人唱片，也是最难收藏到的"哥哥"的唱片，这张存世极少的 45 转黑胶是"哥哥"所有唱片中唯——张 7 吋细碟。

唱片曲目：

01. *I Like Dreamin'*

　　　词曲：Kenny Nolan

02. *Do You Wanna Make Love*

　　　词曲：Peter McCann

03. *Thank You*（2006 年再版 CD）

　　　　词曲：Eugenio Ocampo / A.Morris

04.《凝望》（2006 年再版 CD）

　　　　作词：郑国江　　作曲：Anders Nelsson

专辑评分：★ ★ ☆

收藏指数：★ ★ ★ ★ ★

唱片市值：★ ★ ★ ★ ★

◆ *I Like Dreamin'* 7 吋黑胶

　　张国荣音乐人生的起点，一定要从 1977 年说起……

　　一位青涩俊朗的年轻人在 1977 年的亚洲歌唱大赛中过关斩将，最终以一首 *America Pie* 获得亚军。此时，张国荣二十一岁，颁奖时为他献花的小朋友叫莫文蔚，时年七岁。这首唐·麦克莱恩（Don McLean）的歌时长十二分钟，但是因为比赛时间限制，"哥哥"只唱了四分钟，并对大赛评委、著名音乐人黎小田说，只唱一半会使歌

曲 "make no sense"（没有感觉，失去了原汁原味），此举使黎小田和在场的唱片公司星探对他刮目相看，不仅奠定了他进军歌坛的基础和信心，也为其赢得了宝丽金唱片公司前身——宝丽多唱片的一纸合约。至此，张国荣正式踏入歌坛。

值得一提的是，宝丽多唱片在 1977 年发行杂锦合辑《多多宝丽多》和《多多宝丽多第二集》，收录了当年公司当家歌星的热门金曲。在许冠英、许冠杰、陈丽斯、陈秋霞、邓丽君、温拿、李振辉（李小龙的弟弟）等全明星阵容中，便有一个日后熟悉、当年陌生的名字——Leslie！

初入歌坛的张国荣并没有使用自己的中文名，直到 1979 年第一张粤语专辑《情人箭》发行前，他在华语歌坛的名号都是英文名 Leslie。《多多宝丽多》两张合辑共收录了"哥哥"的四首作品 *I Like Dreamin'*、*Do You Wanna Make Love*、*Undercover Angel*、*You Made Me Believe In Magic*，其中 *Do You Wanna Make Love* 可以算作"哥哥"演艺生涯发行的第一首歌。

在大牌云集的杂锦合辑中初试啼声之后，新秀歌手 Leslie 终于迎来了自己人生中的第一张个人唱片——宝丽多在 1977 年 8 月推出的 45 转黑胶 *I Like Dreamin'*，这是张国荣音乐之旅的第一站，也是其所有唱片中唯一一张 7 吋黑胶。

I Like Dreamin' 属于宣传类型，被悄然摆上唱片店货架之后，并没有引发歌迷的关注。这张派台打榜的宣传单曲唱片，也没有得到彼时电台 DJ 的重视。*I Like Dreamin'* 有投石问路的性质，虽然张国荣已经在歌唱比赛中崭露头角，又与唱片公司的大牌歌手一同在合辑中亮相，但宝丽多对他在歌坛的发展前景尚存疑虑。而 *I Like Dreamin'* 也没有制造太多的宣传声浪，严格来讲，这不是一张正规标准的个人大碟，所以这样的作品常被定义为 "Polydor Promo"（宝丽多推销唱片）。

不难发现，这张细碟收录的英文歌 *I Like Dreamin'* 和 *Do You Wanna Make Love* 正是收录于《多多宝丽多》合辑中的两首。*Do You Wanna Make Love* 的原唱是彼得·麦卡恩（Peter McCann），这首歌也非平凡之作，曾在 1977 年拿到美国 Billboard（公告牌）榜单第五名，是一首当年被传唱一时的热门口水歌。

2006 年 3 月，环球唱片发行了 *I Like Dreamin'* 的 3 吋 CD 限量版，是该专辑首次以 CD 形式出版。相比于 1977 年的首版，3 吋 CD 增加收录了两首歌曲，一首是从未在张国荣的唱片中发行的《凝望》，另一首是曾收录在 1978 年张国荣首张粤语专辑

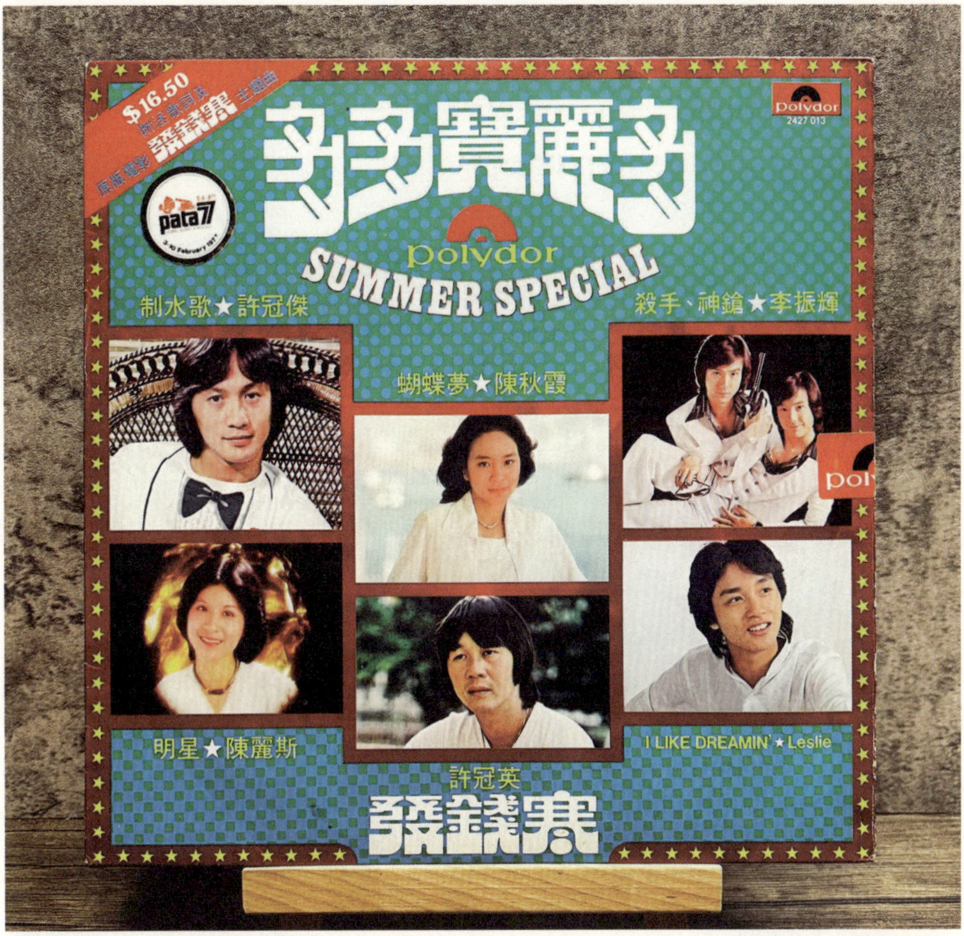

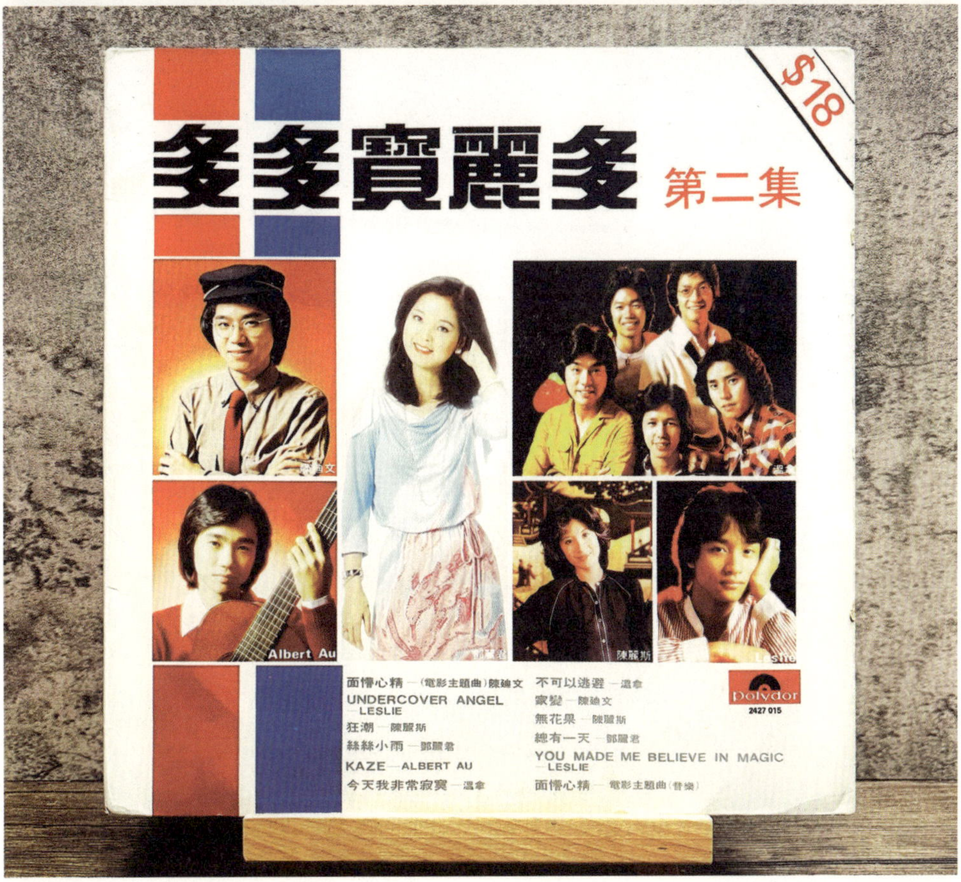

◆《多多宝丽多》合辑是最早出现张国荣照片和英文名的实体唱片

◆ *I Like Dreamin'* 7 吋黑胶及两个不同版本的 3 吋 CD

《情人箭》中的英文歌 *Thank You*。

客观地讲，张国荣第一张单曲唱片的演绎水准略显稚嫩但绝不低劣，他的青涩演唱充满青春的荷尔蒙气息，一口标准流利的英音发声清澈温柔，让"哥迷"受用不已。

🎯 经典曲目

虽然很多"哥迷"对张国荣的这张歌坛试水作品并不熟悉，但不能掩盖 *I Like Dreamin'* 这首单曲在当年的火爆真相。宝丽多唱片怎么可能让还是新人的张国荣翻唱一首默默无闻的英文歌？要知道，这首原本由肯尼·诺兰（Kenny Nolan）演唱的歌曲曾在 1976 年雄霸 Billboard Hot 100（公告牌百强单曲榜）。Kenny Nolan 还有一首张信哲翻唱过的招牌歌曲 *My Eyes Adored You*。张国荣的另一首劲歌金曲《热辣辣》也翻唱自 Kenny Nolan（*Lady Marmalade*）。也许用粤语诠释这首法语歌不过瘾，张国荣在日后的拉阔（现场演出）舞台上，终于还原了原唱的那句法文……

☆ 收藏指南

毋庸置疑，*I Like Dreamin'* 是流行音乐唱片收藏皇冠上最耀眼的那颗明珠。

由于张国荣当时是加盟不久的新秀歌手，宝丽多第一次为他推出个人唱片，只发行了 500 张，且销量也不理想——全香港总销量约 200 张，其他 300 张被扔进了香港的填埋区。稀缺的发行数量和遥远的发行年代，让这张细碟于今而言已是无价之宝，既不可遇也不可求。日后的 CD 化再版仅仅是 3 吋细碟这样另类的版本，再加上它是张国荣的"初试啼声"，其市场价值已不是数字可以衡量。放眼收藏领域，拥有这张作品的藏家屈指可数。

附：张国荣重要录音室作品盒带

张国荣生前的录音室作品中，除了首尾两张 EP *I Like Dreamin'* 和《CROSSOVER》，其余几乎都有盒带版本发行。即使滚石时期和环球时期的作品首版未推出盒带介质，后期也有对应的新马版、韩国版及中国内地引进版盒带发行。相比之下，张国荣宝丽多时期以及滚石、环球时期的盒带，更具收藏价值。

我要与你跳出天际：张国荣的混音 EP

梳理张国荣的音乐作品，EP 唱片同样不容错过。其中，混音作品特别是单独发行的混音劲歌金曲，值得被系统整理。

在新艺宝时期，张国荣有五张混音 EP 作品——1987 年发行，收录四首歌曲的《LESLIE DANCE & REMIX》（黑胶）；1988 年发行，收录六首歌曲的《LESLIE DANCE & REMIX》（CD）；1988 年 12 月发行，收录了四首歌曲的《Leslie REMIX 行动》；1989 年发行，收录了四首作品的《LESLIE REMIX》；1990 年发行，《Leslie Collection Vol.1-3》套装中的《Leslie Collection Vol.3》，这是一张在美国压制的金碟唱片，价格不菲。

除此之外，"哥哥" 1989 年退出歌坛前还有四首混音版本的歌曲《黑色午夜》《MONICA》《为你钟情》《风继续吹》，收录于华星唱片在他过档到新东家并告别歌坛之后推出的精选合辑《'90 New mix + Hits Collection》中。

二十世纪八十年代初，张国荣的迪斯科舞曲《MONICA》风靡一时，开启了华语乐坛劲歌热舞的时代。那时的香港，经济繁荣，动感时尚，用混音的方式重新包装歌手的经典作品形成一阵热潮。

"哥哥" 的劲歌和情歌都是 "哥迷" 的心头挚爱，有人说 "慢歌要听张国荣，快歌更要听张国荣"。如果你的青春正好绽放于二十世纪八十年代，那么当年一定在夜店的舞池里伴随着 "哥哥" 性感的声音摇摆过身体，毕竟，彼时的他是唱跳歌手、偶像派的代言人。就让 "哥哥" 热情火辣的劲歌金曲，带我们穿越时空隧道，重回二十世纪那如歌的年代……

专辑名称：《Leslie Collection Vol.3》

发行时间： 1990 年 6 月

发行公司： 新艺宝唱片

专辑类型： 录音室混音 EP

首版介质： CD

唱片曲目：

01.《继续跳舞（BODY MIX）》

02.《HOT SUMMER（HOT MIX）》

03.《放荡（SHAKE IT MIX）》

04.《侧面（NAH NAH MIX）》

　　新艺宝唱片出品的张国荣告别歌坛纪念金碟套装（共三张），碟面极其精美，这也是"哥哥"为数不多在美国压制的金碟唱片。其中《Leslie Collection Vol.3》为混音 EP。

◆《Leslie Collection Vol.3》金碟

专辑名称:《LESLIE REMIX》

发行时间: 1989 年 5 月 15 日

发行公司: 新艺宝唱片

专辑类型: 录音室混音 EP

首版介质: 黑胶、盒带、CD

唱片曲目:

01.《侧面（REMIX VERSION）》

02.《偏心（EXTENDED VERSION）》

03.《暴风一族（REMIX VERSION）》

04.《偏心（LP VERSION）》

    这张混音 EP 黑胶与盒带版本为港产，CD 版本则以银圈 3 吋形式限量发行，由西德压片（内圈印有 MADE IN W.GERMANY BY PDO，此刻码是西德银圈最早的版本，西德银圈版是所有海外版本中压片质量和音质呈现最好的）。所

◆《LESLIE REMIX》两个不同版本的 3 吋 CD

收录的四首歌曲（其中一首是 LP 版本）中，《偏心（EXTENDED VERSION）》
这一加长版本只在这张 EP 里可见，非常耐听。

专辑名称：《Leslie REMIX 行动》

发行时间：1988 年 12 月 1 日

发行公司：新艺宝唱片

专辑类型：录音室混音 EP

首版介质：黑胶、盒带

唱片曲目：

01.《爱的凶手（REMIX VERSION）》

02.《热辣辣（REMIX VERSION）》

03.《共创真善美》（香港电台《踏上公民路》主题曲）

04.《爱的凶手（LP VERSION）》

　　这张 EP 收录了香港电台《踏上公民路》节目的主题曲《共创真善美》——
张国荣为公益活动量身打造的一首歌曲，这是这首歌首次被收录在"哥哥"的唱
片中。直到 2004 年，《共创真善美》才又被收录在《钟情张国荣》精选 CD 中。

◆《Leslie REMIX 行动》日版 3 吋 CD

    2009 年，环球唱片推出了这张 EP 的复黑版 CD；2015 年 11 月 20 日，环球又发行了由日本制造的 3 吋 CD 版本，限量 1000 套。

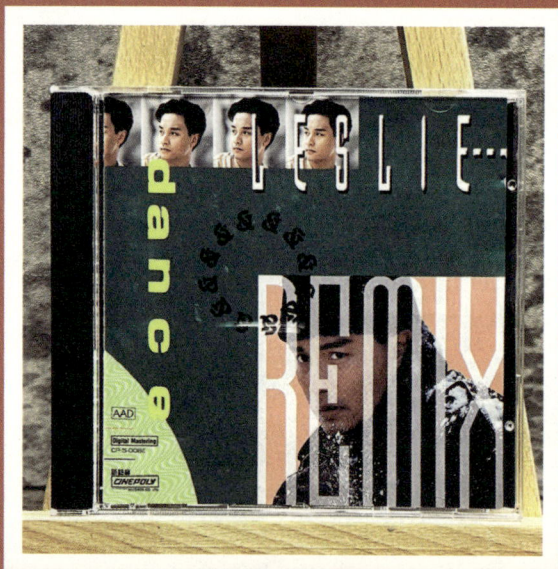

专辑名称：《LESLIE DANCE & REMIX》（CD）

发行时间：1988 年

发行公司：新艺宝唱片

专辑类型：录音室混音 EP

首版介质：CD

唱片曲目：

01.《拒绝再玩（PLAY AGAIN MIX）》

02.《热辣辣（REMIX VERSION）》

03.《无心睡眠（WHOO-OH-O MIX）》

04.《妒忌（LP VERSION）》

05.《爱的凶手（REMIX VERSION）》

06.《够了（ENOUGH'S ENOUGH MIX）》

新艺宝唱片 1988 年发行了《LESLIE DANCE & REMIX》的 CD 版本，全球

◆《LESLIE SUPER REMIX》3 吋 CD

限量 2000 套。CD 和前一年发行的盒带封面采用了与《SUMMER ROMANCE'87》同系列的照片（1987 年 6 月摄于日本东京），CD 版本封面还加入了《VIRGIN SNOW》的同系列照片（1987 年 12 月摄于加拿大多伦多）。

这张专辑的三种发行介质所收录的歌曲都不尽相同——CD 版抽掉了黑胶中的《够了》，增加了三首新歌（其中两首是 REMIX 版）；盒带版则收录了八首作品，其中 B 面五首都是伴奏音乐。无论何种介质，这张混音 EP 都很值得收藏，因为《热辣辣》《爱的凶手》的混音版本只收录于此。

2005 年，环球再版该专辑 CD，并更名为《Dance & Remix 传奇》，新添了曲目，已不是首版的味道。同年，环球还推出了随写真书附送的《LESLIE SUPER REMIX》3 吋 CD，收录四首歌曲，限量 1000 张，亦可算作《LESLIE DANCE & REMIX》的再版。

233

专辑名称:《LESLIE DANCE & REMIX》(黑胶)

发行时间：1987 年 10 月 25 日

发行公司：新艺宝唱片

专辑类型：录音室混音 EP

首版介质：黑胶、盒带

唱片曲目：

01.《够了（LP VERSION）》

02.《无心睡眠（WHOO-OH-O MIX）》

03.《够了（ENOUGH'S ENOUGH MIX）》

04.《拒绝再玩（PLAY AGAIN MIX）》

  《LESLIE DANCE & REMIX》首版黑胶是一张 33 转的 EP，收录了四首张国荣的招牌劲歌，同时亦有盒带版本发行，配合此前两个月刚刚发行的《SUMMER ROMANCE'87》，为张国荣开拓市场营造出了持续劲爆的宣传攻势。

◆《LESLIE DANCE & REMIX》海报

珍惜岁月里，寻觅我心中的诗：张国荣的精选合辑

除了青涩的宝丽多时期，张国荣在华星、新艺宝、滚石、环球都有精选合辑推出。特别是在他宣布暂别歌坛和离世之后，他的"新歌 + 精选"以及合辑唱片可谓花样翻新，层出不穷。

张国荣 1987 年跳槽到新艺宝之后，华星仍不忘"割韭菜"，屡次将他华星时期的作品以精选合辑的形式呈现，当然时而会配上两首未曾发表的新歌。1989 年"哥哥"宣布告别歌坛，华星和新艺宝两个老东家利用歌迷对他的想念，接连推出合辑。最疯狂的当数 2003 年以后，收购华星版权的东亚和环球频频发行不同形式的精选合辑，以"满足"大家对"哥哥"的缅怀之情，滚石唱片此时也利用自己的版权资源忙不迭地加入战团……每年 4 月和 9 月，张国荣音乐作品的再版、精选总是会新鲜上架，让本已所剩无几的唱片店重新热闹一番。

在这一单元的梳理中，有几张特殊的 EP 精选值得一提——它们既不是混音 EP，又因为收录的歌曲曾出现在其他专辑中而未进入前文的录音室专辑、新歌 EP 以及混音作品的序列。不管是"日本天龙""美制 24K 金碟"压盘的噱头，还是 3 时规格，《Leslie Collection Vol.1》《Leslie Collection Vol.2》《张国荣电影歌集》《张国荣（爱慕）》《张国荣（当年情）》这五张 EP 都值得我们记录与珍藏。

专辑名称：《常在心头》

发行时间：1995 年 6 月 18 日

发行公司：华星唱片

专辑类型：录音室精选合辑

首版介质：CD、盒带

唱片曲目：

「悲」

01.《痛心》(袁咏仪)

02.《侬本多情》

03.《片段》

「欢」

04.《痴心》(袁咏仪)

05.《一片痴》

06.《柔情蜜意》

07.《为你钟情》

08.《我愿意》

「离」

09.《死心》（袁咏仪）

10.《谁令你心痴》（张国荣、陈洁灵合唱）

11.《分手》

12.《难以再说对不起》

13.《缘份》（张国荣、梅艳芳合唱）

「合」

14.《甘心》（袁咏仪）

15.《情难再续》

16.《风继续吹》

17.《只怕不再遇上》（张国荣、陈洁灵合唱）

　　这是一张百听不厌的精选合辑，虽然唱片封面上有张国荣和袁咏仪的照片，标题是"张国荣'常在心头'袁咏仪"，但这并不是一张两人对唱的音乐专辑。

　　不得不佩服华星蹭热度的能力——此前，"哥哥"加盟新艺宝后，华星推出《情歌集·情难再续》《劲歌集》；他告别歌坛的消息传出，华星迅速跟风发行四张黑胶合辑《张国荣告别当年情珍藏版》、混音加精选《'90 New mix+Hits Collection》；"哥哥"复出歌坛，华星又不失时机地挑选他华星时期的老歌，穿插了几段袁咏仪的念白，制作出了这张《常在心头》。

　　这张专辑收录的全部为张国荣深情款款的慢板情歌，袁咏仪的"心"字四曲，不在言语，常在心底。因为讲述的是恋爱过往，唱片除了"哥哥"的独唱作品之外，还收录了他与梅艳芳、陈洁灵合唱的《缘份》《谁令你心痴》《只怕不再遇上》。

　　这是张国荣和袁咏仪难得在音乐上的合作，也是唯一的一次。有了《金枝玉叶 1》《金枝玉叶 2》表演上的合作，张国荣和袁咏仪的声音搭配越发珠联璧合。"悲""欢""离""合"每一个章节都由袁咏仪的声音作为牵引，她还在歌曲《片段》中奉献了一段内心念白，为张国荣的金曲增添了全新的故事性和戏剧性。

《常在心头》发行了 CD 和立体声盒带，内地歌迷对这张张国荣华星时期的精选并不陌生，因为中唱上海同步将其引进发行。

专辑名称：《Miss You Mix》

发行时间：1991 年

发行公司：新艺宝唱片

专辑类型：录音室混音合辑

首版介质：CD

唱片曲目：

01.《DREAMING》

02.《HOT SUMMER》

03.《放荡》

04.《WHY》

05.《侧面》

06.《拒绝再玩》

07.《MISS YOU MUCH》

08.《继续跳舞》

09.《禁片》

10.《无心睡眠》

11.《暴风一族》

12.《够了》

　　1984年，张国荣的专辑《L·E·S·L·I·E》开"图案胶"版本之先河，《Miss You Mix》则是"哥哥"的第一张图案CD。尽管带有图案的CD印刷工艺现已司空见惯，但这在二十世纪九十年代初的香港都实属罕见。为了突出图案CD的卖点，包装没有封面只有封底。这张美国制作的专辑现已绝版，市场价值不菲。1991年，《Miss You Mix》进行了再版，仍为美国制，并出现了珍贵的"错色版"，日后的再版还包括香港制作的以《日落巴黎》剧照为盘面图案的"日落巴黎版"、母盘直刻版，以及在日本压制的24K金碟版等。

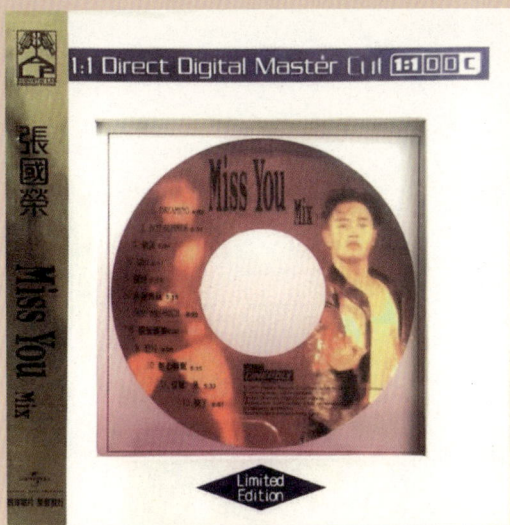

◆ 1991 年美制再版

◆ 24K 金碟版

◆ 1991 年美制错色版

◆ 日落巴黎版

专辑名称：《'90 New mix+Hits Collection》

发行时间：1990 年 10 月 25 日

发行公司：华星唱片

专辑类型：录音室混音＋精选合辑

首版介质：黑胶、盒带、CD

唱片曲目：

01.《黑色午夜（'90 New mix）》

02.《风继续吹（'90 New mix）》

03.《隐身人》

04.《情难再续》

05.《甜蜜的禁果》

06.《可人儿》

07.《MONICA（'90 New mix）》

08.《为你钟情（'90 New mix）》

在张国荣 1987 年加盟新艺宝唱片之后，老东家华星不断推出他的"新歌＋精选"。张国荣宣布告别歌坛，华星自然不会放过这个天赐的"蹭热度"的机会，发行了《'90 New mix+Hits Collection》。这张唱片收录了十二首"哥哥"华星时期的金曲，其中四首进行了全新混音。

值得一提的是，1983 年专辑中的《风继续吹》，配器模式基本沿袭了山口百惠的原唱《再见的另一方》，而此次的混音版本，则更加突出了张国荣的风格特点。

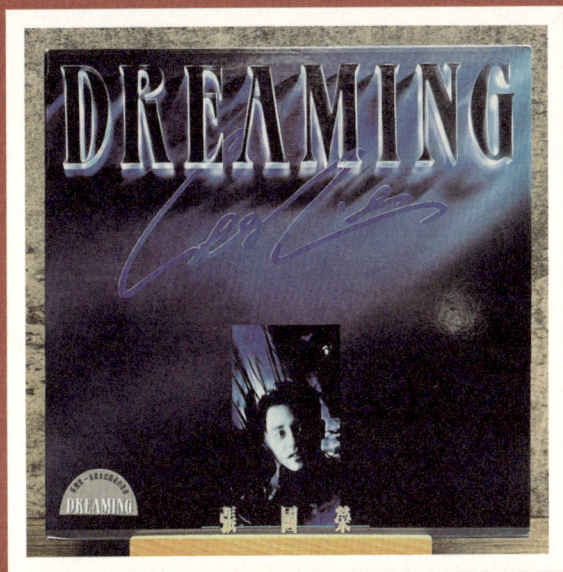

专辑名称:《DREAMING》

发行时间：1990 年 7 月 1 日

发行公司：新艺宝唱片

唱片销量：5 万张

专辑类型：录音室新歌 + 精选合辑

首版介质：黑胶、盒带、CD

制 作 人：张国荣、梁荣骏

唱片曲目：

01.《DREAMING》

02.《MISS YOU MUCH》

03.《想你》

04.《侧面》

05.《共同渡过》

06.《无心睡眠》

07.《风再起时》

08.《暴风一族》

09.《无需要太多》

10.《拒绝再玩》

　　秉持着榨干艺人最后一滴油水的精神，新艺宝唱片在张国荣退出歌坛之后，靠一首新歌《DREAMING》加一堆旧经典又拼凑成一张"粤语新歌 + 精选"。主打歌《DREAMING》翻唱自温妮莎·威廉姆斯（Vanessa Williams）的 *Dreamin'*，相较原唱，张国荣的气声重，咬字浮，初听似有些诡异，细细品来异常之性感……

专辑名称：《Leslie Collection Vol.1》

发行时间：1990 年 6 月

发行公司：新艺宝唱片

专辑类型：录音室精选 EP

首版介质：CD

唱片曲目：

01.《无需要太多》

02.《别话》

03.《最爱》

04.《天使之爱》

　　新艺宝唱片出品的张国荣告别歌坛纪念金碟套装（共三张），其中《Leslie Collection Vol.1》是一张精选 EP，共收录四首歌曲。

专辑名称：《Leslie Collection Vol.2》

发行时间：1990 年 6 月

发行公司：新艺宝唱片

专辑类型：录音室精选 EP

首版介质：CD

唱片曲目：

01.《由零开始》

02.《沉默是金》

03.《烈火灯蛾》

04.《想你》

　　新艺宝唱片出品的张国荣告别歌坛纪念金碟套装（共三张），其中《Leslie Collection Vol.2》是一张精选 EP，共收录四首歌曲。

专辑名称:《张国荣（爱慕）》

专辑类型: 录音室精选 EP

首版介质: 3 吋 CD

发行时间: 1989 年 12 月 29 日

发行公司: 华星唱片

唱片曲目:

01.《爱慕》

02.《少女心事》

03.《为你钟情》

04.《我愿意》

实为张国荣同名 CD，因首曲为《爱慕》，一般称之为《张国荣（爱慕）》。
这张精选 EP 最值得一提之处是，由日本天龙压制，盘面印有 DENON 字样。

专辑名称：《张国荣告别当年情珍藏版》

发行时间： 1989 年 12 月 25 日

发行公司： 华星唱片

专辑类型： 录音室精选合辑

首版介质： 黑胶、盒带、CD

唱片曲目：

第一集

01.《风继续吹》

02.《只怕不再遇上》(张国荣、陈洁灵合唱)

03.《一片痴》

04.《不怕寂寞》

05.《无胆入情关》

06.《为你钟情》

07.《爱慕》

07.《侬本多情》（TVB 电视剧《侬本多情》主题曲）

08.《始终会行运》（TVB 电视剧《鹿鼎记》主题曲）

09.《迷路》（TVB 电视剧《老洞》主题曲）

10.《情到浓时》（香港电台广播剧《云上云上》主题曲）

11.《让我消失去》（电影《英雄正传》主题曲）

12.《我走我路》（TVB 电视剧《北斗双雄》主题曲）

第四集

01.《当年情》（电影《英雄本色》普通话主题曲）

02.《午夜奔驰》

03.《迷惑我》

04.《停止转动》

05.《不确定的年纪》

06.《Love Me More》

07.《悲伤的语言》

08.《烈火边缘》

09.《叫你一声》

10.《雨中的浪漫》

11.《背弃命运》

12.《痴心的我》

　　借张国荣告别歌坛之东风，华星唱片一鼓作气，将他华星时期的经典歌曲重新集结出版。此时距离张国荣离开华星已有两年光景，此举未免有些功利，好在这一套四张黑胶的精选唱片，无论选曲还是包装，都能看出华星的良苦用心。

　　精选的这些歌曲，可谓张国荣华星时代的完美总结，因此无论是黑胶、盒带还是编号 1A1 TO 的韩国压制 CD，均为收藏市场的抢手货。特别是黑胶套盒，设计精美，内页精致，完美品相者已可遇不可求。

◆《张国荣告别当年情珍藏版》第一集

◆《张国荣告别当年情珍藏版》第二集

◆《张国荣告别当年情珍藏版》第三集

◆《张国荣告别当年情珍藏版》第四集

专辑名称：《张国荣电影歌集》

发行时间：1989 年 12 月 20 日

发行公司：新艺宝唱片

专辑类型：录音室精选 EP

首版介质：3 吋 CD

唱片曲目：

01.《倩女幽魂》

02.《奔向未来日子》

03.《胭脂扣》

04.《浓情》

　　依次收录了张国荣主演的四部电影《倩女幽魂》《英雄本色Ⅱ》《胭脂扣》《杀之恋》的主题曲。2006 年再版时，有中国香港制和日本制两个版本，介质均为 3 吋 CD，包装则分别呈正方形和长方形。

专辑名称:《劲歌集》

发行时间： 1988 年 1 月 8 日

发行公司： 华星唱片

唱片销量： 5 万张

专辑类型： 录音室精选合辑

首版介质： 黑胶、盒带

制 作 人： 黎小田

唱片曲目：

01.《烈火边缘》

02.《STAND UP》

03.《打开信箱》

04.《爱情离合器》

05.《H_2O》

06.《第一次》

07.《黑色午夜》

08.《不羁的风》

09.《MONICA》

10.《蓝色忧郁》

11.《隐身人》

12.《少女心事》

张国荣离巢之后，华星为他推出了两张优质精选：纯情歌的《情歌集·情难再续》和纯快歌的《劲歌集》。要了解张国荣华星时期的作品，基本上可以通过这两张唱片窥一斑而知全豹。《劲歌集》收录的十二首歌曲全部是精挑细选出的劲歌舞曲，作为二十世纪八十年代跳唱歌手的代表，张国荣用劲歌热舞诠释着一个飞速进步的激情年代。

张国荣华星时期劲歌一览：

1983 年

《风继续吹》专辑：《不管你是谁》

《张国荣的一片痴》专辑：《我走我路》《恋爱交叉》《闯进新领域》

1984 年

《L·E·S·L·I·E》专辑：《MONICA》《H_2O》《蓝色忧郁》

1985 年

《为你钟情》专辑：《不羁的风》《第一次》《甜蜜的禁果》《少女心事》《七色的爱》《雨中的浪漫》

1986 年

《STAND UP》专辑：《STAND UP》《黑色午夜》《Love Me More》《爱情离合器》《打开信箱》《寂寞猎人》

《爱火》(《张国荣》)专辑：《隐身人》《爱的抉择》《烈火边缘》《CRAZY ROCK》

1987 年

《爱慕》专辑：《停止转动》(《不羁的风》普通话版)《不确定的年纪》《背弃命运》(《第一次》普通话版)

专辑名称:《张国荣（当年情）》

发行时间: 1988 年

发行公司: 华星唱片

专辑类型: 录音室精选 EP

首版介质: 3 吋 CD

唱片曲目:

01.《当年情》

02.《一片痴》

03.《风继续吹》

04.《情难再续》

　　实为张国荣同名 CD，因首曲为《当年情》，一般称之为《张国荣（当年情）》，由日本天龙压制，盘面印有 DENON 字样。

◆《张国荣（爱慕）》《张国荣（当年情）》盘面印有标志着日本天龙压制的 DENON 字样

专辑名称:《情歌集·情难再续》

发行时间:1987 年 12 月 25 日

发行公司:华星唱片

唱片销量:5 万张

专辑类型:录音室精选合辑

首版介质:黑胶、盒带

制 作 人:黎小田

唱片曲目:

01.《情难再续》

02.《当年情》

03.《为你钟情》

04.《迷惑我》

05.《爱慕》

06.《全身都是爱》

07.《爱情路里》

08.《爱火》

09.《不怕寂寞》

10.《柔情蜜意》

11.《分手》

12.《我愿意》

13.《痴心的我》

14.《迷路》

　　1987 年，张国荣跳槽新艺宝唱片，老东家华星挖出两首翻唱的"新歌"《情难再续》和《全身都是爱》，加上十余首旧曲，拼凑了这张专辑。《情难再续》是张国荣拿手的慢板情歌，他磁性的嗓音相当动听；《全身都是爱》是合唱版本，曲风传统老套，和"哥哥"对唱的女歌手却大有来头——这位叫戴蕴慧的姑娘，是香港著名声乐教育家戴思聪的大女儿。她在第三届新秀歌唱大赛上夺得银奖后正式出道，一曲《我系小忌廉》红极一时。戴蕴慧当年还和苏永康、杜德伟、张卫健等一众华星新秀同前辈罗文一起演唱了《浪淘沙》，并参与拍摄 MV。遗憾的是，她在发表了几首单曲和一张专辑《西飞客机》之后，便淡出歌坛。

　　《全身都是爱》是 1984 年电影《缘份》的插曲，《情歌集·情难再续》发行之前，这一合唱版本没有被收录在任何张国荣的专辑中。此后，这首歌还被收录于《张国荣告别当年情珍藏版》的第三集。

摩擦一刹火花比星光迷人：张国荣的演唱会唱片

张国荣入行 26 载，共举行过 420 余场个人演唱会，其中香港红磡体育馆（简称"红馆"）121 场，世界巡回演唱会 300 余场，无不是其音乐人生的高光呈现。1989 年的"告别乐坛演唱会"、1996 年至 1997 年的"跨越 97 演唱会"以及 2000 年至 2001 年的"热·情演唱会"，堪称华语乐坛演唱会历史上的经典个案。

张国荣比较有影响的演唱会有：

● 1983 年，在泰国连开 3 场"曼谷演唱会"，马来西亚等地也上演了这次巡演；

● 1985 年 8 月 2 日至 8 月 11 日，在红馆连续举办 10 场"夏日百爵演唱会"，打破了香港歌手初次开演唱会的场数纪录；

● 1986 年 12 月 25 日至 1987 年 1 月 5 日，在红馆举行 12 场"86 浓情演唱会"；

● 1987 年 5 月 29 日至 6 月 12 日，在"香港演唱会之父"张耀荣的海洋皇宫夜总会大酒楼连开 15 场"与你共鸣在海洋演唱会"；

● 1987 年，在群星荟萃的"慈善 Top Pop 马拉松音乐会"担任表演嘉宾，带领舞团大秀舞技，演唱了《无心睡眠》等招牌劲歌，慈善音乐会最终为东华三院筹集善款 160 万港元；

● 1987 年 11 月至 12 月，在美国、加拿大巡回举行"美加不眠演唱会"；

● 1988 年 4 月 28 日，坐镇香港伊丽莎白体育馆，举行"428 热身演唱会"；

● 1988 年 7 月 29 日至 8 月 20 日，作为亚洲区首位百事可乐代言人在红馆唱足 23 场"百事巨星演唱会"（又名"张国荣演唱会 '88"），后开启世界巡回模式；

● 1989 年年底，开启"告别乐坛演唱会"，除巡回场外，1989 年 12 月 21 日至

1990 年 1 月 22 日，33 岁的张国荣在红馆连唱 33 场，并不再增加场次，以示纪念；

● 1996 年年底，复出歌坛的张国荣回到阔别六年的红馆，开启"跨越 97 演唱会"，演出一票难求，场次一加再加，从 1996 年 12 月 12 日至 1997 年 6 月 17 日共举行 24 场，随后在世界巡回 60 场；

● 2000 年，香港商业电台主办"张国荣 903 ID CLUB 拉阔音乐会"；

● 2000 年 7 月 31 日至 8 月 12 日、2001 年 4 月 11 日至 16 日，在红馆举行 19 场、世界巡回 43 场"热·情演唱会"。

其中，只有"曼谷演唱会""百事巨星演唱会""告别乐坛演唱会""跨越 97 演唱会""热·情演唱会"的 LIVE 唱片正式出版发行。

专辑名称：《热·情演唱会》(PASSION TOUR)

唱片编号： 548390-2

发行时间： 2000 年 11 月 22 日

发行公司： 环球唱片

专辑类型： 演唱会现场实录

首版介质： CD

专辑特色：

　　"热·情演唱会"是张国荣艺术表达的巅峰。他亲自担任演唱会的艺术总监，并成为首位邀请世界时尚大师让－保罗·高提耶 (Jean-Paul Gaultier) 设计造型的亚洲艺人。这场演唱会所呈现出的前卫面貌至今尚未过时，美国《时代》周刊称之为 "top in passion and fashion" (激情与时尚的巅峰)，日本《朝日新闻》誉张国荣为 "天生表演者"。

唱片曲目：

disc 1

01. *Overture*

02.《梦死醉生》

03.《寂寞有害》

04.《不要爱他》

05.《爱慕》

06.《风继续吹》

07.《侬本多情》

08.《侧面 / 放荡》

09.《你在何地》

10. *American Pie*

11.《春夏秋冬》

12.《没有爱》

13.《路过蜻蜓》

14.《无心睡眠》

15.《我的心里没有他》

16.《热情的沙漠》

17.《大热》

disc 2

01.《红》

02.《枕头》

03.《左右手》

04.《我》（普通话版）

05.《陪你倒数》

06.《H$_2$O Medley》（H$_2$O / 少女心事 /
　　第一次 / 不羁的风）

07.《MONICA》

08.《STAND UP》
　　（Twist & Shout / Stand Up）

09.《为你钟情》

10. *I Honestly Love You*

11.《至少还有你》

12.《共同渡过》

专辑评分：★★★★★

收藏指数：★★★★

唱片市值：★★★★

千禧年是张国荣艺术生涯浓墨重彩的一年，不仅推出了制作精良的EP《untitled》和经典大碟《大热》，还举行了激情四射的世界巡回演唱会——他身披羽毛落凡尘，用梦死醉生的戏剧呈现自己的风华绝代；他将发簪轻卸，乌发散落，爱慕心迷路的绝美映射倾国亦倾城。

"当，云飘浮半公分……"张国荣在迷幻的烟雾中缓缓登场，用沧桑、沙哑的嗓音唱出《梦死醉生》的首句，"哥迷"如同朝圣一般，疯狂且虔诚地呼喊，那是对偶像的热切召唤，最为动情的心底呐喊，巨大的声浪几乎将红馆的屋顶掀翻。这场前卫、时尚、优雅、华丽的视听盛宴，倾注了张国荣的心血，也是对他传奇的音乐人生最完美的注解。"热·情演唱会"压轴篇，用歌曲《陪你倒数》结尾，苍凉的音乐声中，长发、蓄须的张国荣一身长袍，肃立在舞台中央，缓缓张开双臂，举目向天，一脸悲悯……那交织爱与痛的泣血表达一度不被认同，令他满心绝望。

"热·情演唱会"的宣传海报，定格了张国荣生前最高光的艺术瞬间，即使在他身后，陈淑芬为他举办的"继续宠爱"系列致敬演出，也沿用了"热·情演唱会"的主视觉——赤裸着肩膀的"哥哥"娇柔地将手臂举起，目光坚毅，神色淡定。一如演唱会的英文名"PASSION TOUR"，充满双重含义——实际上，首字母小写的"passion"词意是"热情"，首字母大写的"Passion"意为"耶稣的受难"，张国荣用充溢着荷尔蒙、张扬着性感、弥漫着汗液味道的表演，讲述着内心于"天使"和"魔鬼"之间的挣扎与转变。从他离开，我们对他的思念从未停止，他也成为华语乐坛不朽的"神"话。

张国荣作为演唱会的艺术总监，对选曲、编曲乃至歌曲排序，都进行了极其慎重并且恰到好处的处理——《梦死醉生》描述天国绮丽的狂野性感；《不要爱他》诠释冶艳释放的天使本性；《侬本多情》表露岁月沉淀的细腻温柔；《路过蜻蜓》演绎爱恨过往的明媚青葱；《陪你倒数》饱含背叛信仰的挣扎绝望；《为你钟情》尽吐爱人携手的至诚

◆《热·情演唱会》CD

心声……

有华星时期、新艺宝时期的经典打底，又有《陪你倒数》《untitled》《大热》三张环球时期的新作加持，张国荣便拥有了塑造人物鲜活个性的骨、肉、皮。他在舞台上注入更多灵魂的戏剧化表达，使这些作品与录音室版相比，虽不完美，却真实生动。

"告别乐坛演唱会"时期，张国荣的声音醇厚迷人；"跨越 97 演唱会"，他的嗓音则拥有了沙哑沧桑的质感；"热·情演唱会"的声音表现，比以往更有力，更洒脱随性，在平静内敛的表象下蕴含着巨大的潜能和爆发力。

此时，张国荣在艺术上的成熟已是全方位的，除了演唱上的进步超脱，舞台表演也从"告别乐坛"的商业刻板、"跨越 97"的随心所欲，进化为"热·情"的动静皆合理，颦笑皆有戏。身为以演唱劲歌为招牌的唱跳高手，张国荣在"跨越 97"中的舞步已入化境，但和"热·情"相比，前者是为了诠释歌曲，后者则是为了诠释角色。

视觉方面，张国荣的演唱会形象，除了"跨越 97"那双冲击力十足的红色高跟鞋，最令人难忘的便是引起极大争议的"热·情演唱会"。这场视觉盛宴，张国荣请到国际时尚大师让 – 保罗·高提耶按照主题度身打造舞台造型，他设计的"天使到魔鬼"系列六套服装，成就了张国荣的舞台神话。

如果说"告别乐坛"记录着张国荣成为歌坛巨星的蜕变过程，那么"跨越 97"则定格了他成为艺术家的辉煌瞬间。而"热·情"时期的张国荣已经具有萨特、尼采一样的哲学思辨，让这场演唱会成为综合音乐、文学、表演、中西文化、礼仪、美学、哲学等多维度的珍贵的文艺作品。对于这场声、色、艺的完美示范，《明报周刊》毫不吝惜地夸赞它"将本地演艺事业提升到一个更高的层次"。

2003 年以后，每年的 4 月 1 日都是属于张国荣的。2022 年 4 月 1 日晚，"热·情演唱会"超清修复版在网络免费播出。此次修复的是巡演的压轴场，内含 24 首经典作品，最终在线观看量超 1700 万人次。不少年轻歌迷惊叹于张国荣于千禧年惊世骇俗的表演，在当下依然可以成为引领时尚审美的坐标；而那些死忠"哥迷"却不以为意，因为他们知道，即使再过若干年，"热·情演唱会"仍旧能够代表华人演艺舞台呈现的最高水准。

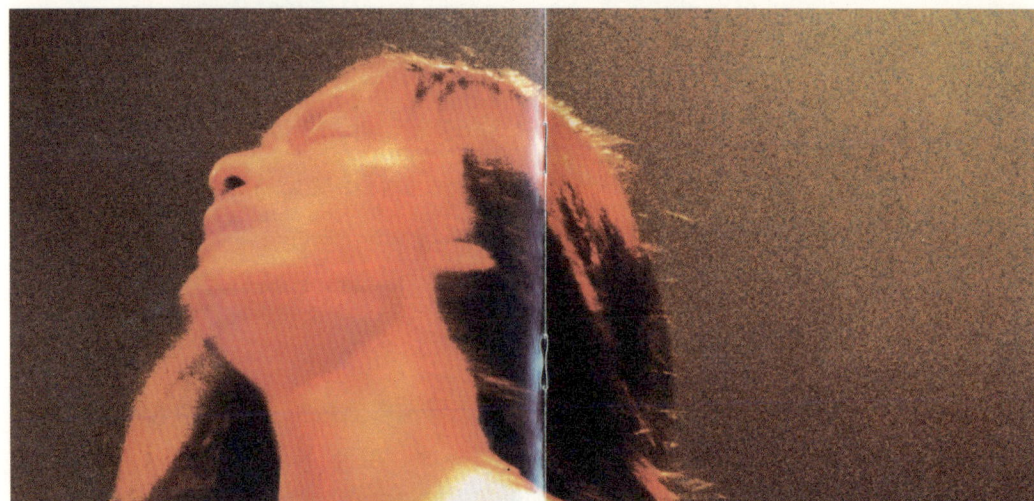

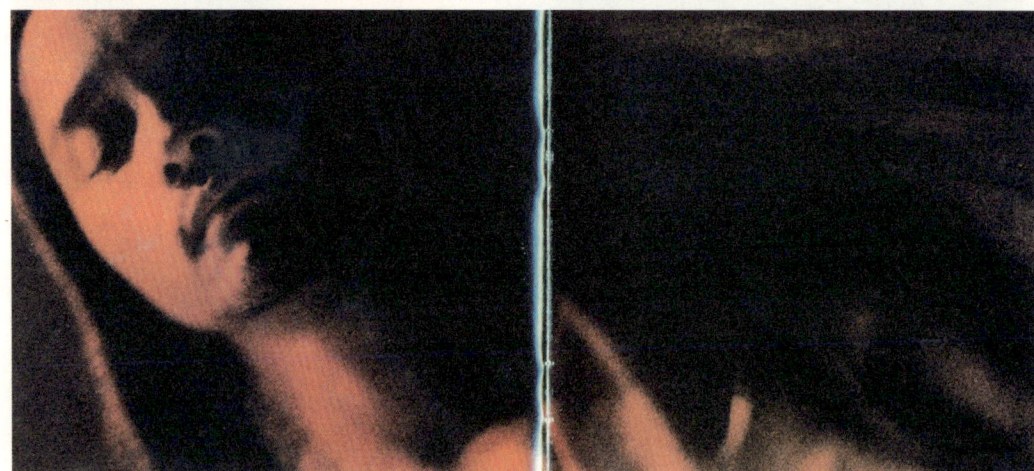

◆《热·情演唱会》CD 内页

◆《热·情演唱会》CD 内页

🎵 经典曲目

"热·情演唱会"可谓首首皆经典，若非要做出选择，我宁愿推荐 *American Pie*。1977 年，青涩的张国荣正是唱着 *American Pie* 踏入歌坛；2000 年的"谢幕"演出，他又一次唱响了这首挚爱经典。张国荣的英文歌本就值得反复聆听，而这首伴随他全部音乐旅程的作品，经过 23 年的岁月历练，被他演绎得毫无修饰，真我质朴，在摇滚风格的伴奏下，尽显张弛有度，越发迷人耐听。

☆ 收藏指南

"热·情演唱会"有 CD、LD、DVD 等一众贴合时代的介质版本，其中 CD 相较 DVD 增加了《红》等经典作品。而在数字时代，这场演唱会并没有发行立体声盒带介质。

CD 版本中，香港首版值得收藏，内有精美贴纸，外有硬纸壳包装。

专辑名称:《跨越 97 演唱会》(*Live in Concert 97*)

唱片编号:ROD-5151

发行时间:1997 年 6 月 28 日

发行公司:滚石唱片

专辑类型:演唱会现场实录

首版介质:CD

专辑特色:

　　1996 年张国荣复出歌坛后的第一次公开亮相,精彩绝伦,毫无冷场。

唱片曲目:

disc 1

01.《Opening 风再起时》

02.《今生今世》

03.《Medley:恋爱交叉 / 打开信箱 / 蓝色忧郁 / 黑色午夜 / MONICA》

04.《柔情蜜意》

05.《爱慕》

06.《侧面》

07.《侬本多情》

08.《有心人》

09.《Medley：阿飞正传 / 梦 / *A Thousand Dreams of You*》

10.《Medley：啼笑姻缘 / 当爱已成往事 / 啼笑姻缘》

11.《怪你过分美丽》

12.《风继续吹》

disc 2

01.《只怕不再遇上》(张国荣 / 莫文蔚)

02.《怨男》

03.《热辣辣》

04.《Medley：想你 / 偷情》

05.《深情相拥》(张国荣 / 辛晓琪)

06.《谈情说爱》

07.《Medley：红颜白发 / 最爱》

08.《明星》

09.《红》

10.《为你钟情》

11.《月亮代表我的心》

12.《追》

专辑评分：★ ★ ★ ★ ☆

收藏指数：★ ★ ★ ★

唱片市值：★ ★ ★ ☆

六年前，张国荣在《风继续吹》的悲情氛围中含泪封麦，转身离去，让现场万余观众伤心欲绝。六年后，依然是《风继续吹》的熟悉旋律，缓缓升上舞台的他头戴琉璃冠冕，肩披羽毛大氅，霸气登场，巡视众生，将金色的面具缓缓撤下……这一刻张国荣王者归来，以嘴角浅浅的傲然笑意演绎着归去来兮的自在精彩。

"跨越97演唱会"在艺术表现上稍逊于"热·情演唱会"，不少"哥迷"却对其青睐有加，原因很简单——"跨越97"没有"热·情"那般另类前卫，却也不似"告别乐坛演唱会"那样中规中矩，一切都刚刚好！更何况当时的张国荣正处于颜值巅峰、状态顶点，他的帅气、华丽、魅惑、冶艳、深情可以满足不同的审美需求，令人热血沸腾。

因为复出后有《宠爱》《红》两张专辑横空出世，张国荣获得了更多的选曲空间——有深情款款的《有心人》、缠绵悱恻的《啼笑姻缘》（CD版欠奉）、魅惑众生的《偷情》、眷念红尘的《明星》、妩媚绝色的《红》、坦诚坚定的《追》，亦有袒露心扉向全世界说"爱"的《月亮代表我的心》。此时张国荣的声音已没有退出前那般清澈，略带沙哑却同样迷人。他似有意压抑着嗓音，将缠绵的曲调唱得百转千回，让听者的心随之颤动——恰如黄霑所言，"像陈年干邑，醇厚动听"，令人欲罢不能，回味无穷。

一些作品的组合呈现，更是让经典之间产生了神奇的化学反应——*Hotel California*（《加州旅馆》）的前奏被巧妙地运用到《爱慕》中，《怨男》《偷情》《想你》的剪接则将戏剧效果拉满。而《今生今世》《有心人》《阿飞正传》《当爱已成往事》等电影歌曲的演绎让张国荣再度化身片中人，听者亦随之陶醉于顾家明、阿飞、程蝶衣等角色的转换之中。

"哥哥"的劲歌热舞收放自如，性感撩人——《红》，他脚踩红色高跟鞋，跳起贴面舞，好似妖娆的火焰升腾，他是最绝色的伤口，天姿国色不可一世，颠倒众生吹灰不费；《偷情》，他身着黑色浴袍，一探身露出胸口的玫瑰，暧昧地笑着往宝石戒指上呵气，鼓风机吹得浴袍飞扬，这一刻，他就是舞台的王！

◆《跨越 97 演唱会》CD

　　演唱会最后，张国荣将《月亮代表我的心》送给母亲和挚爱唐先生，这首歌从此成为一首只能唱给最爱的情歌……

　　对于欣赏张国荣的人来说，为"跨越 97 演唱会"赋予再多的溢美之词都显得无力——它似乎是一场只可意会不可言传的美梦，是坠入深渊的诱惑，让人忽略性别，意乱心迷。

◆《跨越 97 演唱会》再版黑胶

经典曲目

　　劲歌热舞串烧一直是张国荣演唱会的保留节目，从早期的青涩，到告别歌坛前的流光溢彩，直至复出后的性感前卫。其中，华星时期的劲歌组曲总能给人以全新的感觉，又尤以"跨越97"的演绎最具风情——《恋爱交叉》的录音室版本，张国荣的唱稍显用力过度，听上去有种矫枉过正的感觉；1997年的现场版，发音的随性和尾音的上扬处理让这首作品焕发出性感迷人的光彩。接下来的《打开信箱》，他也一改十年前的一本正经，演唱中加入不少顽皮和随意。而到了《蓝色忧郁》，"哥哥"与女舞伴拖着手来回走动的表演，尽显其不凡的舞蹈天赋。《黑色午夜》和《MONICA》，他同样用随心的诠释替代了以往的发力演绎，举手投足间，丰盈的情感随着低吟浅唱倾泻而出……此时的张国荣，已经将情感表达融入骨血之中，对唱腔和肢体语言的把控，完全没了刻意的表演痕迹。

　　"跨越97"是一场即使不看画面，只听《红》与《偷情》，就能让人死心塌地爱上

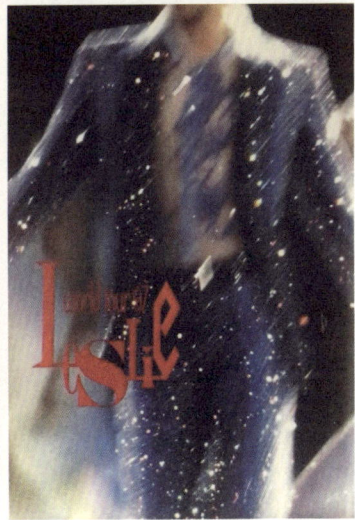

◆《跨越 97 演唱会》不同版本、介质音像制品及场刊

的演唱会。张国荣对舞台的驾驭显现出更高的造诣，情绪的酝酿和切换迅速自如。往往一曲唱罢，观众还陷在情绪里，他已转身抽离。《红》和《偷情》，便是如此惊艳撩人。

☆ 收藏指南

CD 介质的《跨越 97 演唱会》首推香港首版，环保纸盒包装，带有厚本写真。内地版 CD 由上海音像出版社发行，包括日后星外星发行的再版，均不见环保纸盒包装，仅为普通 CD 包装。当年，这张制作精良的 LIVE 实录躺在香港汉口路 HMV 旗舰店处理唱片的货架上，只要 15 港币就可以买到。我一口气买下多张，作为礼物送给身边的"哥迷"，众人皆爱不释手。

《跨越 97 演唱会》的黑胶有两次再版，一次是二度再版的 12 吋红色、紫色双彩胶，而首次再版的 12 吋彩胶在市场上更受欢迎，其中限量编号版最为抢手。相比 CD 和黑胶，这场演唱会的盒带版本极为罕见，特别是新马版、韩国版盒带，成为藏家苦寻的珍品，内地引进版盒带因歌词原因删除了一首串烧。

对于这场演唱会，一定要 CD 和 VCD（或 LD、DVD）对照欣赏。相较 1997 年滚石唱片发行的音乐专辑，正式发行的视频中删去了《柔情蜜意》《侬本多情》《啼笑姻缘》《只怕不再遇上》《热辣辣》《深情相拥》《为你钟情》。而除夕倒数和尾场的告白，则被保留在正式发行的视频中，音乐专辑并未收录。此外，《侬本多情》和《啼笑姻缘》两首歌网络上有独立的视频流传，也有日本歌迷拍下了《为你钟情》的现场片段。

见证历史的"跨越 97 演唱会"还有 VHS 介质，韩国版的录像带制作水准不俗，在收藏市场极为罕见。而它的 LD 版本有精装和简装两种，精装有硬纸盒包装，格外精致有心。

对于这次演唱会的记录，不同介质有三个不同的封面。日本版的 CD 和 DVD 都采用了张国荣的黑色半身像，韩国录像带和 CD 版本大多采用港版的红色半身像封面，而港版 LD 和 VCD、DVD 则使用"哥哥"舞台造型中的经典红色高跟鞋作为封面。

专辑名称:《告别乐坛演唱会》(*FINAL ENCOUNTER OF THE LEGEND*)

唱片编号: 846301-1(黑胶) 846301-2(CD) 846301-4(盒带)

发行时间: 1990 年 8 月 31 日

发行公司: 宝丽金唱片、恒星娱乐

专辑类型: 演唱会现场实录

首版介质: 黑胶、CD、盒带

专辑特色:

　　这场演唱会被喻为香港最为经典的演唱会之一,张国荣精湛的歌艺、出色的舞台驾驭能力令歌迷如痴如醉。有评论说:"他是最好的舞台表演者,他在台上的歌或舞、动或静都充满魅力,他这么红是有道理的。"

唱片曲目:

SIDE A

01.《OPENING/ 为你钟情》

02.《侧面》

03.《寂寞夜晚》

04.《MEDLEY:蓝色忧郁 / 少女心事 / 不羁的风 / MONICA》

05.《当年情》

SIDE B

01.《MEDLEY：童年时 / 似水流年 / 但愿人长久》

02.《千千阙歌》

03.《请勿越轨》

04.《爱慕》

05.《想你》

06.《无心睡眠》

SIDE C

01.《MEDLEY：有谁共鸣 / 沉默是金》

02.《倩女幽魂》

03.《MISS YOU MUCH》

04.《暴风一族》

05.《由零开始》

06.《共同渡过》

SIDE D

01.《风继续吹》

02.《明星》

03. *THE WAY WE WERE*

04.《风再起时》

专辑评分：★ ★ ★ ★

收藏指数：★ ★ ★ ★

唱片市值：★ ★ ★ ★

张国荣在 1989 年发行的粤语大碟、普通话唱片、翻唱专辑皆诚意满满——《侧面》（《LESLIE》）是张国荣在新艺宝时期的一张超级佳作；《兜风心情》是他退出歌坛前的最后一张普通话唱片，集齐了他在新艺宝后期招牌金曲的普通话版本；《SALUTE》成就了华语歌坛翻唱专辑的不朽经典；《FINAL ENCOUNTER》作为张国荣退出歌坛之前的最后一张大碟，尽显他驾驭不同风格歌曲的能力。

这一年，张国荣蝉联香港十大劲歌金曲颁奖典礼最受欢迎男歌手奖；在代表民意和电台播放频次的首届叱咤乐坛流行榜颁奖典礼中，他获得叱咤乐坛男歌手金奖，并凭借专辑《侧面》获得叱咤乐坛大碟 IFPI 大奖——放眼香港乐坛，"哥哥"已经孤独求败。然而此时，他却对这个圈子感到了厌倦。

1989 年 9 月 18 日，刚过完 33 岁生日的张国荣召开记者会，宣称将公布新一轮巡演计划。现场，记者们看到匾额上的"告别乐坛"四个字错愕不已，原定 23 场的演唱会，门票三天售罄，主办方不得不一再加场。最终，张国荣在红馆连唱 33 场，并坚持以此与自己的年龄呼应，拒绝再加。而后，张国荣急流勇退，隐居加拿大。

"告别乐坛演唱会"无疑是张国荣前半程音乐生涯的极致展现，从中不仅可一窥他的演绎风格，亦可看到深深的时代烙印。三个小时的演出，他演唱了 40 多首歌曲，唱跳均未出现半点差错。看似随性、不羁的表演，是他彩排多时的呈现，更是他多年来对事业精益求精的结果。

演唱会中的歌曲令人印象深刻——《想你》的间奏，出现了歌迷的阵阵惊呼，此时的"哥哥"若无其事地解开衬衫的纽扣，一段销魂迷人的舞蹈性感得无以复加；《倩女幽魂》引发集体合唱，上万观众的和声被完整记录下来，制造出录音室版本无法企及的感动。加之《无心睡眠》的激情四溢、《侬本多情》的深情款款、《明星》的荡气回肠、《沉默是金》的大彻大悟……张国荣在动静之间成就了这场无法复制的歌坛经典。

◆《告别乐坛演唱会》黑胶

他对工作人员的尊重也得到了充分的体现——舞台上，他逐一介绍合作过的同事和朋友，表达自己的感恩之心，特别是在演唱《放荡》时，他用了很长时间介绍乐手、和音，激情澎湃的乐手分件 SOLO 让人回味不尽。

"告别乐坛演唱会"堪称东方文化艺术之美的综合典范。序幕拉开，从起始曲响起到尾曲封麦仪式结束，歌唱、舞美、情感、构思、表演，就连歌曲之间的衔接都犹如文学巨匠执笔般抑扬顿挫、开合自然、新奇巧妙、波澜壮阔。

因为唱片收录歌曲数量的限制，官方发行的专辑中缺少很多演唱会上的精彩呈现，但 27 首歌曲，亦足以记录下那一个个令人血脉偾张的激情夜晚。

对内地歌迷而言，"告别乐坛演唱会"是张国荣的封神之作。大家曾挤在一起，通

陪你倒数

THE LEGEND

◆《告别乐坛演唱会》黑胶内页

过录像带欣赏那模糊不清却时尚精彩的舞台画面，为"哥哥"的表演鼓掌喝彩，也在他含泪封麦、转身离开的瞬间泪流满面……

🎵 经典曲目

演绎《想你》时，张国荣一袭白衣黑裤站定于舞台，伴随一句"长夜冷冷"，他开始卷起袖管，继而在一个转身之后解开纽扣，半露胸口，以手抚心。接着，他以一段性感的舞动，道尽无助、无望和无奈，直至尾声，他脱下衬衣，袒露胸襟……那迷人的嗓音，对气息、情绪和节奏的精准把控，以及顾盼生情的演绎，无不散发出"哥哥"独有

◆《告别乐坛演唱会》VHS 及 VCD

　　的魅力，令他人无法企及。这首现场版的《想你》，因而成为录制室版不可替代的经典。

　　《风继续吹》则浓缩了张国荣前半生的纠结酸楚，他唱到动情处不禁哽咽啜泣，满怀急流勇退的伤感与无奈。

☆ 收藏指南

　　"告别乐坛演唱会"除了首版的黑胶、盒带及 CD 介质外，亦有很多视频介质发行——官方版（卡拉 OK 版）的曲目有所删减，1990 年由恒星娱乐发行，介质为 LD，声像效果俱佳，日后则有 VCD 及 DVD 再版。而无删节版的介质只有 VHS，即录像带，同样由恒星娱乐于 1990 年发行，画质和音质都不甚理想。

　　《告别乐坛演唱会》的音像制品有两种不同封面，一种为张国荣仰头全身像（LD、VHS、飞图版 CD），一种为红底色配合张国荣中景演出照片。因为"告别"的噱头和张国荣早期金曲云集的卖点，这张 LIVE 实录售价不菲。

　　收藏市场中，最昂贵的是香港首版黑胶，其韩国版黑胶较之"哥哥"其他韩版黑胶，制作基本还原了港版水平，市场价值逊色于港版。

　　CD 版本中，除了香港首版为韩国压制，编号 T113 01，还有罕见的飞图双 CD 版本，市场售价极高。盒带版本常见香港版和新马版，均为双盒带装。

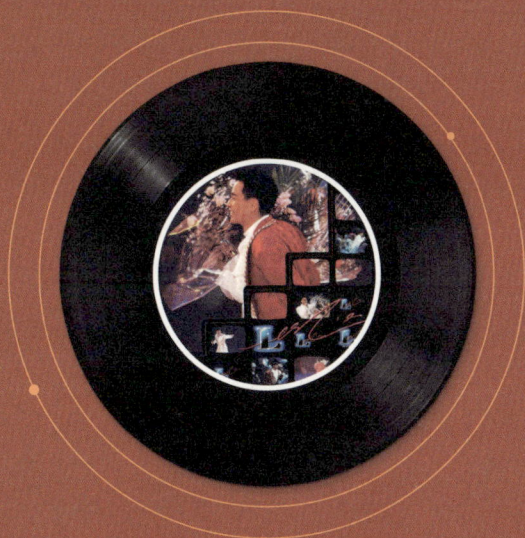

专辑名称：《百事巨星演唱会》（*Leslie IN CONCERT' 88*）

唱片编号：CP-1-0020；0021（黑胶） CP-5-0020（CD）

CP-8-0020；0021（盒带）

发行时间：1988 年 10 月

发行公司：新艺宝唱片

专辑类型：演唱会现场实录

首版介质：黑胶、CD、盒带

专辑特色：

1988 年，张国荣的声音醇厚迷人，他的演唱会较之日后相对传统。因为对戏曲的迷恋，以及在古装影视剧中的经典形象深入人心，张国荣在此次演唱会上呈现出多元化的艺术驾驭能力，特别是对戏曲和小调的演绎，让歌迷感受到他流行时尚之外的不同"侧面"。

唱片曲目：

DISC 1

01.《贴身》

02.《HOT SUMMER》

03.《热辣辣》

04.《爱慕》

05.《MEDLEY：H$_2$O / 黑色午夜 / 隐身人 / 第一次 / STAND UP》

06.《想你》

07.《奔向未来日子》

08.《客途秋恨》

09.《胭脂扣》

10.《倩女幽魂》

11.《访英台》

DISC 2

01.《爱的凶手》

02.《拒绝再玩》

03.《无心睡眠》

04. *STORIES*

05.《最爱》

06.《无需要太多》

07.《风继续吹》

08.《共同渡过》

09.《沉默是金》

专辑评分：★★★☆

收藏指数：★★★★

唱片市值：★★★☆

较之 1985、1986 年，1988 年的张国荣绝对配得上演唱会名称中的"巨星"二字，宁采臣的清新脱俗、十二少的风流倜傥都在舞台上得到淋漓尽致的展现。"百事巨星演唱会"无论形式还是节奏，都有了明显的丰富和变化。没有年少时被人把帽子反甩上台的尴尬，没有日后被记者用异样眼光看待的高跟鞋和长发，此时的"哥哥"有的尽是一个男人意气风发的开朗和明亮，他常常会像孩子一样露出轻松调皮的笑容，带给人温暖和感动。这种安全感、幸福感让他的舞台演绎洒脱不羁、从容不迫。

大概再没有人如张国荣一般在演唱会上唱粤剧、南音、黄梅戏这样的地方戏曲，一张长榻、一盏油灯、一件马褂长衫，让不管有没有听过粤曲的人都认认真真地听他唱着"凉风有信，秋月无边"……当年香港邵氏那部风靡一时的电影《梁山伯与祝英台》让港人对黄梅戏有了亲切的认同感，其中的这段《访英台》被诸多歌坛巨星演绎过，11 岁的邓丽君在黄梅调歌唱比赛中正是凭借此曲一鸣惊人，从此开启了她辉煌的艺术生涯。张国荣的诠释，与当年邓丽君、凌波的版本有着明显不同，歌词减半是其一，重新编曲节奏更轻快是其二，如若再逐字逐句看，差别更甚。黄梅戏唱腔中的方言性原本很容易在唱词的韵声上体现出来，凌波的演绎建立在黄梅时代曲的基础之上，这一点被忽略掉了，反倒是尊重传统的张国荣凭借天生的乐感与后天的勤勉，牢牢抓住了那韵味，每一句都字正腔圆得令人惊叹，诠释出更贴近黄梅戏的原汁原味。

"百事巨星演唱会"除了引入传统艺术形式，张国荣在劲歌热舞上的表现亦堪称完美，尤其是《侧面》，可谓他舞台生涯最经典的 LIVE。不羁中流露出纯真，台风夸张，充满激情，整场演唱会的精彩程度不在"告别乐坛演唱会"之下。

张国荣是华语乐坛将传统与现代融会贯通的先行者，古典和潮流被他融合得天衣无缝。"百事巨星演唱会"上，张国荣演绎了李宗盛作曲的《最爱》，在舞蹈演员的簇拥下，舞台中央的他长身玉立，丰神俊朗，气度不凡，举手投足间散发出富贵逼人的

◆《百事巨星演唱会》黑胶

气质。他充满古典韵味的演唱醇厚浓郁，倾倒众生。相比"跨越97"和"热·情"两场封神之作，"百事巨星"的氛围更加和谐亲切。尽管 1988 年的舞美、服装、灯光、造型等与当下完全不可相提并论，张国荣的倾情演绎还是让他自成一派，不愧是为舞台而生的王者。

◆《百事巨星演唱会》黑胶封底

🎵 **经典曲目**

这场演出中最经典的桥段，要数张国荣一袭古装，演绎《胭脂扣》和《倩女幽魂》。他甚至自嘲："我现在可是电影的福星，所有和我合作的男演员和女演员都会拿

◆《百事巨星演唱会》黑胶附赠海报

奖，但我却什么都没有。所以我决定还是在红馆多唱些歌给大家听。"

　　与梅艳芳版的《胭脂扣》相比，张国荣的演绎配合现场大屏幕的电影画面，更加哀怨缠绵。台上的他几乎进入了忘我的境界，把自己完全融入歌中。那句"誓言化作烟云字"一出，那花牌、那娇笑低语竟都历历在目，"哥哥"的娓娓道来把观众带入戏中，他柔中带刚的嗓音让人不能自已地为他心碎，原来他真不该是这世上应有的人，不过是来这世上走了一遭，而我们是多么幸运能与他相遇！他的神采盖过射向舞台的所有灯光，他的声音牵动每个人的心弦……当然，《客途秋恨》《访英台》同样带给观众诸多惊喜，张国荣对传统艺术的驾驭，让他时尚前卫的演唱会更加丰富、多元。

　　STORIES 的原唱是比利时女歌手 Victor Laszlo，翻唱方面有齐豫珠玉在前，张国

◆《百事巨星演唱会》T113 银圈版 CD

◆ 百事可乐联合新艺宝唱片推出的张国荣精选歌曲盒带，当时只作为赠品发放

荣的现场版丝毫不逊色，无论英伦味道十足的念白，还是深情款款的吟唱，都令人听出耳油。这是一首独白与吟唱并重的歌，很多人却偏爱独白，"哥哥"浑厚的声音少了几许女孩的细腻，却多了一份略显壮阔的悲情，回忆的哀愁在低缓感性的诵读中弥漫开来，听上去浅浅的、淡淡的，其实早已浓得化不开……

☆ 收藏指南

《百事巨星演唱会》的黑胶版本是张国荣演唱会实录唱片收藏的精品，而黑胶介质也最完美地还原了"哥哥"惊艳的 LIVE。在 CD 版本中，T113 银圈版极为罕见，不可多得。这场演唱会还发行了 VHS，当年在内地大量传播。盒带版本为双盒带、双封面，透明带身。

值得一提的是，这场演唱会也有内地引进版，其中盒带收录 18 首歌，而 CD 版本只有单碟片，收录曲目仅 10 首。内地引进单位为浙江文艺音像出版社，演唱会名称变成了"张国荣最爱演唱会"。

专辑名称:《曼谷演唱会》

唱片编号: PRO CDN–153

发行时间: 2009 年

发行公司: PRO MEDIAMART（泰国）

专辑类型: 演唱会现场实录

首版介质: CD

专辑特色:

　　第一次被正式记录的张国荣现场演出，是他成名前舞台状态的清晰写照。

唱片曲目:

01.《Opening / 让我飞》

02.《Casablanca / 片段》

03.《你的眼神》

04.《身体语言》

05.《随想曲 / 倦》

06. *You Drive Me Crazy*

07.《白金升降机》

08.《昴 / 星》

09.《激光中》

10.《OH CAROL / 那一记耳光》

11.《让我奔放 / 心里有个迷》

12.《浣花洗剑录》

专辑评分： ★ ★ ★

收藏指数： ★ ★ ☆

唱片市值： ★ ★

提起张国荣成名前的青涩过往，很多人都会首先想到他在亚洲歌唱大赛中过关斩将，以一首 *American Pie* 技惊全场。而 2009 年发行的《曼谷演唱会》唱片，则真实记录了张国荣成名前奔走演出的"黑历史"。

电视剧集在海外的热播，让尚未在香港歌坛立足的张国荣率先在泰国拥有了一批忠实拥趸。有报道记载，1982 年，张国荣在新、马、泰人气甚盛，演技获得肯定让年轻的"哥哥"备受鼓舞。

1983 年 8 月 26 日至 28 日，张国荣应邀在泰国曼谷文华酒店举办了三场音乐会。与其说这是演唱会，不如说是一次走穴。当年香港的当红歌手都有在夜总会走穴的经历，而东南亚一带的商业演出，可以让他们赚得盆满钵满。张国荣曾毫不讳言，曼谷演唱会三天的收入，已经赶超了他此前不久主演电影《杨过与小龙女》的片酬。

简单的舞台、粗糙的制作、劣质的收音效果……这次酒店演唱会的规格甚至不如今天的 LIVE HOUSE（现场演出场馆）专场，张国荣唯有靠一副天生的好嗓子和巨星初现的舞台气质征服观众。三天的演出场场爆满，每天 1400 名歌迷如痴如醉，观众人数之多、场面之火爆令人始料未及，张国荣甚至要边唱歌边维持秩序，并不时提防歌迷突然的举动。众人的热情让现场数度失控，更有甚者纷纷争抢"哥哥"的演出服，让舞台上 27 岁的他尴尬不已……当下回看，要感谢张国荣的认真和敬业，让我们得以从这次"走江湖"式的商业演出中欣赏到他青春逼人、激情四射的舞台表演。

"曼谷演唱会"中，张国荣用自己对经典老歌的诠释致敬着温拿、陈洁灵、关正杰、罗文、徐小凤、叶德娴等粤语歌坛的拓荒者。美中不足的是，刚刚过档华星唱片的张国荣彼时刚刚发行经典大碟《风继续吹》，或许是担心新作不能引发泰国歌迷的共鸣，除了他被选派参加第一届夏威夷音乐节时演唱的《让我飞》之外，"曼谷演唱会"流传下来的现场版本中，别无《风继续吹》中的完整作品，哪怕是"哥哥"钟爱的

◆《曼谷演唱会》CD

《片段》，也只是作为英文原版 *Casablanca* 的结尾呈现。

泰国 PRO MEDIAMART 出版发行的《曼谷演唱会》CD，因存储容量有限，只收录了 12 首歌，张国荣对关正杰的《恨绵绵》、陈百强的《偏偏喜欢你》、雷安娜的《旧梦不须记》等经典歌曲的现场演绎，都无缘呈现。

时年 27 岁的张国荣摆脱了出道初期的"鸡仔声"，又尚未形成后期飘逸随性的唱法，一把醇厚低沉的嗓音特别适合演唱《倦》《随想曲》等带有古风的作品。在后来发行的 DVD 模糊的画面中，张国荣迷人的声线和《旧梦不须记》惆怅追忆、凄然叹喟的意境浑然一体，相较雷安娜的版本，"哥哥"的演绎在情绪表达上内敛得恰到好处，每个字都压得住，哀而不怨，多一分就刻意了，少一分则不得味。

美国歌手 Don Mclean 是张国荣的偶像，*American Pie* 就是 Don Mclean 创作并演唱的。在"曼谷演唱会"上，"哥哥"又翻唱了他 1971 年为纪念荷兰印象派画家凡·高创作的歌曲 *Vincent*，短短几句便引发一片惊呼。

值得一提的是，张国荣将演唱会的最后一首歌留给了汪明荃原唱的《勇敢的中国人》，在海外歌迷面前彰显出自己赤诚的中国心。

演出中，张国荣还展现了他超强的语言天赋，英语、泰语、普通话、粤语轮番登场，泰国歌迷对此颇为受用。幸运的是，这张现场 CD 保留了"哥哥"的串场口白，他纯正的英文发音和性感的粤语道白成为这张 LIVE 唱片的一大亮点。

随后发行的 DVD 版本，则呈现出此次演唱会更多的尴尬——整场演出张国荣居然甚少出现在灯光的"关照"之下，可见主办方的敷衍，"黑炭荣"的绰号也由此而来。零距离的舞台则为现场观众"为所欲为"提供了便利，即使不时有人冲上台尴尬地寻求合影，也不会受到安保人员的阻拦，而斯文腼腆的"哥哥"一一满足了大家献花、合影甚至更加过分的亲密接触的要求……

"曼谷演唱会"的 CD 固然有它的意义和价值，但它粗糙的制作一直被细心的歌迷诟病——封面和盘面上，张国荣的英文名（Leslie Cheung）居然被错印成"LESLIE CHANG"……

⊚ 经典曲目

张国荣走红前于商演中诠释的一些经典歌曲，日后经过重新填词，被收录在他的专辑中，比如 *Casablanca*。这首歌经过"哥哥"亲自填词，成为他华星时期首张大碟《风继续吹》中的粤语经典遗珠《片段》。除"曼谷演唱会"的"拼接"呈现之外，张国荣在成名后的"夏日百爵演唱会"上完整演绎了《片段》，足见他对这首作品的热爱。

早年间，张国荣有意模仿前辈罗文的唱腔是不争的事实，《激光中》是罗文的招牌作品，也是香港说唱的试水之作，"哥哥"的现场翻唱，让这首歌激情四射，弥散出激情无限的青春活力。

☆ 收藏指南

2009 年，PRO MEDIAMART 在泰国率先发行了《曼谷演唱会》的现场 CD，2014年夏天又推出单碟 DVD。尽管受限于当年的技术条件，这次 LIVE 的 CD 音质与 DVD画质都很一般，且很多"哥迷"不喜欢购买泰国唱片公司出版发行的音像制品，但因为这是张国荣音乐旅程的第一次专场演出，记录着他青涩时期的舞台表现，仍旧很有聆听和收藏价值。

你所知的我其实是那面……

张国荣的创作才情

不得不佩服这些香港殿堂级的音乐家，谭咏麟、陈百强、林子祥、黄家驹……他们均是创作高手，他们创作的旋律和他们的歌声一样经典隽永。对比同时代音乐人，张国荣同样在创作上有着不俗的表现。他或许并不高产，却首首皆为精品。如果说"哥哥"在舞台上展现的是他绚烂夺目的绝代风华，那么高光背后的创作作品则为我们打开了走近他的美丽新世界。特别是他对旋律的构建，无不流露出其炫目表象下的真实才情。

张国荣的早期创作，即便略显青涩，仍有着明显的张国荣风格。一路走来，在岁月的锤炼中，他的作品也如同人一般，渐渐变得成熟与专业。张国荣的创作在他退出歌坛之后，有了境界上的全面提升，他为主演的电影所作的歌曲，尤其鲜明地显现出与他本人形神合一的风貌，比如为《白发魔女传》所作的《红颜白发》，以简单的三个大和弦写就，朴素实用。《夜半歌声》《一辈子失去了你》《深情相拥》三首歌虽呈现不同的面貌，却拥有一些技法上的共性——它们都运用了转调，用了很多跨度较大的音程，用了许多半音，因此具备了西方音乐的调性，散发出歌剧或音乐剧音乐的抒情咏叹味道，同时不乏现代流行音乐的节奏感，仿若一幅以红黄为主、色调浓稠的古典油画与二十世纪九十年代光影语言的结合。

2002年，张国荣作曲的《这么远 那么近》被香港作曲家及作词家协会（CASH）授予金帆音乐奖最佳另类作品奖。可见，很难找到精准的词语定义"哥哥"收放自如、随心所欲的创作风格，如此说来，"另类"恰恰应和了他的不羁与神秘。

◆ 《东成西就》电影原声黑胶

作词部分

客观而言，张国荣的填词功力一般，《片段》《情自困》情感真挚，却不够动人。反倒是电影《东成西就》中，他即兴为《双飞燕》创作的新词让人惊艳——十足的古诗词味道和粤曲韵味，足见他对文学和曲风的把握之精准。

《双飞燕》本不算张国荣的作品，或许是他与梁家辉的这段表演实在太过经典，中央电视台《第10放映室》栏目每每制作张国荣或香港喜剧、歌舞的专题时，总会剪辑这一段加以赞扬。

在此之后，张国荣专注于旋律创作，填词则交由那些更具天赋的词作者，双方珠联璧合，成就了更多伟大的作品。

附：张国荣作词作品（5 首）

01.《情自困》（出自 1983 年专辑《张国荣的一片痴》）

　　作曲：徐日勤　编曲：徐日勤

02.《爱火》（出自 1986 年专辑《爱火》）

　　作曲：林哲司　编曲：姚志汉

03.《烈火灯蛾》（出自 1989 年专辑《侧面》）

　　作曲：张国荣、许冠杰　编曲：卢东尼

04.《TO YOU》（出自 1990 年韩国发行大碟《TO YOU》,《天使之爱》英文版）

　　作曲：周治平

05.《双飞燕》（1993 年电影《东成西就》插曲,《做对相思燕》改编）

　　作曲：任光　编曲：雷颂德

◉ 作曲部分

　　张国荣作曲并非科班出身，他甚至不熟悉用五线谱，这反而造就了属于他的作曲特点。制作人唐奕聪在回忆张国荣的创作时说："张国荣作曲水准甚高。他会先把作好的曲记在脑中，他的记忆力很好，一来到便可把整首歌哼出来给我听，让我配上和弦。"

　　若果真如此，那么张国荣在旋律创作上可谓天赋异禀，因为这样的哼唱很容易造成风格雷同，他的作品却变化万千，古典、民谣、摇滚，不一而足——既有《想你》《由零开始》这样的舒缓情歌，又有澎湃大气的《风再起时》《红颜白发》，还有戏剧感强烈的《夜半歌声》《深情相拥》，绕梁三日的《我》《玻璃之情》，也有妖娆华丽的《红》《这么远 那么近》，更不乏《大热》这般的劲歌经典……在张国荣的创作道路上，前期的赵增熹，后期的唐奕聪，都起到过重要的辅助作用。

　　很多歌迷最早熟悉的张国荣作曲作品，是《沉默是金》。因为有许冠杰和"哥哥"联袂演唱的版本，加之许冠杰又是创作歌手，金曲无数，所以很容易让人产生《沉默是金》是由许冠杰作曲的错觉。的确，这首歌的风格很像他早期的《浪子心声》。事实上，这首五声音阶的作品出自张国荣之手，加之编曲上借鉴了古筝名曲《渔舟唱晚》，充满浓浓古韵，成为以中式曲风创作粤语流行歌的经典代表。

《想你》是张国荣歌曲创作的处女作，非常符合二十世纪八十年代的审美——曲调舒缓，朗朗上口，小美的填词让深陷恋爱中的无奈与悲情呼之欲出。值得一提的是，在这首歌的副歌段落，张国荣颇具匠心地连用几个相同的音节，使之成为他早期作曲作品的代表。彼时，张国荣作品的旋律走向称不上惊喜，好在他对旋律的掌控功力独到，因此他的作品可以得到歌迷以及乐评人的双重认可。

张国荣曾于 2000 年和 2002 年两度被香港作曲家及作词家协会任命为音乐大使，协会主席赞扬他的创作极具个性。或许是"哥哥"的外表太过抢眼，极少有人以创作歌手来定义张国荣，如果未经统计恐怕很难相信，为他创作最多的作曲者竟是他本人（排名第二位的是黎小田，共为张国荣创作歌曲 22 首，其中 2 首作品为一曲双词，即同一首曲子分别填写了粤语和普通话歌词出版）。

在张国荣的所有专辑中，共 33 首作品由他本人作曲，他演唱了其中的 31 首，8 首为一曲双词——普通话歌曲《为你》《明月夜》《在你的眼里看不见我的心》《直到世界没有爱情》《作伴》《你是明星》《发烧》《我》都有其对应的粤语版本。

附：张国荣作曲作品（33 首）

01.《想你》（出自 1988 年专辑《VIRGIN SNOW》）
　　作词：小美　编曲：Iwasaki Yasunori

02.《为你》（出自 1988 年专辑《拒绝再玩》，《想你》普通话版）
　　作词：刘虞瑞　编曲：Iwasaki Yasunori

03.《沉默是金》（出自 1988 年专辑《HOT SUMMER》）
　　作词：许冠杰　编曲：鲍比达

04.《共创真善美》（出自 1988 年混音 EP《Leslie REMIX 行动》）
　　作词：潘源良

05.《由零开始》（出自 1989 年专辑《侧面》）
　　作词：小美　编曲：藤田大土

06.《烈火灯蛾》(出自 1989 年专辑《侧面》)

作词：张国荣、许冠杰　编曲：卢东尼

07.《在你的眼里看不见我的心》(出自 1989 年专辑《兜风心情》,《由零开始》普通话版)

作词：宋天豪　编曲：藤田大土

08.《明月夜》(出自 1989 年专辑《兜风心情》,《沉默是金》普通话版)

作词：谢明训　编曲：鲍比达

09.《直到世界没有爱情》(出自 1989 年专辑《兜风心情》,《烈火灯蛾》普通话版)

作词：范俊益　编曲：卢东尼

10.《风再起时》(出自 1989 年专辑《FINAL ENCOUNTER》)

作词：陈少琪　编曲：黎小田

11.《深情相拥》(出自 1995 年专辑《宠爱》)

作词：黄郁、莫如升　编曲：鲍比达

12.《夜半歌声》(出自 1995 年专辑《宠爱》)

作词：莫如升　编曲：梁伯君

13.《一辈子失去了你》(出自 1995 年专辑《宠爱》)

作词：厉曼婷　编曲：梁伯君

14.《红颜白发》(出自 1995 年专辑《宠爱》)

作词：梁伟文　编曲：梁伯君

15.《有心人》(出自 1996 年专辑《红》)

作词：梁伟文　编曲：辛伟力

16.《意犹未尽》(出自 1996 年专辑《红》)

作词：梁伟文　编曲：辛伟力

17.《红》(出自 1996 年专辑《红》)

作词：梁伟文　编曲：江志仁

18.《以后》(出自 1998 年 EP《这些年来》)

作词：梁伟文　编曲：周国仪、陈爱珍

19.《作伴》(出自 1998 年专辑《Printemps》,《以后》普通话版)

作词：姚若龙　　编曲：周国仪、陈爱珍

20.《寂寞有害》(出自 1999 年专辑《陪你倒数》)

　　作词：梁伟文　　编曲：江志仁

21.《小明星》(出自 1999 年专辑《陪你倒数》)

　　作词：梁伟文　　编曲：Alex San

22.《你是明星》(出自 1999 年专辑《陪你倒数》,《小明星》普通话版)

　　作词：梁伟文　　编曲：Alex San

23.《我》(出自 2000 年专辑《大热》)

　　作词：梁伟文　　编曲：赵增熹

24.《我》(出自 2000 年专辑《大热》,《我》普通话版)

　　作词：梁伟文　　编曲：赵增熹

25.《大热》(出自 2000 年专辑《大热》)

　　作词：梁伟文　　编曲：唐奕聪

26.《发烧》(出自 2000 年专辑《大热》,《大热》普通话版)

　　作词：梁伟文　　编曲：唐奕聪

27.《这么远 那么近》(出自 2002 年 EP《CROSSOVER》)

　　作词：黄伟文　　编曲：李端娴

28.《如果你知我苦衷》(出自 2002 年 EP《CROSSOVER》)

　　作词：梁伟文　　编曲：梁基爵

29.《玻璃之情》(出自 2003 年专辑《一切随风》)

　　作词：梁伟文　　编曲：Daniel Ling

30.《敢爱》(出自 2003 年专辑《一切随风》)

　　作词：黄敬佩　　编曲：唐奕聪

31.《红蝴蝶》(出自 2003 年专辑《一切随风》)

　　作词：周礼茂　　编曲：唐奕聪

32.《我知你好》(出自 2003 年专辑《一切随风》)

　　作词：陈少琪　　编曲：唐奕聪

33.《挪亚方舟》(出自 2003 年专辑《一切随风》)

作词：周礼茂　编曲：Adrian Chan

附：张国荣作曲作品提名及获奖情况

《沉默是金》：

第十一届香港电台十大中文金曲奖

第六届无线电视十大劲歌金曲奖

《由零开始》：

第七届无线电视十大劲歌金曲奖

《红颜白发》：

第三十届台湾电影金马奖最佳原创歌曲奖

《夜半歌声》：

第十五届香港电影金像奖最佳电影歌曲提名

第三十二届台湾电影金马奖最佳电影歌曲提名

《有心人》：

第十六届香港电影金像奖最佳电影歌曲提名

第三十三届台湾电影金马奖最佳电影歌曲提名

《大热》：

第二十三届香港电台十大中文金曲奖（退出领奖）

《发烧》：

雪碧中国原创音乐榜金曲奖

《我》：

香港作曲家及作词家协会（CASH）我至爱的中文金曲冠军

《这么远 那么近》：

第三届华语流行乐传媒大奖十大华语歌曲奖

香港作曲家及作词家协会（CASH）金帆音乐奖最佳另类作品奖

◉ 为他人创作部分

除了自己演唱，张国荣还为他人创作了很多首脍炙人口的作品，周慧敏的《如果你知我苦衷》是其中名气最大的一首。顺带一提，1993 年周慧敏的《流言》专辑收录了《如果你知我苦衷》的普通话版《从情人变成朋友》，这首歌在台湾地区亦有不小的流行度。

王菲也演唱过张国荣的创作，这首《忘掉你像忘掉我》作为《白发魔女传2》的剧中曲为人所知。严格来说，这不算张国荣为王菲量身打造，不过这首歌与张国荣的《红颜白发》难脱干系，甚至被认为是姊妹作品——一方面，两首歌与《白发魔女传》相关；另一方面，都由张国荣、梁伟文合作创作，妙还妙在两首作品都以"发白透"收尾形成呼应，可见填词之用心。

此外，陈盈洁、黄翊、麦洁文、许志安、童安格、张智霖、陈冠希等都演唱过张国荣创作的歌曲，共计 9 人 11 首（周慧敏、陈冠希为一曲双词），童安格的《风再吹起》即张国荣《风再起时》的普通话版。

附：收录在他人专辑中的张国荣作曲作品（11 首）

01.《海海人生》（1988 年，《沉默是金》闽南语版，中视《盖世皇太子》片尾曲）
　　演唱：陈盈洁　作词：娃娃

02.《太阳伞下》（出自 1989 年专辑《冬季等到夏季》）
　　演唱：黄翊　作词：潘伟源

03.《一晚》（出自 1990 年专辑《毕生难忘》）
　　演唱：麦洁文　作词：林振强　编曲：杜自持

04.《永远怀念你》（出自 1990 年专辑《爱情没理由》）
　　演唱：许志安　作词：梁伟文　编曲：郭小霖

05.《如果你知我苦衷》（出自 1992 年专辑《Endless Dream》）
　　演唱：周慧敏　作词：梁伟文

06.《从情人变成朋友》(出自 1992 年专辑《流言》,《如果你知我苦衷》普通话版)

　　演唱：周慧敏　　作词：姚若龙

07.《忘掉你像忘掉我》(出自 1993 年专辑《十万个为什么》，电视剧《白发魔女传 2》主题曲)

　　演唱：王菲　　作词：梁伟文

08.《风再吹起》(出自 1994 年专辑《现在以后》)

　　演唱：童安格　　作词：林明阳

09.《自首宣言》(出自 1994 年专辑《CHILAM》)

　　演唱：张智霖　　作词：潘源良

10.《极爱自己》(出自 2000 年专辑《陈冠希》)

　　演唱：陈冠希　　作词：梁伟文　　编曲：Adrian Chan

11.《欠了你的爱》(出自 2000 年专辑《陈冠希》,《极爱自己》普通话版)

　　演唱：陈冠希　　作词：梁伟文　　编曲：Adrian Chan

◉

像失色照片乍现眼前……

张国荣的派台单曲唱片

张国荣的实体唱片中，以首张专辑 *I Like Dreamin'* 最为罕有，堪称华语唱片收藏领域的无价之宝。除了这张 7 吋细碟之外，最高不可攀的一个收藏类别，当数"哥哥"的白版唱片（也有写作"白板唱片"）——唱片公司的派台单曲唱片。

白版唱片最早出现在二十世纪八十年代中期，唱片公司把歌曲压制成盘，然后套上白色封套，封套上一般会标注曲目名称与所派送的电台、节目、DJ 名称。一张新专辑在正式投放市场销售前，唱片公司会将其送给业内同仁和唱片店，希望他们给予意见或播放推广，为了区别于市售版本，部分白版黑胶的盘芯只贴一张白纸，有的盘芯则在市售版内容的基础上加印"for promotion only"（仅用于宣传）字样。

香港的白版唱片类似于日本的"见本盘"，这种实体唱片年代特有的音乐介质因其非正式发售的特殊宣传性质、极少的制作数量，备受"哥迷"追捧。虽被定义为"白版"，但有些单曲唱片有着漂亮的封面设计，它们和那些传唱度高的金曲白版成为精品中的精品。随着时间的推移，白版唱片有了素色封面，多了歌词页，印刷精良者丝毫不逊色于正式的专辑。再加上绝大多数白版唱片都是 45 转的黑胶碟，较之 33 转的普通黑胶播放出来的声音更为动听，又增加了其自身价值。

早期白版唱片多为 12 吋黑胶或盒带（又称白版带），后来黑胶唱片在香港淡出，取而代之的是打榜单曲 CD。这些 CD 的封套或碟面同样会印上诸如"宣传用""非卖品""Not for sale"（非卖品）等字样以防不法炒卖。

据说，当年香港的唱片公司寄送给电台 DJ 和业内同行的白版唱片无人问津，很多主持人会随手将它们卖给深水埗的二手唱片店。随着实体唱片日渐式微，这些产量低、包装特殊甚至内含特别混音版歌曲的稀罕物成为市场的宠儿。就张国荣而言，他的白版唱片在收藏市场可谓一枝独秀、奇货可居，单张身价早已过万，让很多"哥迷"望而兴叹。

这些"哥哥"的单曲唱片，就像一张张泛黄、失色的老照片，记录着逝去的过往和流行导向。

◆ 打榜单曲 CD

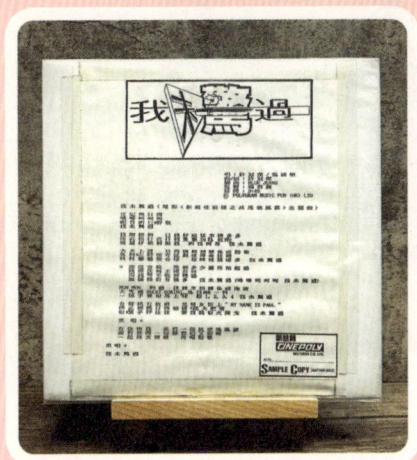

◆《我未惊过》白版黑胶

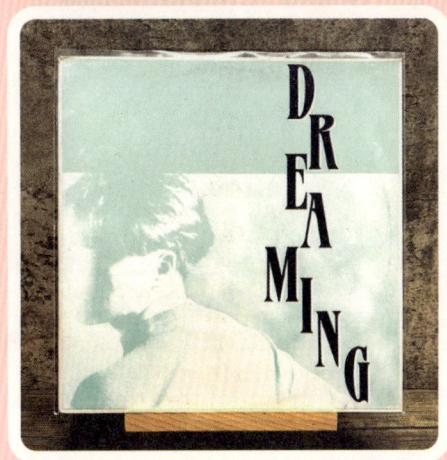

◆《DREAMING》白版黑胶

◆《MISS YOU MUCH》白版黑胶

◆《风再起时》白版黑胶

像失色照片乍现眼前……

◆《寂寞夜晚》白版黑胶

◆《从不知》白版黑胶

◆《明星》白版黑胶

◆《童年时》白版黑胶

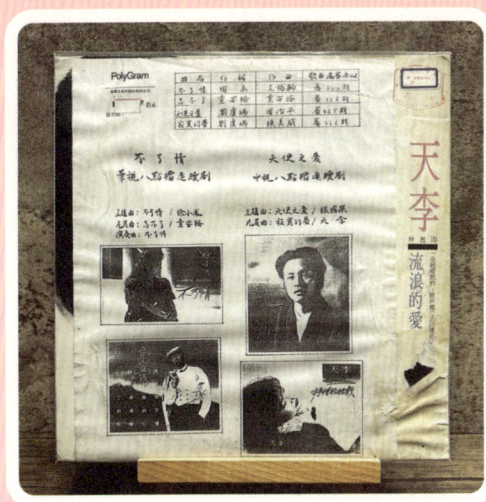

◆《天使之爱》白版黑胶

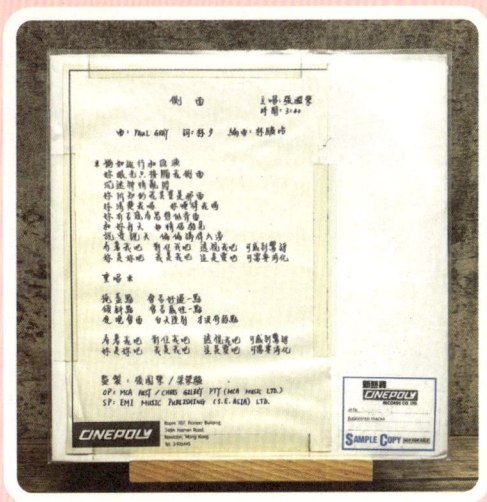

◆《侧面》白版黑胶

◆《别话》白版黑胶

◆《偏心》白版黑胶

◆《贴身》白版黑胶

◆《沉默是金》（港版）白版黑胶

◆《沉默是金》（台版）白版黑胶

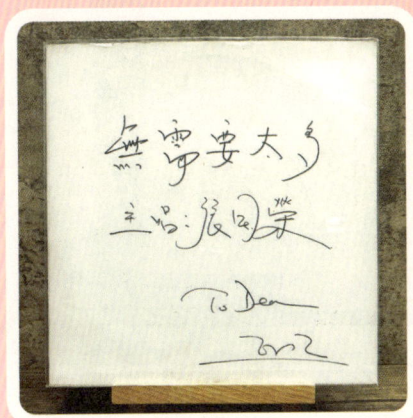

◆《无需要太多》白版黑胶

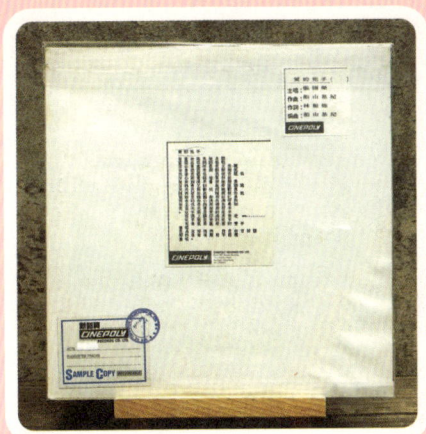

◆《无需要太多》白版黑胶

◆《爱的凶手》白版黑胶

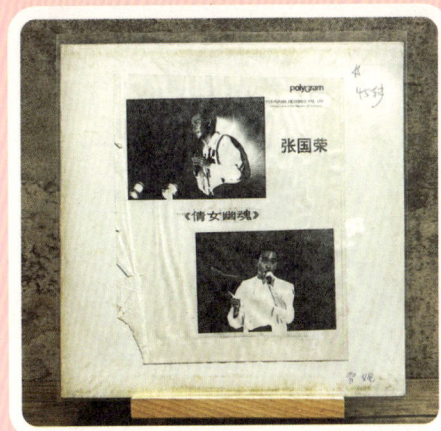

◆《倩女幽魂》白版黑胶

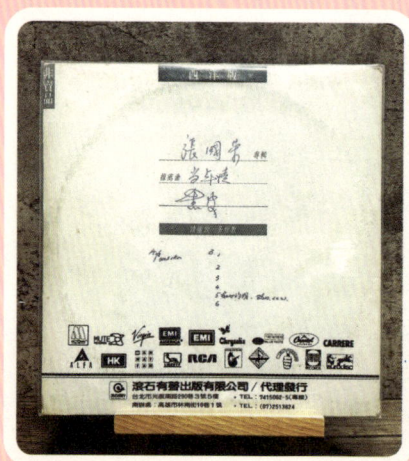

◆《有谁共鸣》白版黑胶

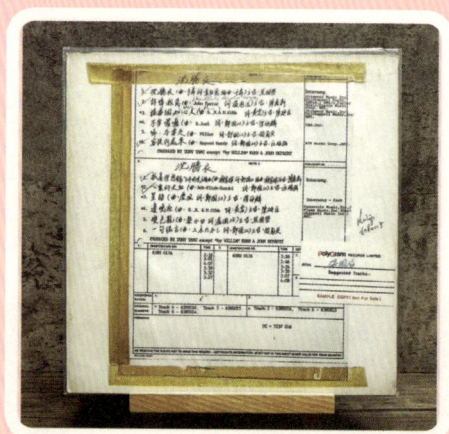

◆《当年情》白版黑胶

◆《沈胜衣》白版黑胶

陪你倒数

◉

只有你的情怀如昨天……

当年情此刻添上新鲜：张国荣的韩版唱片

张国荣是华人歌手中为数不多能够红遍东南亚地区，甚至具有世界影响的超级巨星。特别是在韩国，他的歌曲、影视剧、广告总能引发强烈反响，所到之处粉丝无不为之疯狂。

回想二十世纪八九十年代辉煌无限的香港电影与音乐，张国荣无疑是最闪耀的明星。如果说李正贤、H.O.T组合是影响中国内地歌坛的"韩流鼻祖"，那么张国荣则称得上韩国娱乐圈的"偶像鼻祖"。

"韩流"形成的时间并不长，且深受香港影视歌的影响。最初，韩国的音乐相对传统，韩国人接触欧美流行音乐较多。二十世纪八九十年代，正值香港文化发展的鼎盛时期，香港的流行音乐以其丰富的旋律、多变的曲风迅速流入韩国，并逐渐打破欧美流行音乐的称霸之势。二十世纪八十年代后期，录像机在韩国被普遍使用，香港的电影得以广泛传播，张国荣凭借《英雄本色》《倩女幽魂》等影片俘获韩国影迷无数，与周润发、王祖贤等一同成为香港明星的代表人物。据说他甚至因为韩国观众特别渴望看到他的动作戏，为韩国引进版《家有喜事》补拍了一段枪战。

1987年，华星唱片努力为张国荣拓展海外市场，其专辑《爱慕》在韩国销量突破20万张，"哥哥"成为首位打入韩国音乐市场的粤语歌手。转投新艺宝唱片之后，张国荣在韩国势头不减，1989年，他成为首位在韩国举办个人演唱会的华人歌手，入场券一票难求，年底发行的精选辑《The Greatest Hits of Leslie Cheung》大卖30万张。1995年，张国荣复出歌坛后的专辑《宠爱》售出超50万张，相当于每80个韩国人就有一人购买，至今仍是华语唱片在韩国的最高销量纪录。

时下的年轻人大多已无从知晓张国荣在韩国有多红。当年，韩国巧克力品牌"TO YOU"在同类产品中销量垫底，1989 年 9 月，刚刚宣布即将退出歌坛的"哥哥"受邀成为该品牌的形象代言人，为产品拍摄了一支有剧情的广告片。改编自他经典歌曲《寂寞夜晚》的广告主题曲在韩国家喻户晓，一举跻身流行歌曲排行榜前三位，创造了韩国的乐坛奇迹。据悉，这支广告片为该品牌巧克力带来了三百倍的销量增长。

张国荣在韩国的火爆人气数十年如一日，影视歌全面开花。2003 年以后，每年 4 月 1 日他都无一例外地登上韩网的热搜，大批韩国"哥迷"会在这一天表达他们的惋惜和思念。2009 年，韩国为张国荣六周年祭举办为期长达一个月的"张国荣电影节"，这是该国首次为纪念某位明星举办电影节活动。2012 年，韩国 Mnet 亚洲音乐大奖（MAMA）颁奖礼在香港举行，开场便以宋仲基演唱《当年情》来致敬张国荣。2013 年，只在韩国发售的图书《那些年，我们一起追过的张国荣》出版。2014 年，韩国图书、音像制品销售网站 YES24 评出"韩国最流行的 20 首影视金曲"，张国荣的《当年情》成为唯一入选的华语歌曲。如今走在韩国的街道上，音像店依然会传出"哥哥"的歌声。

一些韩国明星也毫不掩饰对张国荣的喜爱，火爆一时的神话组合成员金炯完曾说自己初中起就很喜欢张国荣，随口就能唱出《无心睡眠》；韩国著名歌手李仙姬同样独爱张国荣，两人有过多次合作；更有艺人在综艺节目中称张国荣"像外星人一样""一百年都不一定出一个"。

张国荣曾说最令他难忘的就是韩国的"哥迷"："他们的热情和疯狂令我兴奋，但我有时也有一点害怕遇到他们。"转眼间"哥哥"已经离开二十年，韩国的"哥迷"依然长情。

张国荣在韩国共发行了一张"新歌 + 精选"《TO YOU》以及两张精选《The Greatest Hits of Leslie Cheung》《张国荣》（《当年情》），同时再版了《爱慕》《SUMMER ROMANCE'87》《VIRGIN SNOW》《侧面》《兜风心情》《SALUTE》《宠爱》《百事巨星演唱会》《告别乐坛演唱会》等唱片。

专辑名称：《TO YOU》

唱片编号：CP-1-0001/SEL-RS 235

发行时间：1990 年 3 月 16 日

发行公司：新艺宝唱片

唱片销量：20 万张

专辑类型：录音室合辑

首版介质：黑胶

专辑评分：★★★☆

收藏指数：★★★☆

唱片市值：★★★

⦿ 唱片曲目

SIDE A

01. *TO YOU*（英语）

02.《到未来日子》（普通话）

03.《由零开始》

04.《失散的影子》（普通话）

05.《可否多一吻》

SIDE B

01.《天使之爱》（普通话）

02.《明月夜》（普通话）

03.《倩女幽魂》（普通话）

04.《HOT SUMMER》

05.《妄想》

06.《偏心》

　　张国荣的韩版精选唱片基本是新艺宝时期的金曲荟萃，将不同专辑中的招牌作品集于一身便成为大卖的保证。这张发行于 1990 年的《TO YOU》，因收录了张国荣作词并演唱的同名英文歌而备受关注。

　　《TO YOU》由周治平作曲，最初的版本是收录于 1989 年 7 月发行的专辑《兜风心情》中的《天使之爱》，随后的专辑《FINAL ENCOUNTER》中的《寂寞夜晚》为这首作品的粤语版，而英文版 TO YOU 因为张国荣的歌词创作和纯正的英音演绎更加经典和迷人。

张国荣一生仅拍摄过四支广告片，"TO YOU"巧克力是最后一支。广告拍摄为期六天五夜，其间在酒店召开了一次记者会，众多媒体争相报道。最后一晚，"哥哥"前往 MBC（韩国文化广播放送株式会社）电视台演出，观众之疯狂至今为人津津乐道。由于不断有人打电话询问广告何时播出，巧克力公司干脆把时间刊登在了报纸上。在张国荣的加持下，"TO YOU"迅速坐上韩国巧克力品牌销量榜的头把交椅，成为当年的商业奇迹。

韩剧《制作人》中还有这样的致敬桥段——女主角说她的妈妈是"哥迷"，当年她的爸爸买了一百块张国荣代言的巧克力，她的妈妈才同意交往。

☆ 收藏指南

张国荣新艺宝时期的每一张专辑几乎都有对应的韩版黑胶发行，但装帧和音质都不尽如人意。相较之下，收录新歌的《TO YOU》是收藏首选。

专辑名称：《张国荣》（《当年情》）

唱片编号：SZPR-058

发行时间：1989 年 12 月 31 日

发行公司：华星唱片

唱片销量：不详

专辑类型：录音室合辑

首版介质：黑胶

专辑评分：★★★

收藏指数：★★★

唱片市值：★★★☆

◉ 唱片曲目

SIDE A	SIDE B
01.《当年情》	01.《为你钟情》
02.《情难再续》	02.《不怕寂寞》
03.《始终会行运》	03.《STAND UP》
04.《缘份》	04.《七色的爱》
05.《爱情离合器》	05.《我愿意》
06.《侬本多情》	06.《痴心的我》

千万不要被这张唱片的封面所迷惑——它采用了张国荣华星时期专辑《爱火》(《张国荣》) 的封面，实则是一张收录了 12 首华星时期经典作品的精选辑，《爱火》中只有一首《当年情》入选，所以一般也称这张专辑为《当年情》。相较其他韩版黑胶的"粗制滥造"，这张精选合辑不仅印刷精美，附赠的内页还有张国荣的韩文介绍以及《STAND UP》专辑中的精美写真。

☆ 收藏指南

《张国荣》只发行了黑胶版本，独特的歌曲构成、用心的印制包装以及尚佳的声音效果都让这张看似专辑的精选合辑成为收藏市场的抢手货。除《告别乐坛演唱会》之外，它是最值得收藏的张国荣的韩版黑胶。

专辑名称：《The Greatest Hits of Leslie Cheung》

唱片编号：SZPR–043

发行时间：1989 年 12 月 24 日

发行公司：新艺宝唱片、恒星娱乐

唱片销量：30 万张

专辑类型：录音室合辑

首版介质：黑胶

专辑评分：★★★☆

收藏指数：★★★☆

唱片市值：★★★☆

◉ 唱片曲目

SIDE 1

01.《无心睡眠》

02.《够了》

03.《倩女幽魂》

04.《浓情》

05.《最爱》

SIDE 2

06.《想你》

07.《贴身》

08.《奔向未来日子》

09.《雪中情》

10.《你在何地》

　　张国荣正是凭借这张唱片成为首位闻名韩国流行音乐市场的粤语歌手，30 万张的销量是当时华语唱片在韩国的最高纪录，只是后来被《宠爱》打破。

　　《The Greatest Hits of Leslie Cheung》中的大部分作品，来自张国荣转投新艺宝唱片之后的首张大碟《SUMMER ROMANCE'87》，张国荣正是凭借这张唱片打败谭咏麟，获得 1987 年 IFPI 香港唱片销量大奖（全年销量冠军）。

　　《The Greatest Hits of Leslie Cheung》也是最值得收藏的张国荣韩版黑胶之一，记录了他二十世纪八十年代末期完美的声音状态。韩国"哥迷"对张国荣的迷恋已无法用言语形容，很多电影海报和唱片封面，在韩国发行时都被换成了"哥哥"的大头照。虽然这样做的商业目的过于浓重，但也从一个侧面记录着"哥哥"当年在韩国摧枯拉朽的偶像席卷之风。

　　此外，《The Greatest Hits of Leslie Cheung》亦有立体声盒带版本发行。

◎ **附：张国荣于韩国发行的其他音乐作品**

◆《SUMMER ROMANCE'87》黑胶　　　　◆《VIRGIN SNOW》黑胶

◆《兜风心情》黑胶

◆《兜风心情》黑胶

◆《告别乐坛演唱会》黑胶

◆《百事巨星演唱会》黑胶

当你见到天上星星，可有想起我：张国荣的日版唱片

张国荣和日本的音乐制作团队以及歌迷亦有着深厚的感情。1983 年，他正是凭借翻唱自山口百惠的《风继续吹》一举成名，直到 1989 年告别歌坛前，"哥哥"这六年间发行的专辑里，几乎每张都有日本歌曲翻唱。如果说彼时香港乐坛的繁荣有一半归功于"谭张梅陈"的巨星魅力，那么将另一半功劳归于日本音乐人并不为过。

张国荣事业起步时最重要的两首作品《风继续吹》《MONICA》都翻唱自日本音乐人的经典歌曲。巧合的是，《风继续吹》的原曲《再见的另一方》是山口百惠告别演唱会的最后一首歌，她一曲唱罢将话筒放在台上，没有说再见便转身离去。而张国荣在"告别乐坛演唱会"上演唱《风继续吹》时，情到深处哽咽地难以继续，最后离开舞台——两位划时代偶像相似的封麦仪式以及不同的人生境遇令人唏嘘。1985 年，已凭借《MONICA》成为超级巨星的张国荣发行了专辑《为你钟情》，其中 6 首快歌有 5 首是日本歌曲翻唱，包括他在日后的演唱会快歌串烧里每次都要演绎的《少女心事》和《不羁的风》。

1986 年年末，张国荣离开了共事数年的制作人黎小田，从华星唱片过档到财大气粗的新艺宝唱片，定位更加日系，退出歌坛前最成功的专辑《SUMMER ROMANCE'87》从封面拍摄到音乐制作全部在日本完成——可以说把这张专辑的歌词换成日文，拿到日本本土也是一张上乘的作品。此时的"哥哥"已经在日本拥有了最初稳定的歌迷群体。

滚石唱片在日本的深耕，让张国荣的专辑在日本拥有傲人的销量。环球年代，张国荣更看重日本市场，甚至不惜打乱电影的拍摄档期赴日宣传……

张国荣的音乐生涯中共翻唱过 42 首日本歌曲（不包括《共同渡过》），其中 33 首他是粤语版首唱，9 首由其他歌手首唱，后被张国荣翻唱。除了 1985 年他在"夏日百爵演唱会"上翻唱的《爱不是游戏》至今未被收录于已发行的唱片中，其余 41 首均已收录在他的个人专辑或精选辑中。

　　和张国荣韩版唱片都是传统的黑胶介质不同，他的日版专辑几乎清一色是当年科技含量很高的 CD。

专辑名称:《DOUBLE FANTASY AGAIN》

唱片编号: RCCA-2076

发行时间: 2001 年 9 月 21 日

发行公司: 滚石（日本）唱片

专辑类型: 录音室精选合辑

首版介质: CD

专辑名称:《DOUBLE FANTASY》

唱片编号: RJJD-001

发行时间: 1997 年 6 月 5 日

发行公司: 滚石（日本）唱片

专辑类型: 录音室精选 EP

首版介质: CD

◎ 唱片曲目

01.《当真就好》（张国荣、陈淑桦合唱）

02.《当真就好》

03.《深情相拥》（张国荣、辛晓琪合唱）

04.《深情相拥》

05. *FROM NOW ON*（张国荣、林忆莲合唱）

06. *FROM NOW ON*

07.《眉来眼去》（张国荣、辛晓琪合唱）

08.《眉来眼去》

(《DOUBLE FANTASY AGAIN》新增)

09.《有心人》(张国荣)

10.《有心人》(伴奏)

11.《谈情说爱》(张国荣)

12.《谈情说爱》(伴奏)

　　滚石唱片在日本有着不可小觑的资源,1995 年张国荣签约之后,在日本发行了很多区别于中国香港版的唱片,对扩大他的影响力功不可没。时至今日,这些日版 CD 成为难得的收藏品。相较之下,1997 年发行的《DOUBLE FANTASY》颇显敷衍,8 首曲目实际只是 4 首歌的经典对唱版本及张国荣个人音轨版本(女歌手演唱部分为无人声伴奏)。

　　2001 年,滚石唱片发行了《DOUBLE FANTASY》"加强版"《DOUBLE FANTASY AGAIN》,在原基础上增加了 4 首曲目,分别是《有心人》和《谈情说爱》的张国荣独唱版和无人声伴奏版,仍被诟病有贩卖情怀之嫌。

专辑名称:《大热 +untitled》

唱片编号:UICO-1006/7

发行时间:2000 年 11 月 22 日

发行公司:环球唱片

专辑类型:录音室专辑

首版介质:CD

⊙ 唱片曲目

DISC 1

01.《我》(张国荣"热·情演唱会"压轴主题曲)

02.《大热》

03.《侯斯顿之恋》

04.《身边有人》

05.《奇迹》

06.《Don't Lie To Me》

07.《午后红茶》

08.《没有爱》(电影《恋战冲绳》主题曲)

09.《愿你决定》

10.《没有烟总有花》("千禧年共创无烟草香港运动"主题曲)

11.《发烧》(普通话)

12.《我》(普通话)

13. *TONIGHT AND FOREVER*

DISC 2

01.《路过蜻蜓》

02.《你这样恨我》

03.《左右手》(Acoustic Mix)

04.《枕头》

05. *I Honestly Love You*

环球唱片 2000 年把张国荣当年发行的专辑《大热》和 EP《untitled》合二为一，以双 CD 的形式在日本发售。

2022 年，环球唱片大炒冷饭，以限量编号 1000 张的噱头在香港发行了《大热 + untitled》的再版，只是把侧标的内容删删改改，反正不愁歌迷埋单。

专辑名称：《亚洲金曲精选
　　　　　二千 张国荣》

唱片编号：RCCA-2041

发行时间：2000 年 6 月 21 日

发行公司：滚石（日本）唱片

专辑类型：精选合辑

首版介质：CD

◉ 唱片曲目

01.《夜半歌声》

02.《MY GOD》

03.《当爱已成往事》

04.《红》（粤语）

05.《追》（粤语）

06.《宿醉》

07. *A Thousand Dreams of You*

08.《这些年来》（粤语）

09.《有心人》（粤语）

10.《作伴》

11.《追》（LIVE，粤语）

12.《MY GOD》（伴奏）

隶属于"亚洲金曲精选二千"系列，收录了张国荣滚石时期的 12 首经典歌曲。

专辑名称：《Gift》（完全版）

唱片编号：RCCA-2038

发行时间：1999 年 12 月 18 日

发行公司：滚石（日本）唱片

专辑类型：录音室专辑

首版介质：CD

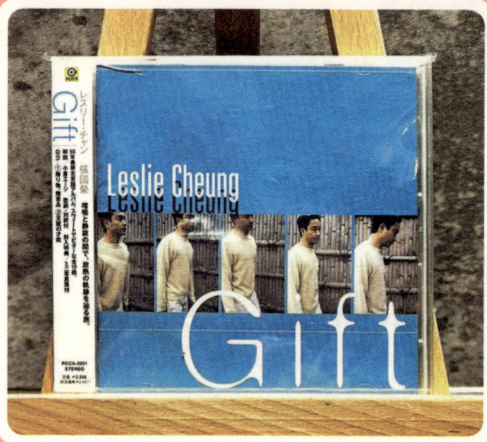

专辑名称：《Gift》

唱片编号：RCCA-2001

发行时间：1998 年 4 月 21 日

发行公司：滚石（日本）唱片

专辑类型：录音室专辑

首版介质：CD

◎ 唱片曲目

01.《MY GOD》

02.《真相》

03.《宿醉》

04.《电风扇》

05.《被爱》

06.《知道爱》

07.《触电》

08.《取暖》

09.《以后》

10.《マシュマロ》（棉花糖）

（完全版）

11.《Everybody》

12.《Love Like Magic》

13.《作伴》

《Gift》由日本制造，可以看作《Printemps》的日本版，二者同期发行，曲目次序略有不同。《Gift》增加了《这些年来》EP中的《以后》及《Everybody》的另一个版本《触电》（歌词与编曲有改动）。其中《触电》这首普通话歌曲只收录在这张专辑中。

1999年发行的《Gift》（完全版）由台湾地区制造，封面改为橙红色，增加了三首歌。

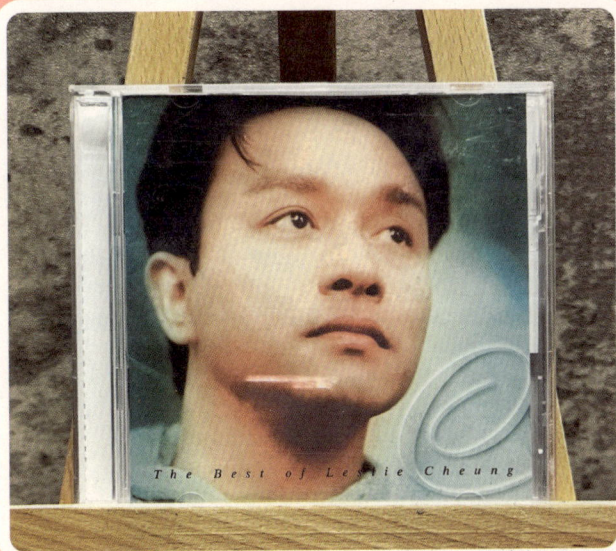

专辑名称:《The Best of Leslie Cheung》

唱片编号: RCCA-2025

发行时间: 1999 年 6 月 30 日

发行公司: 滚石唱片

专辑类型: 录音室精选合辑

首版介质: CD

◎ 唱片曲目

01.《マシュマロ》（棉花糖）

02.《MY GOD》

03.《追》

04.《红》

05.《夜半歌声》（电影版）

06.《今生今世》

07.《偷情》

08.《有心人》

09.《谈情说爱》

10.《这些年来》

11.《永远记得》

12.《谈恋爱》

13. *TWIST & SHOUT*

14.《当爱已成往事》

15.《红颜白发》

16.《Everybody》

17.《Love Like Magic》

张国荣因电影《星月童话》在日本人气急升，滚石唱片趁势推出这张精选辑，收录了他滚石时期的 17 首歌曲。其中《夜半歌声》（电影版）、《永远记得》、《谈恋爱》三首歌是首次被收录进张国荣的个人专辑，且《永远记得》只收录于这张精选辑中。

唱片发行时，张国荣已高价签约环球唱片，因此这张精选辑可以算作他滚石时期的纪念专辑。首版礼盒套装限量 5000 套，赠送毛巾和写真集。香港版于 2000 年 3 月 1 日发行，侧标增加"张国荣国、英、日最佳精选"字样，2020 年又有绿色彩胶发行。

专辑名称：《有心人》
唱片编号：RJSD-001
发行时间：1996 年 9 月 30 日
发行公司：滚石（日本）唱片
专辑类型：录音室精选 EP
首版介质：CD

◎ 唱片曲目

01.《有心人》

02.《谈情说爱》

03.《有心人》（伴奏）

04.《谈情说爱》（伴奏）

这是张国荣在日本发行的首张 EP，收录了他主演的电影《金枝玉叶 2》的主题曲《有心人》和《色情男女》的插曲《谈情说爱》两首歌及其无人声伴奏版本。

◆《星月童话》电影原声 CD

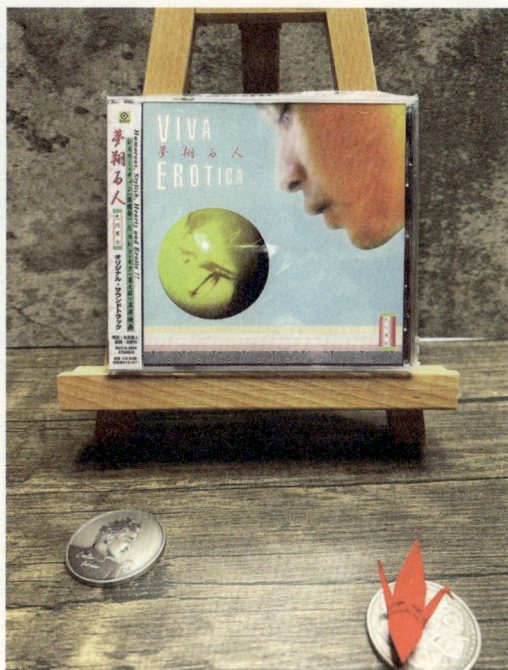

◆《色情男女》电影原声 CD

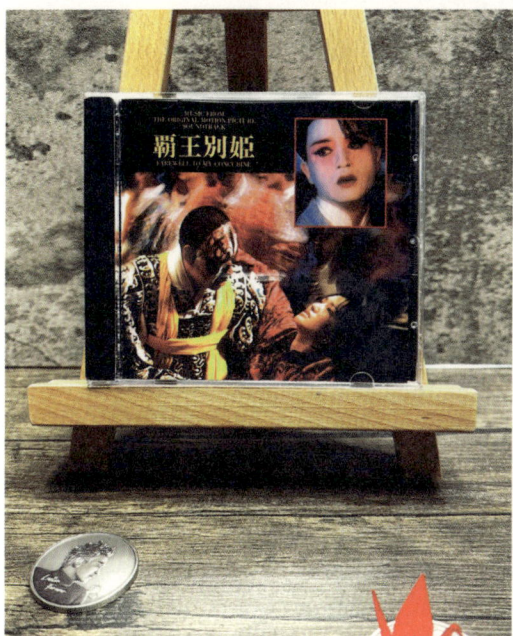

◆《霸王别姬》电影原声 CD

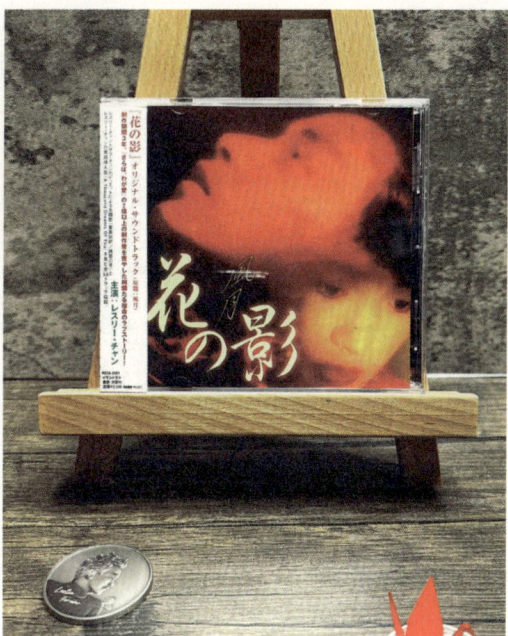

◆《风月》电影原声 CD

◆ 《金枝玉叶 2》电影原声 CD

◆ 《夜半歌声》电影原声 CD

◉

颜色不一样的烟火……

张国荣的其他精选合辑

除了前文中细数的印刷精美、口碑不俗或经由特殊工艺制作的精选合辑，张国荣生前身后还有大量的精选辑发行。

唱片公司看准市场需求，不厌其烦地将张国荣的经典作品以母盘直刻（刻录时使用第一版刻录的光盘作为源介质）、复黑王（封套、歌词内页及碟面与黑胶版本一致，音质亦试图媲美黑胶）、DSD（Direct Stream Digital，直接比特流数字编码）、SACD（Super Audio CD，超级音频光盘）、K2HD（24BIT High Definition，超高解析度兼容数码金碟）、24K金碟等噱头一次次再版发行，一张经典唱片拥有十几个甚至更多的版本已司空见惯。

这些合辑有的用"平靓正"的招牌吸引年轻歌迷，扩大了张国荣作品的影响力；有的则用先进的制作技术和后期手段还原了最真实动听的张国荣的声音，让发烧友交口称赞。其间，也不乏滥竽充数的应景之作，却都在"哥哥"生辰、死忌等重要时间节点，成为唱片市场上大卖的单品。

专辑名称:《卡式张国荣录音带大系》　　　　首版介质：盒带

发行时间：2022 年 9 月 9 日　　　　　　　唱片数量：10CS/ 套

发行公司：环球唱片

◎ 专辑特色

　　环球以最严谨的工序，重制张国荣的卡式录音带，模拟数字时代的质感，掀起盒带回潮的市场旋风。《卡式张国荣录音带大系》限量 1000 套，其中限量编号 800 套，无编号 200 套。外纸盒烫印银色编号，内含 10 盒美国生产、独立包装的盒带，每盒均附有照片与歌词。限量礼盒套装有独立编号产品证明书，同时赠送全新盒带播放机一部，机身印有新艺宝纪念图案。

◎ 唱片名称

Cassette 01.《SUMMER ROMANCE'87》

Cassette 02.《VIRGIN SNOW》

Cassette 03.《拒绝再玩》(普通话)

Cassette 04.《HOT SUMMER》

Cassette 05.《LESLIE》

Cassette 06.《SALUTE》

Cassette 07.《兜风心情》(普通话)

Cassette 08.《FINAL ENCOUNTER》

Cassette 09.《风再起时》(普通话)

Cassette 10.《Miss You Mix》

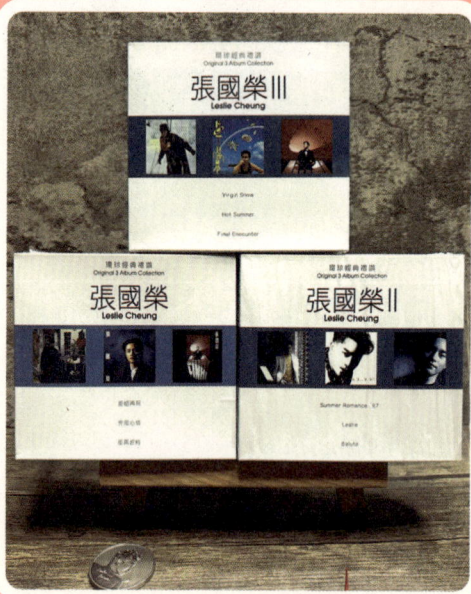

专辑名称:《环球经典礼赞 张国荣》
《环球经典礼赞 张国荣 II》
《环球经典礼赞 张国荣 III》

发行时间:**2021 年**

发行公司:**环球唱片**

首版介质:**CD**

唱片数量:**3CD/ 套**

◉ 专辑特色

"环球经典礼赞"系列是环球唱片在 2021 年推出的精选合辑特辑,将旗下实力派歌手的旧作进行普及性集结出版,包括谭咏麟、张学友、黎明、蒋丽萍等。发行规格既有三碟合一,又有单碟装,内里专辑采用原装封面、封底,附加歌词本,样式设计原汁原味。张国荣的合辑分为"张国荣""张国荣 II""张国荣 III"三套,每套均为三碟合一,共收录了他新艺宝时期的九张经典专辑。

较之噱头十足的母盘直刻以及技术成熟的 SACD、金碟压制,"环球经典礼赞"系列以平民化的价格吸引不少歌迷消费——三张精选只有母盘直刻一张售价的三分之一，至于音色音质则无须苛求。

◎ 唱片名称

《环球经典礼赞 张国荣》:《拒绝再玩》《兜风心情》《风再起时》

《环球经典礼赞 张国荣 II》:《SUMMER ROMANCE'87》《LESLIE》《SALUTE》

《环球经典礼赞 张国荣 III》:《VIRGIN SNOW》《HOT SUMMER》

《FINAL ENCOUNTER》

专辑名称:《THE apex chapter》(6 SACD COLLECTION BOX–SET)

发行时间: **2017 年 3 月 29 日**

发行公司: **环球唱片**

首版介质: **SACD**

唱片数量: **6**

◎ 专辑特色

环球唱片将张国荣环球 APEX 时期的 6 张唱片 SACD 化结集出版，2000 套限量礼盒内含产品证明书及海报，每张 SACD 均有独立编号，手工制作的厚重外盒贵气十足，包装由专纸印刷，四面烫铜字。

◉ 唱片名称

SACD 01.《陪你倒数》

SACD 02.《untitled》

SACD 03.《大热》

SACD 04.《Forever Leslie》

SACD 05.《CROSSOVER》

SACD 06.《一切随风》

专辑名称:《张国荣 NEW XRCD
精选》

发行时间:2015 年 11 月 25 日

发行公司:华星唱片、东亚唱片、
华纳唱片

首版介质:XRCD + SHMCD

唱片数量:1

◉ 专辑特色

东亚唱片利用华纳唱片的发行渠道,将张国荣华星时期 6 张专辑的经典作品,以
XRCD 的形式集结出版,日本压盘,音色还原度高。

专辑名称:《CINELESLIE》

发行时间: **2015 年 9 月 11 日**

发行公司: **环球唱片**

首版介质: **SACD**

唱片数量: **10**

◉ 专辑特色

《CINELESLIE》是一个内含 10 张 SACD 的精选套装,都是"哥哥"新艺宝时期的经典专辑,每张皆有独立编号。这套碟片信息层为双层,普通 CD 播放机和 SACD 播放机都能读取,随套盒附赠一张质感很好的大幅海报。

◉ 唱片名称

SACD 01.《SUMMER ROMANCE'87》

SACD 02.《VIRGIN SNOW》

SACD 03.《拒绝再玩》

SACD 04.《Miss You Mix》

SACD 05.《HOT SUMMER》

SACD 06.《LESLIE》

SACD 07.《SALUTE》

SACD 08.《兜风心情》

SACD 09.《FINAL ENCOUNTER》

SACD 10.《DREAMING》

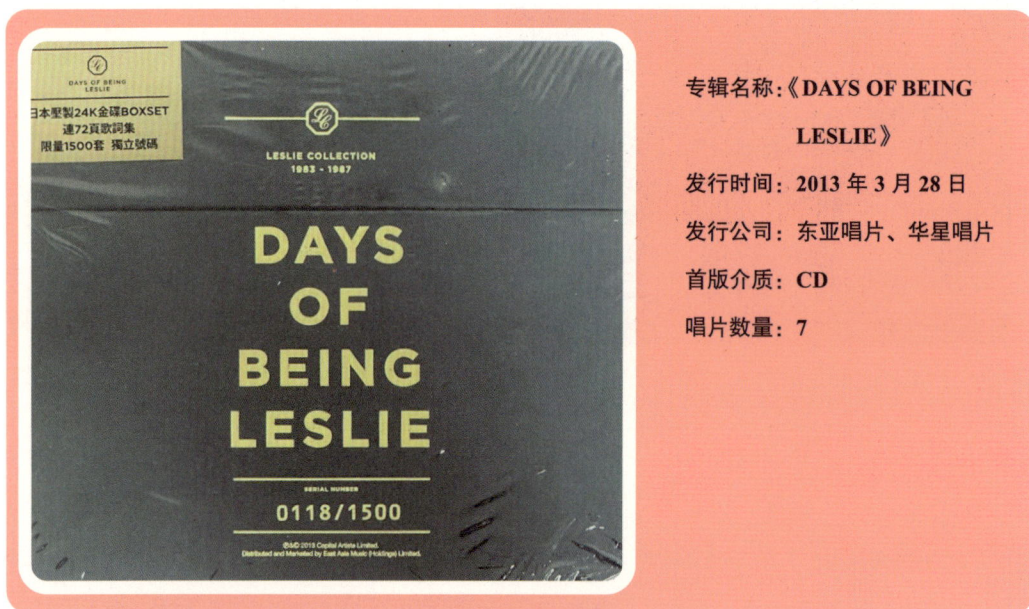

专辑名称:《DAYS OF BEING
　　　　　　LESLIE》

发行时间:**2013 年 3 月 28 日**

发行公司:**东亚唱片、华星唱片**

首版介质:**CD**

唱片数量:**7**

◉ 专辑特色

内含张国荣华星时期的 7 张专辑,配发 72 页歌词集。唱片在日本进行 24K 金压制,音色细腻传神,限量发行 1500 套,每张有独立编号。

◉ 唱片名称

CD 01.《风继续吹》

CD 02.《一片痴》

CD 03.《MONICA》

CD 04.《为你钟情》

CD 05.《STAND UP》

CD 06.《当年情》

CD 07.《爱慕》

专辑名称:《MISS YOU MUCH, LESLIE》

发行时间: **2013 年 3 月 25 日**

发行公司: **环球唱片**

首版介质: **CD + DVD**

唱片数量: **3CD + 1DVD**

◉ 专辑特色

《MISS YOU MUCH, LESLIE》三碟装 CD 以 DSD 极致音色录制, 共收录张国荣的 49 首大热金曲, 包括一些珍贵的现场版, 如《胭脂扣》《千千阕歌》《我的心里没有他》《热情的沙漠》《至少还有你》等, 以及《幻影 + 雾之恋》《夜有所梦》《这么远 那么近》等合唱作品, 还有资深音乐人陈少宝亲述的"哥哥"往事。随碟附送一张包括 16 首作品的张国荣珍贵演出影像 DVD。

专辑名称:《FOUR SEASONS》

发行时间: 2011 年 4 月 1 日

发行公司: 环球唱片

首版介质: CD

唱片数量: 4

◎ **专辑特色**

　　环球唱片在张国荣离世八周年之际推出的精选纪念合辑，4 张 CD 全面收录他各个时期的不败金曲，追忆"哥哥"音乐世界的春、夏、秋、冬……

专辑名称:《The Apex Collection》
　　　　　　（24K GOLD 5CD）

发行时间: 2011 年 3 月 28 日

发行公司: 环球唱片

首版介质: CD

唱片数量: 5

◎ 专辑特色

日本压制，24K 金碟，内含张国荣环球时期的 5 张唱片。

◎ 唱片名称

CD 01.《陪你倒数》

CD 02.《untitled》

CD 03.《大热》

CD 04.《CROSSOVER》

CD 05.《一切随风》

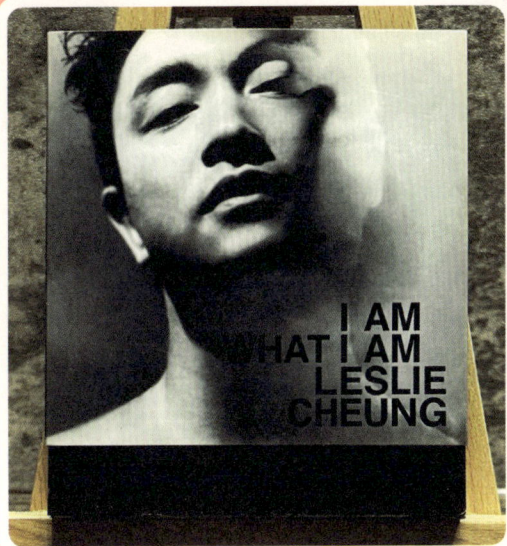

专辑名称：《I AM WHAT I AM》

发行时间：**2010 年 3 月 23 日**

发行公司：**环球唱片**

首版介质：**CD + DVD**

唱片数量：**2CD + 1DVD**

◎ 专辑特色

环球唱片在张国荣离世七周年前夕发行的纪念精选，2 张 CD 共收录 36 首经典作品，包括歌迷苦等 16 年的《金枝玉叶》主题曲《追》及插曲《今生今世》两首歌的电影版。DVD 则包括 12 支珍贵的 MV，其中《没有爱》《洁身自爱》《玻璃之情》《这么远 那么近》《我》《大热》《梦到内河》7 支为首度出版。

专辑名称：《最红》

发行时间：**2009 年 3 月 27 日**

发行公司：**环球唱片、东亚唱片**

首版介质：**CD + DVD**

唱片数量：**3CD + 1DVD**

◉ 专辑特色

环球唱片、东亚唱片于张国荣离世六周年之际发行的精选合辑，推出十天内就累积了四白金的销量（20 万张）。3 张 CD 运用 DSD 数码音效重新编制，共收录 50 首歌曲，其中第一张为 18 首最红主打，第二张和第三张为 32 首影视剧歌曲。

DVD 则收录了张国荣 12 段经典演出，包括一人分饰两角的《鸳鸯舞王》以及十大劲歌金曲颁奖典礼上的《MONICA》等。

首批限量珍藏华丽套装内附两个珍藏铁盒（独立包装 3CD 及 DVD）、精美海报以及歌词照片集。

专辑名称:《最热》

发行时间: **2009 年 3 月 27 日**

发行公司: **环球唱片**

首版介质: **CD + DVD**

唱片数量: **3CD + 1DVD**

◉ 专辑特色

与《最红》同时推出，3 张 CD 同样采用 DSD 数码音效重新编制，第一张收录了《MONICA》《无心睡眠》《无需要太多》《谁令你心痴》《红》等 16 首张国荣的最热主打，第二张 14 首全部是他与天王天后的合唱作品，包括《缘份》（与梅艳芳）、《谁令你心痴》（与陈洁灵）、《深情相拥》（与辛晓琪）、《沉默是金》（与许冠杰）等，第三张则是 17 首张国荣参与创作的歌曲。

DVD 收录了 11 段张国荣的经典演出，最值得重温的是 1977 年他在亚洲歌唱大赛中演唱 *American Pie*，以及 1989 年他宣布告别乐坛之前在十大劲歌金曲颁奖典礼上获得最受欢迎男歌星奖时大唱金曲《侧面》的经典场面。

专辑名称：《张国荣 leslie cheung
            LPCD45》
发行时间：2008 年
发行公司：环球唱片
首版介质：CD
唱片数量：1

◉ 专辑特色

这是一张由发烧音响界著名的雨果公司利用"直刻超级母盘"技术制作的 CDR 唱片，可以用普通 CD 机得到黑胶密纹唱片的仿真音质感受，满足"音效为主、音乐为次"的音响发烧友的苛刻要求。碟片没有内圈码，底部非惯用的银色，而是贵气的紫色。

专辑收录了 16 首张国荣新艺宝时期的经典慢歌，时间长达 69 分 18 秒，内容几乎是 CDR 光碟能容纳的音乐数码流的上限。

专辑名称:《永远的张国荣》

发行时间：2007 年 11 月 12 日

发行公司：滚石唱片

首版介质：CD

唱片数量：1

◎ 专辑特色

CD 收录了张国荣黄金时代的 16 首经典歌曲，限量附赠 68 页豪华写真集。

早于港版约一个月，本唱片率先在日本首发，日版增加了一张"跨越 97 演唱会"的 DVD。

专辑名称:《戏魅》
发行时间: 2006 年 9 月 12 日
发行公司: 新艺宝唱片
首版介质: CD + DVD
唱片数量: 1CD + 1DVD

◎ 专辑特色

张国荣五十岁冥寿之际，Fortune Star 与新艺宝唱片破天荒实现影音界合作，CD 收录 14 首"哥哥"最具代表性的电影歌曲，其间穿插电影对白，以 DSD 数码音效重新编制，其中与许冠杰合唱的《我未惊过》首次被收入张国荣的专辑。歌词集包括"哥哥"好友感想及电影剧照。

DVD 则收录了张国荣五大经典电影歌曲 MV 的重新剪辑版本，包括《当年情》（《英雄本色》）、《奔向未来日子》（《英雄本色 II》）、《倩女幽魂》（《倩女幽魂》）、《胭脂扣》（《胭脂扣》）和《浓情》（《杀之恋》）。

专辑名称：《SUMMER ROMANCE'87（正东 10×10 我至爱唱片）》

　　　　　《HOT SUMMER（正东 10×10 我至爱唱片）》

发行时间：**2006 年 3 月**

发行公司：正东唱片

首版介质：**CD + DVD**

唱片数量：**1CD + 1DVD**

◎ 专辑特色

　　2006 年，环球唱片旗下正东唱片为庆祝十周年纪念，举办了"10×10 我至爱唱片"评选，选出签约过正东、上华和新艺宝三家唱片公司的歌手的十大唱片，张国荣新艺宝时期的《SUMMER ROMANCE'87》和《HOT SUMMER》排在前两位，特别是《SUMMER ROMANCE'87》的得票率远远甩开其他九张唱片。彼时"哥哥"已离世近三年，可见歌迷对他的爱依然不减。首批限量版特别加送一张收录珍贵演出影像的 DVD。

专辑名称:《传奇 张国荣 –Dance & Remix》

发行时间：2005 年 12 月 14 日

发行公司：新艺宝唱片

首版介质：CD

唱片数量：1

◎ 专辑特色

　　这张唱片是 1988 年发行的《LESLIE DANCE & REMIX》限量版 CD（全球限量发行 2000 套）的再版，除原本的 6 首作品外，附赠的 4 首作品分别是选自 1989 年 EP《LESLIE REMIX》中的《侧面（NAH NAH MIX）》《偏心（EXTENDED VERSION）》《暴风一族（REMIX VERSION）》以及选自 1988 年 EP《Leslie REMIX 行动》中的《共创真善美》。

专辑名称:《FINAL COLLECTION》

发行时间:**2005 年 4 月 1 日**

发行公司:**环球唱片**

首版介质:**CD**

唱片数量:**8**

◉ 专辑特色

环球唱片在张国荣离世两周年之际发行的限量版 CD，内含 8 张他新艺宝时期的专辑《SUMMER ROMANCE'87》《VIRGIN SNOW》《HOT SUMMER》《LESLIE》《FINAL ENCOUNTER》《SALUTE》《拒绝再玩》《兜风心情》，共 80 首歌，遗憾的是没有还原当年的独立包装。

专辑名称:《张国荣经典国语专辑全集》

发行时间：**2004 年**

发行公司：**环球唱片**

首版介质：**CD**

唱片数量：**3**

◎ 专辑特色

环球唱片将新艺宝时期张国荣的经典普通话专辑《拒绝再玩》《兜风心情》以及宝丽金发行的纪念专辑《风再起时》集结出版，3 张唱片均还原当年的独立包装。

专辑名称:《环球巨星影音启
示录 张国荣》

发行时间:**2004 年 6 月 29 日**

发行公司:**环球唱片**

首版介质:**CD + DVD**

唱片数量:**2CD + 1DVD**

◎ 专辑特色

　　隶属于环球唱片发行的"环球巨星影音启示录"系列,2 张 CD 收录了张国荣新艺
宝时期的 30 首经典作品,DVD 则由 TVB 授权发行,收录了他新艺宝时期一些经典歌
曲的 MV,系 DVD 形式首次汇总发行。

专辑名称:《钟情 张国荣》

发行时间:**2004 年 4 月 1 日**

发行公司:**环球唱片**

首版介质:**CD**

唱片数量:**3**

◎ 专辑特色

环球唱片于张国荣离世周年祭推出的纪念合辑,收录了包括他生前从未推出的最后一首作品《冤家》在内的 40 多首歌曲,横跨宝丽金、新艺宝、滚石、环球等多个时期,可以说记录了"哥哥"全部的音乐历程。

据悉,环球唱片购买张国荣旧作版权时,华星唱片因计划推出精选辑而拒售张国荣的旧歌,环球唱片只好请张国荣在华星时期共事多年的监制黎小田以钢琴奏出四首他华星时期所唱歌曲的音乐《风继续吹》《当年情》《有谁共鸣》《侬本多情》。

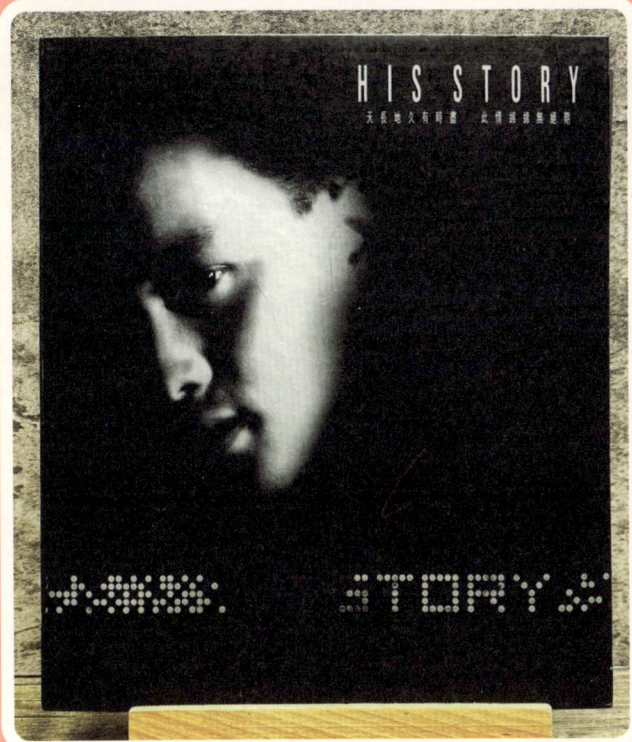

专辑名称:《HISTORY·
HIS STORY》

发行时间：**2004 年 4 月 1 日**

发行公司：**华星唱片**

首版介质：**CD + VCD**

唱片数量：**3CD + 1VCD**

◉ 专辑特色

　　华星唱片在张国荣离世一周年时推出的纪念专辑，其中两张 CD 收录了他华星时期的 38 首金曲，《浮生若梦》是首次收录在他的个人大碟中。VCD 则收录了《风继续吹》《MONICA》《有谁共鸣》《为你钟情》的 MV，《为你钟情》由"哥哥"与梅艳芳一同出演。还有一张 CD 特别辑录了 8 段张国荣 1985 年在商业电台采访中珍贵的口述自传，将一代巨星出道以来的内心世界娓娓道来。

　　值得一提的是，《HISTORY·HIS STORY》每售出一张，都会有五港币捐给张国荣生前一直支持的儿童癌病基金。

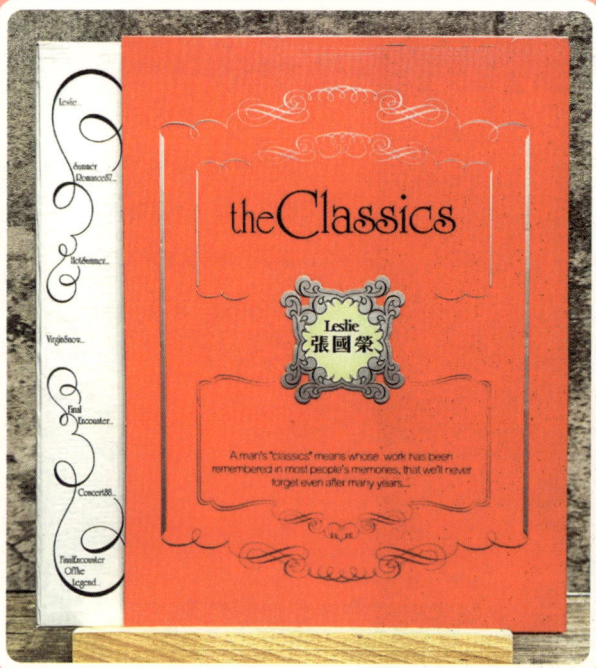

专辑名称:《the Classics》

发行时间: **2003 年 9 月 25 日**

发行公司: **新艺宝唱片、**
　　　　　滚石唱片

首版介质: **CD**

唱片数量: **2**

◎ 专辑特色

　　收录了张国荣新艺宝时期和滚石时期的 30 首经典歌曲。封面特别选用"哥哥"最爱的红色,并特别解释了专辑名的含义:一个人能被称为"经典",意味着他的作品被大多数人所铭记,无论过去多少年,我们都不曾忘记。(A man's "classics" means whose work has been remembered in most people's memories, that we'll never forget even after many years.)

专辑名称:《张国荣钢琴精选集》

发行时间: 2003 年 6 月 24 日

发行公司: 环球唱片

首版介质: CD

唱片数量: 1

◎ 专辑特色

　　一首首耳熟能详的张国荣的经典老歌，变成一曲曲高雅的钢琴乐，那优美的旋律作为背景音乐，让人不禁陷入怀念。从市场角度看，不得不说这张纪念金碟是环球唱片消费"哥哥"华星时代作品的一个不错的营销案例。

专辑名称:《挚爱 1995—2003》

发行时间: 2003 年 4 月 30 日

发行公司: 滚石唱片

首版介质: CD + VCD(中国香港)

CD + DVD(韩国)

唱片数量: 2CD + 1VCD

2CD + 1DVD

◉ 专辑特色

这张精选辑同一天于香港地区和韩国发行,CD 收录了张国荣 1995 年至 2003 年的 32 首歌曲,包括与三大天后林忆莲、陈淑桦、辛晓琪的合唱曲,当初只在日本和韩国发行的作品,"跨越 97 演唱会"上对亲密爱人献唱的《月亮代表我的心》,以及多部电影的主题曲。

专辑附赠的 VCD(DVD)里有许多张国荣珍贵的影像,包括他曾公开表示的最喜欢的 MV《真相》《取暖》,与莫文蔚大尺度合演的 MV《红》《偷情》,张国荣在台湾地区唯一的一次巡回签名会画面,以及公开亲密爱人后演唱《月亮代表我的心》的演唱会画面。

《挚爱 1995—2003》后于日本发行了 2CD 版本,另有 2CD+1VCD 的香港地区特别版。

专辑名称:《张国荣 * 电影歌曲精选》

发行时间:**2003 年 2 月 18 日**

发行公司:滚石唱片

首版介质:**CD**

唱片数量:**1CD**

⊙ 专辑特色

　　隶属于"香港滚石黄金十年"系列,收录了 13 首张国荣参演电影的主题曲,包括《当爱已成往事》(《霸王别姬》)、《今生今世》(《金枝玉叶》)、《何去何从之阿飞正传》(《阿飞正传》)及《夜半歌声》(《夜半歌声》)等。

专辑名称:《爱上原味张国荣》(新加坡版)

发行时间: 2002 年 9 月 20 日

发行公司: 滚石(新加坡)唱片

首版介质: CD

唱片数量: 2

◎ 专辑特色

2 张 CD 一张为普通话歌曲,一张为粤语歌曲,各收录了张国荣滚石时期的 10 首作品,颇具收藏价值。

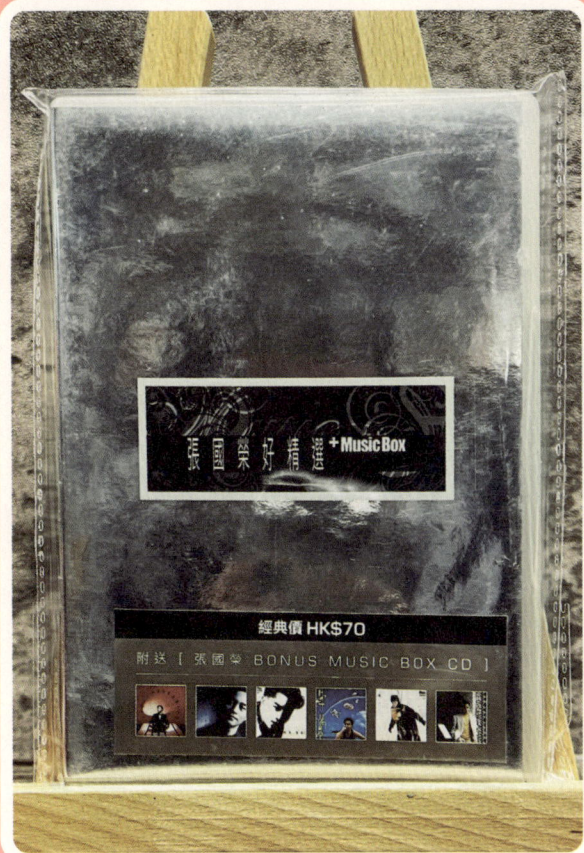

专辑名称：《张国荣好精选 +
Music Box》

发行时间：2001 年 10 月 24 日

发行公司：新艺宝唱片

首版介质：CD

唱片数量：2

◎ 专辑特色

CD 收录了 16 首张国荣的经典歌曲，BONUS MUSIC BOX CD 则收录了这 16 首
歌曲的"音乐盒"纯音乐版本。

2003 年 1 月，新艺宝唱片发行了这张精选辑的再版，名为《张国荣好精选 SUPER
AUDIO CD》，去除了首版中的纯音乐 CD，改为单张 SACD，在德国压碟。

专辑名称:《哥哥情歌》

发行时间：**2001 年 8 月 16 日**

发行公司：**华星唱片**

首版介质：**CD**

唱片数量：**1**

◉ 专辑特色

收录了 17 首张国荣华星时期的经典歌曲。

专辑名称:《Dear Leslie》

发行时间:**2001 年 9 月 7 日**

发行公司:**华星唱片**

首版介质:**CD**

唱片数量:**2**

◉ 专辑特色

　　封面采用航空邮件的样式设计,收录了 16 首张国荣华星时期的经典作品,其中《为你钟情》是最早收录于合辑《'90 New mix+Hits Collection》中的混音版本。

专辑名称：《20 世纪光辉印记张国荣 dCS 声选辑》

发行时间：2000 年 5 月 1 日

发行公司：环球唱片

首版介质：CD

唱片数量：1

◎ 专辑特色

隶属于环球唱片 2000 年推出的"20 世纪光辉印记 dCS 声选辑"巨星个人精选系列，限量发行 2000 套，主打音质，是将张国荣宝丽金时期的 *Daydreamin'* 和《情人箭》两张专辑中的歌曲，以及新艺宝时期的《无心睡眠》和《共同渡过》进行新技术处理后的发烧碟。

专辑名称:《永远张国荣》

发行时间：**2000 年 2 月 1 日**

发行公司：**滚石唱片**

首版介质：**CD**

唱片数量：**2**

◎ 专辑特色

收录了张国荣滚石时期的 20 首作品，其中一张全部为粤语歌曲，另一张中的合唱歌曲《当真就好》（与陈淑桦）和 *From Now On*（与林忆莲）系首次收录于中国区发行的唱片中。

专辑名称:《张国荣精精精选》

发行时间：**1999 年 10 月 12 日**

发行公司：**华星唱片**

首版介质：**CD + VCD**

唱片数量：**2CD + 1VCD**

◎ 专辑特色

　　华星唱片在张国荣加盟环球唱片后的首张粤语专辑《陪你倒数》上市的前一天，抢先发行了这张精选辑，初版为红色封面，再版为蓝色封面。由于时间匆忙，制作粗糙，特别是封面因选用了一张"哥哥"随意的生活照而饱受诟病。

　　相较之下，这张收录了 36 首歌曲和 12 首卡拉 OK 版 MV 的合辑，选曲方面反倒给人惊喜，其中包括首次收录在张国荣个人专辑中的《MONICA》与《STAND UP》的混音版本。此前，这两首歌收录在 1989 年华星合辑《辣到跳舞 Summer Remix》中。

专辑名称:《20 世纪中华歌坛名人
　　　　　百集珍藏版 张国荣》
发行时间:**1999 年 1 月 25 日**
发行公司: 中国唱片总公司
首版介质: **CD/ 盒带**
唱片数量: **1**

◎ 专辑特色

　　"20 世纪中华歌坛名人百集珍藏版"系列唱片被中宣部、国家新闻出版总署列为
"国家九五出版工程"中的首个重点工程,是权威的音乐史料,也是新中国成立五十周
年的献礼作品。香港地区入围的歌手有张学友、王菲、徐小凤、张国荣、黎明和谭咏
麟,这无异于对他们的官方认可。

　　唱片收录的歌曲选自张国荣新艺宝时期最具代表性的专辑《SUMMER
ROMANCE'87》和《拒绝再玩》,由宝丽金远东办事处中国业务部提供版权,香港宝
丽金唱片有限公司录制,中国唱片总公司出版。它也是中国内地唯一一张自主编排出
版的张国荣的精选唱片,性质上有别于香港歌手唱片的内地引进版。

专辑名称：《光荣岁月》

发行时间：1998 年 6 月 8 日

发行公司：华星唱片

首版介质：CD + VCD

唱片数量：1CD + 1VCD

◎ 专辑特色

隶属于华星唱片 1998 年推出的"华星 24K 金碟珍藏"系列，内含一张 24K 金 CD

以及一张 24K 金 VCD，分别收录了张国荣华星时期的 15 首经典作品和 11 支 MV。

专辑名称:《哥哥的前半生》

发行时间：1996 年 12 月 5 日

发行公司：华星唱片

首版介质：CD

唱片数量：2

⦿ 专辑特色

收录了张国荣华星时期的 30 首经典歌曲，在各大唱片公司就推出张国荣全集未达成共识前，这张精选对歌迷颇具吸引力。继 1996 年年底推出双 CD 精选后，1997 年又同时推出了双 LD 和双 VCD 版本，收录了"哥哥"23 支 MV 的卡拉 OK 版，可谓张国荣华星时期 MV 大全。

专辑名称:《LESLIE·为你钟情》

发行时间：1996 年 10 月 4 日

发行公司：新艺宝唱片、华星唱片

首版介质：CD

唱片数量：1

◎ 专辑特色

　　这张新艺宝联合华星发行的精选辑收录了张国荣的 18 首作品，分为三个版本，首版是相册包装和平装，重制版则被归入"新艺宝优质音响"系列。其中，相册版和平装版中的歌词，均为张国荣本人笔迹。

专辑名称:《张国荣 17 首至尊精选》

发行时间: **1995 年 9 月 17 日**

发行公司: 新艺宝唱片

首版介质: **CD**

唱片数量: **1**

◎ 专辑特色

收录了张国荣的 17 首经典作品，首版为普通版，再版是 24K 金碟，隶属于新艺宝
"24K 金碟至尊精选"系列。

专辑名称:《新艺宝十分好味十周年
　　　　　张国荣》

发行时间:**1995 年 7 月 2 日**

发行公司:**新艺宝唱片**

首版介质:**CD**

唱片数量:**1**

◎ 专辑特色

　　收录了张国荣新艺宝时期的 5 首经典,隶属于新艺宝唱片 1995 年推出的"新艺宝十分好味十周年"3 吋 CD 系列。唱片的最大特色,是"哥哥"的英文名使用的是"RUM RAISIN"。

专辑名称:《张国荣所有》

发行时间:**1995 年 6 月 21 日**

发行公司:**新艺宝唱片、**
　　　　　华星唱片

首版介质:**CD**

唱片数量:**2**

◎ **专辑特色**

原本各自为战的新艺宝唱片和华星唱片首度合作，以 30 首经典作品回顾了张国荣这两个时期的音乐历程。

专辑名称:《狂恋 张国荣》

发行时间：**1994 年 3 月 2 日**

发行公司：新艺宝唱片

首版介质：**CD**

唱片数量：**2**

◎ **专辑特色**

内含一张粤语经典和一张普通话经典，分别收录了张国荣在新艺宝时期的 15 首粤语经典和 15 首普通话经典。1995 年发行了第二版套装，2003 年 4 月又一次再版。

专辑名称：《ULTIMATE Leslie 张国荣经典金曲精选》

发行时间： 1992 年 5 月 9 日

发行公司： 新艺宝唱片

首版介质：CD

唱片数量：2

⊙ 专辑特色

收录了张国荣新艺宝时期的 30 首作品，两年后以 24K 金碟再版发行。2017 年，环球唱片推出限量 1000 套的 SACD 版本。

陪你倒数

专辑名称:《风再起时》(张国荣告别歌坛纪念专辑)

发行时间:1990 年 5 月 6 日

发行公司:宝丽金(台湾)唱片

首版介质:CD

唱片数量:1

🎯 专辑特色

　　这张纪念专辑和"告别乐坛演唱会"LIVE 唱片,是张国荣仅有的两张由宝丽金发行的唱片。《风再起时》纪念精选因面向台湾地区市场,所以在选曲上基本以"哥哥"新艺宝时期的普通话作品为主。2004 年 6 月,在环球唱片发行的《张国荣经典国语专辑全集》套装中,重新发行了这张极易被歌迷忽略的精选唱片。

专辑名称:《LESLIE 张国荣》
发行时间:**1988 年 12 月 1 日**
发行公司:华星唱片
首版介质:**CD**
唱片数量:**1**

◉ 专辑特色

收录了《风继续吹》整张专辑以及《张国荣的一片痴》中的 4 首歌曲,共计 16 首,也是专辑《风继续吹》首次以 CD 形式出版,由日本东芝压盘。

华星唱片在 1995 年和 2003 年两次将这张精选辑再版,1995 年的版本改用《风继续吹》的黑胶版封面并更名为《风继续吹》,但曲目仍保持首版的 16 首。2003 年的再版 CD 同样是名为《风继续吹》的 16 首歌曲版本。

专辑名称:《侬本多情 小说 +CD 特别珍藏版》

发行时间:**1984 年 5 月 1 日**

发行公司:**TVB、华星唱片**

首版介质:**CD**

唱片数量:**1**

◉ 专辑特色

与其说这是一张唱片,不如说是一次 TVB 营销张国荣的事件。按照常理,发专辑应该是华星唱片的分内事,可其幕后东家 TVB 却不甘寂寞,利用刚刚走红的张国荣的市场号召力,推出了这套"小说 +CD"。

CD 是一张张国荣华星早期的合辑,搜罗了《风继续吹》《张国荣的一片痴》《L·E·S·L·I·E》中的 15 首歌曲,甚至可以说它是"哥哥"音乐生涯的第一张精选辑,因为它的发行时间早于华星唱片发行的《全赖有你 夏日精选》。

套装附赠根据同名电视剧剧本改编的"小小说",内页穿插"哥哥"的靓丽写真,取得了不错的市场销量。

终点又回到起点，到现在才发觉……

他是明星，洒脱如风，不羁率性；他是偶像，浪漫扑火，婉约磊落；他是演员，眉目如画，绝代风华；他是歌手，璀璨若星，永恒闪烁。

在无脚鸟落地的第二十个年头，作为一位媒体人、实体唱片爱好者，一名普普通通的"哥迷"，我终于做了一件长久以来想做却一直未敢尝试的事情——经过一个月的日以继夜、点灯熬油、废寝忘食、茶饭不思、蓬头垢面、奋笔疾书、翻箱倒柜，将张国荣先生的音乐人生用"陪你倒数"的方式进行了一次系统的梳理。

对张国荣的身份界定有很多，主持人、演员、导演、词曲作者、音乐制作人……而歌手才是他踏入演艺圈最初的职业，也是他最早为世人所知的身份标签。张国荣的音乐人生中，共发行过多少首作品？创作了多少首歌曲？出版的录音室专辑和EP、精选合辑、混音EP、演唱会实录、派台单曲唱片、海外发行唱片等都有哪些？这些作品按照发行时间如何排序？未被收录在张国荣唱片中的作品、影视剧插曲有几多？

面对这样的问题，谁可以做出精准的回答？歌迷无能为力，乐评人噤声不语，收藏家不作统计，搜索引擎选择性失灵……即使有悉心"哥迷"整理罗列，其间也不免出现错漏。我希望可以用我笨拙的劳动和有限的语言组织能力，将"哥哥"生前、身后的音乐作品，尽量无所遗漏地展示在有心人面前；也希望这本《陪你倒数》能让您在阅读完成之后，对"哥哥"的音乐人生有一个系统、完整的认知。

整理张国荣先生的音乐作品需要极大的勇气，因为我面对的是四十年来散落在书架、唱片柜中的几百张专辑，包括不同版本、不同介质、不同再版时间的张国荣的作品。最终，我从中选出超百张"哥哥"生前、身后各种类型的唱片"陪你倒数"，包括单曲、EP、大碟、合辑、演唱会现场实录等，一些海外发行的作品亦位列其中，我希望它可以成为"哥迷"回忆"哥哥"璀璨艺术人生的聆听宝典，也希望为实体唱片爱好者提供一个相对精准的收藏指南。

为此，我特别将这些自己多年来收藏的实体唱片以扫描、拍照等方式，尽可能丰富、细致地在书中呈现，包括 20 余张派台单曲唱片、张国荣音乐生涯的首张 EP *I Like Dreamin'* 的 7 吋黑胶、*DAYDREAMIN'* 的黑胶和磁带版本、专辑《STAND UP》的调色彩胶版本等万金不换的宝贝。考虑到数字音乐时代，流媒体哺育的受众已近乎无从感受实体唱片的质感和魅力，书中的图片除了必不可少的专辑封面，有的还附带企宣页、歌词页、写真海报甚至黑胶、CD 的盘面……这些图片有细节、有巧思、有年代感、有故事，无不生动鲜活地传达出张国荣对音乐的认真态度以及对生活的炙热温度。

"陪你倒数"张国荣的音乐作品，其工程量远远超乎我最初的想象。面对众多的版本以及搜索引擎中的疏漏，将这些唱片重新梳理、排序需要大量的时间和精力，一直支撑我的，是对"哥哥"的一份热爱。我的工作原本从环球唱片 2020 年 10 月 16 日发行的《REVISIT》开始，继而依次把 2016 年 9 月 9 日发行的《Leslie Cheung Legend Continues》《哥哥的歌》和 2003 年 7 月 8 日发行的《一切随风》计算在内。坊间很多对张国荣唱片的统计并不包括 2016 年和 2020 年的三张，但上述四张"遗作"都是由张国荣的人声演唱的录音室作品，即使其商业动机和个别作品的制作水准饱受诟病，也有理由并且应当是"陪你倒数"的起点。

然而就在这本书的编校工作进入尾声之际，环球唱片于 2023 年 3 月 24 日发行了纪念张国荣离世二十周年的特别企划大碟《Remembrance Leslie》。既然"陪你倒数"也是因二十周年而起，那么理应将这张新碟包括在内。2023 年 3 月 31 日，我第一时间冲进香港的唱片店，有幸买到了《Remembrance Leslie》的 CD 唱片……

最终，我将张国荣一生中最重要的 56 张唱片（生前 51 张，遗作 5 张）按照录音室专辑、混音 EP、精选合辑以及演唱会现场实录的分类进行了倒叙梳理，即书中分量最重的部分。包括录音室专辑 26 张（粤语专辑 19 张，普通话专辑 6 张，英文专辑 1 张）；演唱会现场实录 5 张；EP 作品 11 张（宝丽多 1 张，华星 2 张，新艺宝 3 张，滚石 1 张，环球 3 张，东亚发行 1 张）；新艺宝时期混音单曲 5 张；精选唱片 9 张（华星 6 张，新艺宝 2 张，环球 1 张）。从 2023 年 3 月 24 日的《Remembrance Leslie》出发，倒数至 1977 年 8 月 25 日宝丽多唱片发行的 7 吋黑胶 *I Like Dreamin'* 结束，张国荣入行二十六年，"终点又回到起点，到现在才发觉"……

对这 56 张唱片的版本呈现，早期大多为首版发行的黑胶大碟，因为黑胶无论从音色、外观还是收藏的角度，都更能反应一张唱片的最佳状态。而张国荣滚石时期和环球时期的大多唱片，则改以首版 CD 呈现，因为相较于日后环球唱片各种形式的黑胶再版，包装和设计更加传统的 CD 可以精准反映一张专辑诞生之时的时代特点。

对这 56 张唱片的文字介绍，每一张的细分内容我都尽量做到一致，特别是同一类别的专辑之间，但因为年代久远，关于有些专辑的发行时间、市场销量等，我所查阅的资料中说法不尽相同，甚至连当事人都无法给出准确的答复，我唯有努力接近事实真相，其间难免出现纰漏，还请有心人不吝赐教，帮助我加以修正。

如何准确使用专辑名称，也是我在"陪你倒数"的过程中格外留心的。比如，张国荣音乐生涯的首张专辑名称是"I Like Dreamin'"还是"I Like Dreaming"？看似相同的命名，实则因为书写习惯而有着不同的呈现。为了尊重"哥哥"近乎苛刻的完美主义追求，所有以英文命名的专辑我们都沿用了封面所呈现的拼写形式，特别是英文专辑名称中的字母大小写均尊重当年的唱片设计。除了 *I Like Dreamin'*，还包括《L·E·S·L·I·E》《SUMMER ROMANCE'87》《untitled》等。

再比如，陈淑芬女士曾多次提醒我，张国荣 2000 年巡演的名称是"热·情"，两个字之间的中圆点必不可少，因为它对演唱会的主题有着重大意义，甚至连演唱会的英文名也一定是字母全大写的"PASSION TOUR"。而 1989 年的张国荣"告别乐坛演唱会"被很多歌迷命名为"告别歌坛演唱会"，虽然"歌坛"和"乐坛"在词义上无甚差别，但这些看似无关紧要的细节，我都希望尽量作出标准的示范。

一些幕后人员的名姓，我也尽可能地予以最完善的展现，比如梁荣骏（Alvin Leong）、江志仁（C.Y.Kong）、唐奕聪（Gary Tong）……甚至已故香港音乐泰斗顾嘉辉先生名字中的"辉"字，我都力求使用已被列为异体字的"煇"以示尊重。这些成就"哥哥"的幕后英雄以及那些"无名"英雄，都理应被我们铭记于心。

在和乐评人爱地人先生的交流中，他也不住感慨，为什么从来没有人用心梳理像张国荣这样的殿堂级歌手的音乐作品。我希望这次"陪你倒数"是一个或许不完美却美好的开始，可以引导更多的媒体、乐评人以及歌迷抛开喧嚣漫天的八卦新闻，更多地关注音乐本身，关注华语歌坛星光璀璨的艺术家，关注他们不朽的音乐经典；也希望此次唱片作品梳理的形式，在日后可以关注到更多华语歌坛的殿堂级艺术家。

张国荣离开了吗？经过"陪你倒数"的认真聆听，我相信你会和我一样，感慨

"哥哥"从未离去，甚至不曾衰老，能够形容他的，只有永恒。

感谢张国荣先生生前对我的认可与肯定，作为"哥迷"，我有幸见证您风华绝代的舞台表演，并有机会近距离采访接触；感谢陈淑芬女士二十多年来对我的信赖与帮助，能与您相识并得到您的信任，我荣幸之至；感谢乐评人爱地人先生，您的指导与帮助令我终身受益，洋洋洒洒的序言令我无以为报、情何以堪；感谢我马拉松赛道上的挚友、乐评人邱大立，感谢你的序言，你是这个时代为数不多的"铁肩担道义，辣手著文章"的良心乐评人，我永远记得"首马"35 公里"撞墙期"，当我双腿抽搐、体力不支时你对我说的那句话："兄弟，加油，你想象一下，Leslie 正在远处的原野里为你加油，他在唱着《风继续吹》……"正是因为你和"哥哥"的鼓励，我完成了人生中的第一场马拉松，并从此一发不可收拾；感谢"愚人音乐坊"阿 BEN、小樱、大勇、平凡人等对我的指点和帮助，你们拓展了我的思维空间和知识储备；感谢宝丽多唱片、华星唱片、新艺宝唱片、滚石唱片、环球唱片为"哥哥"的每一张专辑精心设计的封面和企宣文案，以及网络上太多歌迷与"哥迷"对"哥哥"音乐作品的资料整理和理性评点，这一切均让我获益匪浅；感谢百花文艺出版社的薛印胜社长和孙艳编辑，没有你们的平台、信任和帮助，就不可能有拙作出版，也是你们一个多月不分昼夜的工作，才成就了这次"倒数"的最终呈现，垂泪、感恩；感谢我的助手周勇先，二十年，我们制作了上百期纪念张国荣的音频节目，还有隋怡老师的惊艳献声、王晓彤和李长庆老师的伯乐恩情，没有你们，就不可能有《那些年，我们听过，哥哥的歌》；感谢"荣门客栈"的蜻蜓、王烨，还有我的读者，以及天津文艺广播《音乐江湖》、网络平台关注"DJ 翟翊""翊个人的江湖"节目的听众，是你们的鼓励与鞭策给了我"陪你倒数"的信心和勇气；最后感谢我的亲娘老母亲，感谢那一年的 4 月 1 日，您把我降临到人世间，只不过自 2003 年起，我再不庆祝生日，时光荏苒，已二十年……

红尘虽可笑，痴情却寂寥，梦里不知身是客，但愿请谨记：那些年，我们听过，"哥哥"的歌……

翟翊

2023 年 3 月